No nos abandones

El gambito Kurtheriano™
Libro 5

Michael Anderle

¡Bienvenido al emocionante viaje de LMBPN® International! Suscríbete a nuestro boletín para obtener acceso a actualizaciones exclusivas, contenido gratuito ¡y muchas otras sorpresas! Sumérgete en nuestros mundos increíbles, ideas únicas y los miles de emocionantes historias que te esperan. ¡Únete ahora a LMBPN® International y sé parte de la historia!
https://lmbpninternational.com/es/boletin/
Facebook: https://www.facebook.com/lmbpnenespanol
Instagram: lmbpn.es

Suscríbete a la redacción del boletín del autor y al enlace si está disponible. También es posible que desees mantenerte en contacto con el autor. Para hacerlo, ve al siguiente enlace y suscríbete: https://michael.beehiiv.com/

Editado por Alba M. Vila y L. M. Mateo
https://sites.google.com/view/albamvtraduccion
https://deliriosypalabras.com/contacto

LMBPN® International
2375 E. Tropicana Avenue Suite 8-305
Las Vegas, Nevada
89119 USA

Versión en inglés 1.00: enero. 2016
Versión en español 1.00: noviembre, 2024

ISBN 979-8-89354-092-5

Dedicatoria

A la familia, amigos y los que amamos leer.
Que todos disfrutemos de la Gracia de vivir la vida
a la que somos llamados.
A David Down Under: le agradezco su
ayuda con la edición y las sugerencias de las historias.
Los errores son míos,
pero sin su apoyo, ¡habría
muchos más!

Capítulo 1

ALEMANIA

Bajo la nieve y el hielo, el edificio de piedra tenía siglos de antigüedad. Los materiales se habían transportado hasta el pequeño valle a espaldas de esclavos, cuyos huesos hacía tiempo que se habían convertido en polvo en las innumerables tumbas que rodeaban el enorme castillo. Durante cientos de años, los árboles habían permanecido como silenciosas lápidas vivientes, y la maleza cubría los únicos restos físicos de vidas utilizadas como recursos útiles sin pensar en las personas que habían muerto para construir la fortaleza.

A David no le habían importado los humanos entonces, y menos le importaban ahora. Entró en la enorme sala que había bajo su castillo. Con más de seis metros de ancho, nueve de largo, y seis de altura, había requerido un inmenso esfuerzo en tiempo y vidas, vidas que no se molestaba en recordar. Al final, se detuvo y observó el contenedor herméticamente cerrado que tenía delante. Su rostro estaba marcado por la furia; sus ojos, rojos; su voz, llena de amargura y angustia. Cuando habló, fue con un murmullo apenas audible, aunque sus palabras se escucharon claramente en toda la sala.

—Padre, padre... ¿por qué me has obligado a hacer esto? En lugar de estar encerrado en esta celda, podrías haber ocupado el lugar que te corresponde por derecho, al frente de nuestro Nuevo Orden. Deberías ser el amo que este ganado aceptaría y seguiría ciegamente. Y ahora, aquí estoy, atrapado con Anton, ese maldito imbécil degenerado, y sus científicos nazis, a quienes ha prolongado la vida. Su miserable existencia es necesaria si queremos recrear algún día el suero. —David se acercó un poco más a la pared de vidrio—. No entiendo cómo pudiste sacrificar tantas vidas y destruir nuestros esfuerzos en Japón. Estábamos a punto de alcanzar el objetivo. Habíamos encontrado la solución. La clave estaba por fin en nuestras manos, pero tus lacayos americanos nos golpearon con su bomba atómica... Todas nuestras investigaciones se consumieron en las llamas del infierno que tus monstruos desataron. Solo unos pocos restos sobrevivieron y tuvimos que empezar desde cero.

David era alto, de porte aristocrático, con mechones negros a ambos lados de la frente. Caminaba de un lado al otro frente a la jaula rectangular de paredes de vidrio. Solo los ángulos y los bordes eran de un metal color cobre. Los pernos de hierro anclaban con firmeza la estructura al suelo rocoso.

—Y, ahora, me veo obligado a matar a otro de mis hermanos. Stephen prefirió vivir a dejarse consumir por el sol, ¡que la peste se lo lleve! Así que también tendré su sangre en mis manos. Odio haber tenido que enviar a Hugo a su último sueño, y ahora Stephen me obliga a poner fin a su vida. —Su voz se endureció—. Pero, esta vez, tú serás el responsable. Le otorgaste vida a esa mujer, y ella lo trajo de vuelta de su descanso final. Su sangre correrá a tus pies, su muerte caerá sobre tu conciencia. Tu Bethany Anne le está dando muchos problemas a Anton, y Stephen se ha convertido en más que un pequeño inconveniente. —Se detuvo un momento y reflexionó—. No puedo permitir que sus constantes injerencias en mis asuntos europeos obstaculicen el avance de proyectos cruciales. Te lo digo para que puedas hacer tu duelo desde ahora, a sabiendas de que tus decisiones ya han conducido a tantos de los nuestros... ¡directamente a la muerte! —Se enderezó.

»¿Sabes cuántos han muerto desde que la trajiste? *¿Lo sabes?* Siempre hablas de honor, pero ella es la menos honorable de nuestra especie. Trata a los humanos como si tuvieran algún valor, y a los licántropos como si merecieran respeto. No podemos permitir que su enseñanza sacrílega se propague. No podemos dejar que eche raíces en más mentes. Ya ha trastocado demasiado todos nuestros planes. —Se detuvo una vez más y bajó la voz—. Por poderosa que sea, Anton ha decidido matarla aunque no le haga gracia. Habría sido una aliada formidable, incluso una líder temible de nuestra especie. —Guardó silencio de nuevo mientras fantaseaba con lo que el futuro podría haber sido con esa vampira al mando—. Comparado con ella, no eres nada. Solo un pálido reflejo de su grandeza. El ganado se agolparía a nuestras puertas, los corderos balarían en su deseo de sacrificarlo todo por estar en su presencia.

Se dio la vuelta, su mirada perdida en la distancia. Aunque se encontraba tan profundamente bajo tierra, soñaba con el mundo exterior, donde el sol brillaba con rayos demasiado poderosos como para que pudiera contemplarlos o apreciarlos.

—Ella podría habernos llevado a un futuro tan glorioso... En lugar de eso, tendremos que sacrificarla en nombre de la justicia, redimir la muerte de tantos que han caído en nuestra búsqueda de la posición que nos corresponde por derecho. —Con un suspiro, su mente regresó a la realidad—. Es una verdadera lástima.

David se dirigió hacia las escaleras que lo llevarían al castillo. Perdido en sus pensamientos, su ira se había disipado. Antes de desaparecer, dijo por encima del hombro:

—Despídete de Stephen. No estará mucho tiempo en este mundo.

Dentro de la jaula de vidrio y cobre, una forma brumosa se agitaba de arriba abajo y de abajo arriba. La presión dentro de la jaula era demasiado intensa como para que pudiera tomar forma física. Si lo hubiera intentado, su cuerpo humano se habría desintegrado al instante. La niebla llevaba prisionera allí lo que le parecía una eternidad, llena de un dolor infinito, mientras su energía seguía disminuyendo. Tenía demasiado tiempo pensar, escuchar cómo su hijo se hundía en la ira y el deshonor. Suficiente tiempo, incluso, como para que un ser milenario se diera cuenta de los errores que nacen de creencias demasiado rígidas. Suficiente como para percatarse de que toda su existencia y conocimientos habían sido destruidos y sus normas tan exigentes quebradas sobre el yunque de la realidad.

Si la niebla hubiera podido llorar, habría derramado diez mil lágrimas.

Ad Aeternitatem, barco de la puñetera reina

«Entonces, ¿qué crees que va a pasar?».

«¿Te sentirías satisfecha si te dijera que no tengo ni idea?».

Bethany Anne resopló; no entendía por qué TOM pensaba algo así. Estaba delante de la cápsula médica de la nave. Llevaban unos quince minutos estudiando los resultados del examen médico del pastor alemán. En realidad, se limitaban a apretar botones, girar otros y observar luces. Ese maldito simbionte extraterrestre empezaba a ponerla de los nervios.

«Bueno, dame tu mejor previsión y sin tapujos, TOM. Estoy un poco impaciente».

«¿De verdad? ¿Cuándo empezaste a tener paciencia para poder reducirla? No me daba la impresión de que fuera así...».

«TOM, si no me doliera tanto, te daría una bofetada».

«Menos mal que de momento no puedes, ¿eh? Espera, ¿qué ha sido eso?».

Bethany Anne sonrió. TOM se había convertido en toda una personalidad con idiosincrasias que ella disfrutaba y deploraba a la vez. Unas noches antes, por fin, se había dado cuenta de que escuchaba otro *reality show* que vibraba desde la cubierta de arriba, y subió enseguida a ver a un grupo de marineros que trabajaban en la cocina.

Había mirado la pantalla, se había acercado y desenchufado el cable de la pared, lo que llamó la atención de todos.

—¿Veis la tele? —Muchos asintieron. Se agachó mientras la sujetaba con la mano izquierda y desenchufaba el cable con la derecha—. Esto le estaba dando a TOM todo tipo de malas ideas humanas que tengo que escuchar a todas horas. Así que más vale que a partir de ahora los programas que se vean aquí sean aptos para todos los públicos, o la tele irá al agua y vosotros con ella. *Capice*? —Más cabezas asintieron. Otros intentaron no sonreír. Algunos de los comentarios de TOM se habían filtrado y el extraterrestre tenía un pequeño pero creciente número de seguidores.

La estaba volviendo loca.

Bethany Anne se recompuso. No era el momento de divagar. Aún quedaba mucho por hacer.

«Vale, olvida eso. ¿Cuál es tu diagnóstico?».

«Pues ¿que tenemos nuestra propia versión de *El chucho de los seis millones de dólares*?».

«*Gott Verdammt!*». Bethany Anne tendría que buscar a John y darle la paliza de su vida. TOM había hecho preguntas sobre esa serie cutre de los 80 después de escuchar a John hablar de ella con Frank. Ahora se creía el creador de nuevas y mejores versiones de la realidad. Tal vez debería abofetear a Frank también por si acaso.

Bethany Anne apartó la tapa que le permitía ver el interior

—¡Joder! No estaba así cuando lo metimos aquí, TOM. ¿Qué ha pasado?

«Pareces una loca si sigues hablando con el aire otra vez».

—¡Cállate! Haz lo que tengas que hacer y terminemos con esto. Todos en este maldito barco saben de tu existencia.

«No hay nadie más en esta nave. —Hubo un silencio incómodo, durante el que Bethany Anne no respondió—. Vale, creo que ya entiendo lo que ha pasado. Parece que la cápsula decidió intervenir en cuanto cerramos la tapa sobre el perro».

«¿Por qué? Pensaba que solo íbamos a hacer un análisis».

«¿Por un error humano?».

«¿Cómo puede ser un error humano, idiota? Si yo he sido quien lo ha preparado, y ambos sabemos que no sé una mierda sobre cómo funciona tus máquinas. No soy el doctor Bones, ¿sabes?».

«Oh, el doctor Bones. Muy buena, esa. —Bethany Anne había visto toda la primera temporada de *Star Trek* con TOM —. Bueno, pues..., la he fastidiado».

Bethany Anne se quedó boquiabierta por un momento cuando sus palabras la invadieron. Podía sentir su ligera vergüenza a través de su conexión. Un poco sorprendida, se enderezó un segundo, luego se inclinó y miró por el ventanuco antes de volver a erguirse.

«TOM, tío, eso es un pequeño eufemismo. Metimos un pastor alemán bastante agresivo en la cápsula. Ahora lo que tenemos es un perro blanco de tamaño monstruoso, con colmillos que parecen cuchillos en miniatura y patas tan grandes como las de un caballo. No sé si podría comerse una costilla de ternera, pero estoy casi segura de que no tengo suficiente carne a bordo para alimentarlo. Si su agresividad ha aumentado, quizá deba matarlo, lo que sería una pésima forma de agradecerle su ayuda».

«No es mala idea. Y me haría sentir bastante culpable. Dicho eso, viéndolo por el lado bueno, su tratamiento aún no ha terminado. Todavía tenemos algo de tiempo para decidir qué hacer».

«¿Qué hacer? Mierda, TOM, esto es un desastre total. Tenemos que analizar bien los resultados y hacer lo que podamos con lo que tenemos. Ya que lo hemos modificado tanto, vamos a hacerlo al 200 %».

«Es difícil superar el 100 %».

«Es solo una forma de hablar. Solo significa que debemos darlo todo».

«Vale, de acuerdo. A por el 200 %».

Cinco minutos después, giró a la derecha y se trasladó a través del etérico. Desapareció antes de volver a poner el pie en el suelo.

Polarus, barco de la puñetera reina

Bethany Anne puso el pie dentro de su armario. Desbloqueó la puerta para entrar en su *suite* personal. Ecaterina estaba en su escritorio. La energía que despedía estaba lo bastante impregnada de rabia como para que Bethany Anne pudiera sentirla, aunque la rumana no dejaba que nada se reflejara en su rostro.

La vampira se dejó caer en la cama, cruzó las piernas y apoyó la barbilla en la palma de la mano, con el codo sobre la pierna.

—¿Qué tienes para mí, Kat?

Ecaterina se había acostumbrado a ver aparecer a Bethany Anne de la nada. Como sus sentidos humanos no eran capaces de captar la mayoría de las cosas que la vampira podía hacer, intentaba minimizar sus reacciones, lo que le resultaba más fácil gracias al tiempo que había pasado en la naturaleza. Una naturaleza que, debía admitir, echaba mucho de menos.

La rumana repasó la lista de tareas.

—Los licántropos van de camino a Miami. Harán una parada para hablar con Nathan y Pete, y después Pete los traerá. Bobcat tiene que recogerlos en el aeropuerto más cercano, pero todavía no hemos determinado en cuál. Nathan está trabajando con Frank y Lance en un proyecto en Miami, así que por ahora debe quedarse allí. Dan y su equipo se están preparando para reunirse con los licántropos. Hemos podido seguir un poco lo que sucede en San José gracias a esa periodista a la que ayudaste. Parece que nos adora, a ti y a todos, aunque dice que alguien le pellizcó el trasero.

—Ya le gustaría —replicó Bethany Anne—. Solo fue uno de los dardos que usé para dormirla. Necesitábamos calmarla en ese momento y era la solución más sencilla. Estaba entrando en pánico como una niña.

Ecaterina miró a Bethany Anne por encima de su ordenador y levantó una ceja.

—Es joven. Quizás no una niña, pero al menos tuvo el valor de hacer lo que debía para conseguir su artículo.

—Sí, bueno, está bien. Podemos llamarlo temerario, imprudente, estúpido, o lo que sea. Supongo que podemos añadir valiente a la lista de posibilidades.

—En mi país está permitida la libertad de prensa, pero todavía recordamos una época en la que no era tan fácil decir la verdad. Me gustan sus esfuerzos por exponer los hechos, aunque, en nuestro caso, no siempre nos favorezcan.

—Ya me has regañado. Sus artículos nos han ayudado o, al menos, ya no atraemos tanto la atención de los políticos. Me parece que no hemos recibido ni una sola llamada esta semana, ¿verdad?

—Es cierto, y creo que es un buen activo para nosotros... ¿«Activo» es la palabra correcta?

Bethany Anne se quedó pensativa.

—Sí, creo que sí. Nada de lo que ha hecho nos ha perjudicado. Tienes razón, es un activo. —Bethany Anne sospechaba que había algo más que molestaba a Ecaterina—. ¿Echas de menos a Nathan? Solo han pasado unos días desde que se fue...

La rumana levantó la vista y apretó los labios. Cerró la tapa del portátil y frunció el ceño.

—A Nathan no le gusta que quiera hacer más cosas y discutimos por eso. No me gusta quedarme en el barco cuando todos vosotros os vais de misión. Pensaba que el nuevo rifle me contentaría, pero fue una artimaña. ¿Una treta? Tal vez esa no sea la palabra correcta. Me gusta estar contigo y puedo esperar el tiempo que haga falta, pero no quiero ser solo... eso. —Señaló el ordenador—. Alguien que gestiona a las personas y las cosas.

—Se te está yendo la olla.

—¿Qué significa? Te prometo que no tengo ninguna olla guardada por aquí.

Bethany Anne ladeó la cabeza.

—Significa que llevas demasiado tiempo encerrada aquí. Estás harta y necesitas salir. En Rumanía querría decir que te has quedado demasiado tiempo en casa y que necesitas ir a las montañas un rato.

Ecaterina asintió con la cabeza.

—Sí, eso es lo que haría.

La vampira pensó en esa mujer que había sido camarera y a la que le gustaba cazar, poner trampas y vivir al raso. Era un espíritu libre. En realidad, probablemente todas las personas a bordo de sus barcos necesitaban un poco de descanso y pasárselo bien.

—¿Sabes qué? Creo que todos necesitamos cambiar de aires. No creo que seas la única que siente la necesidad de estirar las piernas. Deberíamos encontrar un buen lugar con una buena playa y, a ser posible, aislado. Amarraremos los dos barcos y nos tomaremos unos días de vacaciones. Dejaremos a algunas personas a bordo para vigilar, pero nos vendría bien a todos. Qué gran idea. Dicho esto, si prefieres hacer trabajo de campo, tendrás que entrenar más, mejorar y mover el culo. La verdad, nunca me he planteado enviarte con los chicos porque nunca te he visto entrenar como si lo quisieras, ¿me entiendes?

Ecaterina le aseguró:

—Sí, lo entiendo. Hay que actuar y no quejarse.

Volvió a abrir el portátil y comenzó a teclear. Tendría que organizar todo para que pudieran disfrutar de un poco de tiempo libre fuera de los barcos. Para alguien como ella, que amaba tanto estar en tierra firme, no dejaban de ser unas de las prisiones más lujosas y caras del mundo.

Capítulo 2

MIAMI, FLORIDA, EE. UU.

Nathan, Pete y Frank estaban de pie junto a una de las furgonetas blindadas de William. Por suerte, habían podido encontrar las llaves del vehículo, a pesar de la ausencia del mecánico. Este se había marchado por la mañana para pasar tres días con una mujer. La había conocido en una discoteca durante las fiestas de fin de año y desde entonces habían salido varias veces juntos, así que querían pasar los días siguientes divirtiéndose.

Los tres hombres esperaban a que el Gulfstream aterrizara y se detuviera frente a ellos. Frank quería hacerse una idea de las nuevas incorporaciones. Nathan suponía que buscaba material para otro capítulo de su libro.

El comandante Paul Jameson detuvo el avión. Nathan vio al piloto guiñarle un ojo a Frank y se preguntó a qué se debía. La puerta se abrió y los escalones descendieron hasta la pista. A su lado, Pete permanecía en posición de firmes; el tiempo que había pasado con el grupo de John se reflejaba en su postura. Con su uniforme y el parche de élite en el hombro, casi parecía un modelo de póster de la Guardia de Bethany Anne. Nathan sonrió al recordar la conversación con aquel imbécil en Nueva York. Pete había señalado el parche e informado al alborotador de que no iba a entrar en el grupo, ya que tenía voto y acababa de expulsarlo de la isla, por así decirlo.

Según Ecaterina, eran cinco en ese avión. Otros que querían unirse decidieron esperar hasta que el primer grupo hubiera pasado las pruebas y se corriera la voz sobre lo que podían esperar.

A bordo del avión, Tim «Rocky» Kinley se puso el macuto sobre el hombro. Se había advertido a los reclutas de que solo llevaran lo esencial, ya que todo lo superfluo sería arrojado por la borda. No le gustaba la idea de que tiraran sus cosas, pero pensó que no era un precio demasiado alto para no tener que seguir las estrictas leyes del Consejo. Tenía mal pronto. No era del tipo que dañaba a la gente por placer, pero le costaba controlarse. Si alguien le molestaba, tenía tendencia a golpear, incluso por asuntos más bien insignificantes. Dada su complexión, solía acabar mal... para el que recibía la paliza, claro. Pero aquello tenía consecuencias para él también. El problema había empezado a ser serio al cumplir catorce años, después de un brusco y notable estirón. Con un metro ochenta y ocho, y más de cien kilos, quedaban ya pocas personas en su vida a las que pudiera respetar.

Los otros cuatro del grupo no encajaban en la vida de manada por sus propias razones, y hasta ahora nadie les había preguntado por qué habían querido dejarla. Se sobreentendía que todos conocerían a la vampira en poco tiempo. Aunque Tim no la había conocido en Nueva York, ya que estaba demasiado lejos asistir, había estado en la reunión de Nueva York con Gerry y Nathan. Tim no era tonto. Trabajaba duro y, aunque no era un tipo superinteligente, tampoco era un cabeza hueca. Necesitaba ser capaz de encajar en un grupo, y la única forma de conseguirlo, en su opinión, era unirse a un grupo de malotes que fuera capaz de ponerlo en su sitio si perdía el control.

Esa vampira, según todos los indicios, sería capaz de lograrlo. Ahora bien, si alguno de los humanos podría, era otra cuestión. Con suerte, su ira no lo metería en problemas como en el pasado. Que Dios lo perdonara si lo hacía.

El copiloto salió de la cabina para abrir la puerta del avión. Se hizo a un lado para dejar pasar a los licántropos. Tim fue el primero en bajar. Al levantar la vista, vio a Nathan Lowell, Pete Silvers —un miembro de la Guardia Real de la Puñetera Reina— y a un hombre mayor con una sonrisa en los labios y un cuaderno en la mano. Los tres esperaban de pie, frente a una furgoneta negra.

Tim sabía que debía mantener la calma con Nathan. Nunca había tratado directamente con él, pero había oído suficientes historias como para estar en guardia. En cuanto a Pete, lo había visto disparar tranquilamente una bala en la rodilla de Terry y luego sacarlo a patadas de la reunión. Eso le inspiraba respeto, aunque Terry era un maldito quejica y el lobo que Tim llevaba dentro aún no estaba convencido de las capacidades marciales del joven licántropo.

El hombre mayor era humano. El que estuviera allí significaba que debía ser alguien que los apoyaba, tal vez un bibliotecario o alguien con un rango más alto. De todos modos, no representaba una amenaza física, por lo que podía ignorarlo.

Los otros cuatro chicos bajaron del avión detrás de él. Todos tenían problemas personales y dificultades para vivir en manada, pero ninguno había intentado molestar a Tim. Había suficientes historias sobre él como para apaciguar a los más impulsivos. No buscaba pelea, pero tampoco era de los que se echaban atrás si se producía un conflicto. Si alguien lo provocaba, un resoplido malintencionado sería suficiente para que el incitador se arrepintiera. De todas formas, ninguno creyó que fuera inteligente pelearse en el avión privado de la puñetera reina. Habrían dado una pésima primera impresión.

En el aeropuerto de La Guardia, les habían dado un macuto a cada uno. Todos llevaban la misma insignia que portaban los guardias con el símbolo de la reina. Solo que en el suyo, en lugar de cabello, el cráneo de la vampira tenía orejas de lobo. No era muy sutil, pero, sin duda, era intencionado.

Se alinearon todos frente a Nathan, que se limitó a asentir a cada uno de ellos cuando llegaron. Llevaba una camisa verde de manga larga y no se había afeitado en unos días. Sus ojos verdes los observaban con atención, y parecía a la vez relajado y listo para actuar si era necesario. Pete, a su lado, parecía despreocupado.

Detrás de ellos, el motor del avión volvió a arrancar y la nave comenzó a alejarse lentamente.

Nathan esperó a que hubiera menos ruido antes de hablar.

—Caballeros... Y utilizo ese término muy a la ligera, porque, si sois caballeros, os sugiero que solicitéis un vuelo de regreso a Nueva York ahora mismo. —Todos soltaron una pequeña carcajada. Un *Wechselbalg* que fuera un caballero era raro—. Estoy aquí para formalizar vuestra transferencia de la manada al equipo de Bethany Anne. El avión está repostando en este momento. Cuando subáis a bordo, cortaréis vuestros lazos con la manada y perderéis todos los privilegios de los que disfrutabais... —Esbozó una leve sonrisa—. Bueno, quizá «disfrutar» no sea el término más apropiado. Pero al menos estabais bajo la protección del Consejo. Al regresar al avión de Bethany Anne, vuestra protección y vuestras vidas estarán bajo su responsabilidad.

»No os equivoquéis: si alguien del equipo decide echaros, seréis expulsados. Hasta que no seáis miembros de pleno derecho del equipo, Bethany Anne no tendría ninguna razón para creer vuestra palabra por encima de la de alguien que ha luchado a su lado y arriesgado su vida por ella y su causa. Todos los que forman este equipo son profesionales que han pasado por el infierno y han sobrevivido. No cometáis el error de subestimarlos. Probablemente han visto y matado criaturas que os harían parecer humanos. —Hubo risas entre la multitud—. Bienvenidos a bordo. Espero veros a todos al final de vuestro período de entrenamiento. —Dio un paso atrás y Pete se acercó.

El joven licántropo los miró uno a uno, asegurándose de que tenía toda su atención.

—Me sorprendería que alguno de vosotros acabe siendo humano, ¡gracias a Dios! —Hubo más risas—. Dicho esto, si pensáis que vais a tenerlo fácil con nosotros, os recomiendo dejar esa idea aquí en Miami. Una vez que subáis al avión, perteneceréis a Bethany Anne. Como yo soy el encargado de vuestro entrenamiento, también me perteneceréis a mí. ¿Sabéis lo que significa esta insignia? —Señaló su hombro izquierdo y todos asintieron—. Perfecto. Entonces, sabed que, si deshonráis a nuestro grupo, no dudaré en lanzaros desde un helicóptero, un avión o de una barca, según la disponibilidad. Cometer errores no es un problema, todos los cometemos. Pero más vale que estéis al máximo cuando lo hagáis. ¿Está claro? —Cinco nuevos asentimientos—. Bien, veo que nuestro vuelo regresa. Anotaré vuestros nombres a bordo. Coged vuestros sacos y preparaos para hacer historia.

Tim estaba impresionado. Pensó que quizá debería conocer mejor a ese tipo..., preferiblemente antes de que hiciera alguna estupidez.

Residencia de Anton, Buenos Aires, Argentina

Anton recogió uno de sus teléfonos desechables y echó un vistazo al ordenador. La pantalla mostraba una red social popular de citas. Marcó el número que empezaba con las medidas de la chica. Eran ficticias, por supuesto. Esa mujer habría necesitado una grúa para levantarse de no ser así.

Sonaron dos tonos antes de que alguien contestara.

—George es un capullo...

—Constanza lo era —respondió Anton—, pero ¿tienes que ser tan ordinaria? —El vampiro no era especialmente fan de la serie, pero apreciaba un mínimo la actuación de los actores. Tras decir la contraseña completa, empezó con los negocios—: ¿Has logrado localizar al equipo que estropeó mis planes en San José?

Su contacto era un agente del gobierno estadounidense establecido en América del Sur desde hacía demasiado tiempo. Había terminado aceptando que el dinero era más importante que el honor, y era esa falta de lealtad lo que lo impulsaba a responder.

—No exactamente. Sabemos que llegaron desde el este a bordo de un Black Hawk. El piloto era bueno. Voló lo más bajo que pudo. Solo se detectó una vez, a unos veinte kilómetros tierra adentro. Así que, o venían de una base en la costa, o de un barco en alta mar. Creo que lo del barco es más probable, sería más lógico y discreto. Dicho esto, no he oído hablar de activos estadounidenses en la región.

—Confía en mí, no es un barco americano. Los Estados Unidos no tienen nada que pudiera haber controlado la lucha de la manera en que lo hizo. —Anton oyó un gruñido ronco en el teléfono y decidió aplacar al agente americano—. No te lo tomes a mal. No estoy diciendo que no tengáis gente peligrosa y eficaz en tu país. Pero, hasta que no te hayas enfrentado a un Nosferatu y lo hayas vencido, eres virgen. Y si no fueras virgen, estarías muerto. Necesito más información. Quiero saber más sobre sus operaciones. Encuentra a gente que pueda encargarse de eso. Gánate tu sueldo y tendrás asegurada tu jubilación. Si me fallas, no necesitarás jubilarte. ¿Queda claro?

El agente aceptó y colgaron. Anton destruyó el teléfono mientras pensaba en Bethany Anne, en dónde podría estar y en el equipo que podría tener a su disposición. El hecho de que hubiera utilizado un helicóptero militar sugería que debía tener contactos en el Ejército, lo cual era bastante inquietante. Se preguntó si debería acelerar la investigación sobre el suero.

De pie, detrás de su escritorio, agarró su chaqueta. El clima fuera era agradable, a veintitrés grados, pero el forro de la prenda era una protección útil contra el sol. Siempre había que estar preparado. Esa actitud era la que le había permitido sobrevivir durante tantos siglos.

Cuando por fin se apoderara del mundo, castigaría a los estúpidos *boy scouts* que le habían robado su frase.

Miami, Florida, EE. UU.

Lance verificó el número de la llamada entrante en su teléfono móvil. Estaba en la casa de Bethany Anne, en Key Biscayne. Se unió a Frank en el sofá y respondió mientras se sentaba.

—Hola, hija querida, ¿qué tienes para mí esta vez?

Bethany Anne resopló al otro lado de la línea.

—¿Qué pasa? ¿Es que una hija atenta ya no puede querer hablar con su adorado padre? —A Lance le tocó resoplar. Podía oír su sonrisa en su voz—. Vale, me has pillado. Quería hablarte de Patricia.

—Ah, ¿sí? Eso es interesante, ya que no recuerdo que hayamos hablado de Patricia como para que tengas que hablarme de ella. —Lance echó un vistazo a Frank, que fingió no escuchar nada, enfocando su atención en su libreta y en lo que estaba escribiendo. Genial, ahora, todo lo que dijera, acabaría en ese maldito libro.

Bethany Anne ignoró el intento de desviar la conversación.

—Vamos, papá, déjate de tonterías. Esa Patricia, ¿la conoces bien? ¿De verdad la conoces?

Lance se tomó un momento para pensar en la pregunta. No era un juego de niños. Estaban en un nivel mucho más alto, uno que abarcaba todo el mundo. Su hija tenía razón, maldita sea.

—No lo suficiente como para casarme con ella, pero lo bastante como para saber que me cubriría en caso necesario.

—¡Eso no es suficiente, papá! Todos los que están actualmente a mi servicio han jurado sobre su vida por nuestra causa. Deberás tener esa misma conversación con Patricia. Y si no quiere unirse a nosotros, tendré que borrar ese recuerdo de su memoria. ¿Estás dispuesto a seguir por ese camino? Porque, sinceramente, no voy a poner en riesgo el futuro de todo mi equipo solo porque tienes una buena amiga que podría hacerte la vida más fácil.

—No hace falta que insistas, Bethany Anne, lo entiendo. Estoy seguro de que es la persona adecuada para este trabajo, y no la necesito solo para hacerme la vida más fácil. Pero creo que deberías hablar con ella antes de que la contratemos. ¿Podrías venir? Necesito integrarla lo antes posible.

—Quizá. Habla con ella primero, y luego avísanos a mí o a Ecaterina cuando estés listo. Quién sabe, puede que ya esté por allí...

Lance no estaba del todo seguro de lo que quería decir con eso, no tenía noticias de que ella fuera a dejar el Polarus para ir a Miami. Tendría que preguntárselo a Frank más tarde, o quizá a Nathan.

—De acuerdo, ella llegará en un par de días. Te haré saber cuándo. Muy pronto, creo. —Se despidió de ella y colgó.

Sabía que Bethany Anne no le haría daño, pero tampoco

podía ignorar el hecho de que Patricia tal vez no volviera a mirarlo del mismo modo después de todas saberlo todo. Si ella desaprobaba lo que él hacía con su hija, tal vez le doliera más de lo que había previsto.

¿Sufriría Patricia si Bethany Anne tenía que borrar parte de su memoria? No podía estar seguro. Lo que sí sabía seguro era que su propia reacción se quedaría grabada en su memoria el resto de su vida... que, probablemente, fuera muy larga.

Capítulo 3

POLARUS, BARCO DE LA PUÑETERA REINA

Gabrielle caminaba por el pasillo en dirección a la habitación de Bethany Anne. Había dejado a Darryl y Scott adoloridos y quejándose en la alfombra después de su sesión de entrenamiento. Darryl le había preguntado si algo le preocupaba, porque se había vuelto más agresiva a medida que avanzaba la sesión.

Tuvo que recomponerse al darse cuenta, con vergüenza, de que había dejado que sus preocupaciones afectaran sus emociones durante el entrenamiento con el equipo. Nada grave, pero no debía volver a suceder. Y solo conocía a una persona que pudiera entender lo que sentía.

Era una vampira que podía tener hijos.

Les había dicho a los chicos que se curaran las heridas, que tomaran analgésicos y dejaran de lloriquear como bebés. Scott, tendido en el suelo, simplemente le había mostrado el dedo. Ella rio y les lanzó toallas. Un poco antes, había entrenado con John y Eric, y hecho todo lo posible para prepararlos para su encuentro con los nuevos licántropos.

John estaba apostado en la entrada, y ella le hizo un gesto con la cabeza al llegar. Eric estaba de guardia en la cubierta. Killian, como buen francotirador que era, estaba en posición, listo para la acción si fuera necesario. Sin embargo, no había visto a Dan en todo el día.

Llamó a la puerta de Bethany Anne, y esta se abrió unos segundos después. Ecaterina se hizo a un lado que pasara y luego salió de la habitación. Al irse, dijo por encima del hombro:

—Lo siento, tengo que prepararme para una fiesta. —Gabrielle se detuvo un momento observar a la rumana con su amplia sonrisa. Se dio cuenta de que no la había visto tan feliz en semanas. ¿Y de qué fiesta hablaba?

Gabrielle sacudió la cabeza y cerró la puerta. Bethany Anne estaba sentada en su cama, con las piernas cruzadas. Alzó una ceja mientras Gabrielle se acercaba. Su franqueza y la sencillez en su manera de comunicarse eran parte de lo que le gustaba de la reina de los vampiros.

Fue directo al grano.

—Necesito hablar, y eres mi única opción en este tema.

Bethany Anne se lo pensó durante una fracción de segundo, luego usó su velocidad vampírica para diseccionar las palabras de su amiga. Ella era la única otra mujer vampira a bordo, además de ser su líder. En general, Gabrielle podía hablar con Dan de cualquier cosa que sus chicas necesitaran. Por lo tanto, debía ser un tema que afectara específicamente a las mujeres vampiro. Viendo la expresión angustiada de esta vampira mucho mucho mayor que ella, solo podía tratarse de una cosa.

Bethany Anne suspiró.

—¿Niños?

Gabrielle asintió mientras se sentaba en una silla contra la pared.

—No eres tan ingenua para ser tan joven.

—Lo he deducido por eliminación. Y, para ser franca, también pienso mucho en ello. Poder tener hijos de nuevo ha sido algo inesperado. No voy a fingir que me hace feliz enfrentarme otra vez a este dilema.

Gabrielle parecía confusa.

—¿Tienes a alguien con quien quieras tener hijos? ¿Cómo no me he enterado?

Bethany Anne le sacó la lengua.

—Sabes que no, y deja de intentar pincharme porque te llamé revientapollas.

La vampira miró a la joven.

—No, también me llamaste calientabraguetas, la reina de la gayola, pajinator, la maestra del empalme y compositora del orgasmo.

—Compositora del orgasmo en Ah menor, pero ¿quién se acuerda?

—Aparentemente, tú.

Bethany Anne se dio un golpecito en la frente.

—Tengo un simbionte extraterrestre en la cabeza. No olvida nada.

«Eh, ¡yo no he dicho nada!».

«Cállate. Quizá aún pueda ganar algunos puntos».

«Jo».

La boca de Gabrielle se torció en una mueca, como si acabara de probar un limón agrio.

—He buscado lo que significa gayola... ¿De verdad? ¿La reina de las corridas? ¡Es asqueroso!

Bethany Anne sonrió.

—Ah, ¿sí? Pensé que después de quinientos años ya lo habrías probado todo. Después de todo, tienes ese tatuaje...

Gabrielle se apresuró a replicar:

—*No* tengo quinientos años. —Se detuvo al darse cuenta de

que estaba cayendo en una trampa. Nunca le había revelado su edad a Bethany Anne, y su padre, que en paz descansara su alma maldita, había aceptado no decírselo nunca a nadie—. Me estás provocando, pero no funcionará.

—Quizá no esta vez, pero ahora sé que tienes menos de quinientos años.

Bethany Anne le guiñó un ojo a la vampira.

Gabrielle se frotó las sienes con las puntas de los dedos.

—Eres insoportable. ¿Por qué no puedes dejarlo estar? ¿No puede una mujer tener un secreto o dos?

—Estoy segura de que tienes más secretos de los que nunca conseguiré descubrir. Por ejemplo, ¿cuántos amantes has tenido? —preguntó Bethany Anne.

Gabrielle casi se atragantó.

—¿Qué? ¿Por qué demonios te contaría eso? No soy una ninfómana. Pero después de..., eh..., algunos años, una mujer tiende a tener... compañeros. Y después de unos... cuantos años más, son un buen puñado.

—¿Un puñado al mismo tiempo?

—¡No!

—Vale, cuatro.

—No fueron cuatro, solo tres. —El rostro de Gabrielle se puso rojo como un tomate y golpeó el suelo con el pie—. ¡Maldita sea!

Bethany Anne se revolvió en la cama y se partió de risa.

—Vaya, Gabrielle. ¿Tu padre sabe que estás hecha todo un pendón?

La otra sacudió el dedo en su dirección.

—No. ¡Y más te vale no decírselo! Me molestaría sin parar con eso si lo supiera. Pero ¡bueno! Vengo aquí a abrirte mi corazón, y me arrancas esta confesión. —Sus ojos se entrecerraron —. Eres horrible.

Bethany Anne logró contener la risa.

—No puedo evitarlo, soy curiosa. Es la predisposición natural de las mujeres y, como he llevado una vida muy casta... —Gabrielle resopló y recibió una mirada fulminante como respuesta—. ¿Puedo seguir? Como he llevado una vida muy casta, intento imaginar cómo será mi vida en el futuro... y eres la única que conozco que ha vivido lo suficiente para hablar de ello. Que no lo hagas me vuelve loca. —Terminó con una sonrisa—. Así que, al final, es tu culpa por negarte a hablar de tus experiencias.

Gabrielle estaba a punto de regañar a la joven vampira cuando se dio cuenta de que había acudido a ella por una razón similar.

—Vale, está bien. No me había dado cuenta de que tenías un motivo tan específico para querer saber sobre mi pasado. Nunca había pensado que te preocuparías por tu futuro. Pensaba que solo buscabas detalles picantes.

—Bueno, algunos de esos también. —Bethany Anne sonrió.

Gabrielle puso los ojos en blanco.

—Eres incorregible, mi reina. Está bien, te contaré más en otra ocasión. Y, para responder a tu pregunta, he tenido más de diez amantes. —Bethany Anne alzó una ceja—. Digamos veinte. —Subió la otra ceja—. Cuarenta. Pero distribuidos a lo largo de mucho tiempo. Y hubo una época, en París, en los años veinte, en la que algunos de esos términos que has usado podrían haberme descrito.

—¿En serio? ¿Los años veinte?

—No, la década de 1820.

—Dios, es como lo que decía Ivan sobre Stephen. Siempre hay que aclarar de qué siglo hablamos.

Gabrielle hizo su mejor imitación de su padre.

—En efecto.

Bethany Anne suspiró y se sentó.

—Has sido sincera, así que yo también lo seré. El tema que

quieres tratar me incomoda, así que me ha resultado más fácil bromear contigo. No sé qué quiero hacer en cuanto a tener hijos.

—Entonces, ¿entiendes mi dilema?

—Quizá. Aunque para ti creo que sería más fácil y más difícil. Más fácil porque llevas más tiempo, no sé cuánto exactamente, sabiendo que no puedes tener hijos... Así que, ¿por qué cambiarlo ahora? Por otro lado, tienes un amante humano y, en unos años, tal vez quiera ser padre. Si sabe que puedes tener hijos, te complicará las cosas con el paso de los años.

Suspiró.

—Sí, eso lo resume muy bien.

La vampira más joven se acercó al extremo de la cama y sacó las piernas.

—¿Cuánto te importa Ivan?

La mirada de Gabrielle se perdió en el vacío, por encima de la cabeza de su reina.

—No lo sé. Una parte de mí lo echa de menos, pero otra se olvida de echarlo de menos si tenemos trabajo. Solo pienso en él cuando todos duermen y estoy sola.

—Entonces, para ser brutalmente sincera, ¿ansías un compañero porque no te gusta estar sola, pero no es una necesidad imperiosa en tu vida en este momento?

Gabrielle arrugó la nariz.

—Dicho así, suena a que lo estoy usando.

—¿Quién dice que no os usáis el uno al otro? No sé lo que piensa Ivan. La distancia os está revelando que vuestra relación es agradable, pero que no es esencial en vuestras vidas. Creo que deberías hablar con él y decirle que necesitas tiempo. No es necesario mantenerle comprometido si no quieres una relación. No es como si se negara a proporcionarte una cama caliente... ¡Mierda! ¿Qué estoy diciendo? Sugerir que lo uses como un juguete sexual cuando vayas a Rumanía es un poco vulgar.

—Pero ¿acaso no es lo que hombres y mujeres han hecho durante siglos?

—No lo sé. No estuve allí en esa época. Pero tú sí. —Bethany Anne volvió a sonreír—. ¿Cuántos siglos hace que ocurre eso?

—Desde que tengo memoria —respondió Gabrielle sacando la lengua.

—Pero ¿cuántos?

—No es asunto tuyo. —Sonrió, satisfecha de que su amiga le hubiera quitado hierro a la conversación—. Llamaré a Ivan para decirle que estoy demasiado ocupada con el equipo como para tener una relación en este momento.

—¿Me contarás cómo va la llamada?

Miró a la mujer más joven.

—¿Seguirás intentando averiguar mi edad?

—Sí —dijo sin rodeos Bethany Anne.

Gabrielle suspiró.

—Valía la pena intentarlo. Te contaré lo de Ivan, aunque tenga que soportar tu insaciable curiosidad. —Se levantó—. Gracias, por cierto. Nunca había tenido una amiga con quien hablar de este tipo de cosas.

Bethany Anne la miró, desconcertada.

—¿Chicos?

—No. Bueno, sí, de algún modo. Pero más sobre asuntos del corazón en general. Cuando eres vampiro, ese tipo de cosas pueden usarse en tu contra. Nunca olvidamos a quiénes están apegados los nuestros, por si alguna vez pudiera servirnos. Así que, para evitarlo, nos cerramos y no compartimos nada.

—¿Por eso no hablaste con Stephen al respecto?

—¡Qué va! Él no lo habría usado contra mí. Simplemente, se habría burlado de mí durante siglos. Al menos uno, en todo caso. Y me hubiera resultado difícil aconsejarlo si hubiera estado gastándome bromas sobre eso a todas horas...

Bethany Anne levantó una ceja.

—¿Como de acostarte con tres hombres a la vez, quieres decir?

Gabrielle se acercó a la cama y bajó la cabeza a unos centímetros de su reina y declaró con voz lenta y mesurada:

—Creo que te odio.

Bethany Anne le dio un beso en la frente tan rápido que no tuvo tiempo de reaccionar.

—Para nada. Es que no estás acostumbrada a tener una amiga que te gaste bromas. Ya te acostumbrarás, créeme.

Gabrielle se enderezó, fascinada. El movimiento había sido rápido, el beso agradable, y el comentario le calentó el corazón como una hoguera en una fría noche de invierno.

—Sí, una amiga para tomarme el pelo. —Se dio la vuelta y se dirigió a la puerta, la abrió y la cerró sin girarse. Solo tras cerrarla, levantó la mano y se secó la lágrima que rodaba por su mejilla. Esperaba que la llamada con Ivan fuera bien.

Las Vegas, Nevada, EE. UU.

Jeffrey Diamantz y Thomas Billings, director general y programador jefe respectivamente, observaban los armarios informáticos distribuidos por el Edificio Uno. Habían pasado unos quince minutos decidiendo cómo llamarlos, y al final se habían decidido por Uno, Dos y Tres.

En el Edificio Uno se construiría a ADAM. En realidad, allí se ensamblarían todos los ordenadores y se encontraría el mecanismo IEM. El Edificio Dos albergaría los dispositivos secundarios y gestionaría la conexión a internet. Finalmente, el Edificio Tres serviría para alojamiento, duchas, comida y otros usos terciarios.

Las estanterías habían llegado el día anterior, y por la noche había ido un equipo a montarlas. No parecían gran cosa: unas enormes cajas metálicas con ruedas. Los dos hombres se habían dado de bofetadas y se habían preocupado cuando Nathan les preguntó si podrían moverlo todo una vez que se demostrara que el proyecto era viable y funcionaba. Su modelo original preveía racks de servidores atornillados al suelo. Luego, Thomas había tenido la brillante idea de cambiarlos a racks móviles, mucho más caros. Podrían bloquear las ruedas para trabajar, pero, cuando llegara el momento de moverlos, bastaría con desconectar los servidores, trasladarlos y volver a ponerlos en marcha en la nueva ubicación.

Con la esperanza, claro, de no matar en el proceso a la primera IA sintiente del mundo. Sería un gran desastre en los libros de historia.

Por otra parte, si ADAM 1.0 fuera a diseñar a ADAM 2.0, tal vez pudieran discutirlo con él, aunque sería como pedirle a un cirujano que se operara a sí mismo.

Aún estaban observando los armarios de los servidores cuando oyeron un vehículo que se acercaba en el exterior. Los frenos chirriaron horriblemente. Thomas miró a Jeffrey, quien se encogió de hombros. Salieron por la puerta y vieron un *jeep* azul con el emblema de la Fuerza Aérea en la puerta. Un hombre permaneció al volante mientras otro bajaba del lado del pasajero.

Jeffrey tomó la iniciativa.

—Buenas tardes, oficial... ¿Billings?

El hombre rubio cerró la puerta, se puso el sombrero y estrechó la mano que Jeffrey le ofrecía.

—Así es. Vengo de Nellis, como ya habréis adivinado. —Se volvió para estrechar también la mano de Thomas.

—¿En qué podemos ayudarle?

—Vengo a informarme sobre nuestros nuevos vecinos, que acaban de comprar un terreno y están instalando toneladas de equipos informáticos justo al lado de una base militar. Además, tengo entendido que piensan hacer un uso considerable de las redes de comunicación y tener una conexión a internet masiva. No querría cometer el error de confundir a nuestros nuevos vecinos con una potencia extranjera que intenta espiar nuestra instalación informática...

El rostro de Thomas se puso muy pálido, pero Jeffrey logró mantener la compostura. Mierda. Nadie había pensado en la impresión que sus actividades podrían causar en el Ejército. Gastar millones de dólares en equipos informáticos justo al lado de una base militar no era ninguna tontería.

Thomas se aclaró la garganta.

—Eh..., no, nada. Para ser sincero, ni siquiera pensamos en que seríamos vecinos ni la impresión que podría dar. Solo necesitábamos encontrar unas instalaciones, y este lugar tenía el SET que necesitábamos. Además, estaba disponible de inmediato, lo que nos permitía cumplir con nuestro calendario.

El oficial del Ejército del Aire se quedó perplejo.

—¿El set?

Thomas sacudió la cabeza, tratando de recuperar el equilibrio.

—Sí, lo siento: Señal, Energía y Tuberías. Nuestra empresa, Patriarchal Research, ha desarrollado un nuevo programa que necesitamos probar. Pero no queríamos hacerlo con un acceso demasiado directo a la red. Nuestros superiores han exigido resultados rápidos. Pensábamos que tendríamos dos años, pero nos han dado un poco menos...

Una sonrisa apareció en los labios del oficial Billings.

—¿Cuánto tiempo os han dado?

—Dos meses.

El militar asintió, como si ya esperara esa respuesta.

—Me imagino que eso os ha presionado bastante. ¿Cuánto habéis tardado en encontrar las instalaciones?

Thomas miró a Jeffrey, como si también lo escuchara por primera vez.

—Dos días..., tres, más o menos. —Se volvió hacia el agente —. Ya habíamos consumido el cinco por ciento del tiempo asignado, así que aceptamos la primera oportunidad que surgió. Le mostramos el lugar a la dirección y aprobaron la compra y empezamos a hacer los ajustes necesarios, incluyendo el generador, la conectividad, la refrigeración, sin mencionar las obras. Los racks y los armarios están dentro. Tenemos mucho trabajo por delante.

El oficial miró a su alrededor.

—¿Y qué planeáis hacer con todo esto?

Ese era el verdadero problema. Jeffrey no creía que fuera buena idea revelarle a ese hombre su intención de crear la primera inteligencia artificial del mundo. Por otro lado, si algún día se descubriese que había mentido, no sabía cuáles serían las consecuencias. Así que intentó desviar la conversación, volviéndose hacia su colega.

—Oficial Billings, le presento a Thomas Billings, el responsable de nuestro Departamento de Investigación y Desarrollo.

—Billings..., ¿eres de Nevada? —preguntó Thomas. El militar negó con la cabeza firmemente.

—¡Dios, no! Montana.

Thomas se encogió de hombros.

—No conozco a nadie en Montana, así que dudo que tengamos algún parentesco. —Se giró para señalar el edificio del que habían salido—. Este es el Edificio Uno. Hemos colocado aquí todos los ordenadores encargados de ejecutar nuestro algoritmo de defensa heurística. No habrá ninguna conexión a internet aquí. —Señaló la siguiente estructura—. El Edificio Dos alberga toda nuestra conectividad, junto con algunos servidores para la recuperación de datos. Solo lo usaremos para descargar lo que necesario y transferirlo por *sneakernet* al Edificio Uno...

—Perdón, ¿*sneakernet*? —interrumpió el soldado—. No había oído ese término. ¿Qué significa?

Thomas señaló con el dedo sus zapatillas Adidas.

—Como *sneakers*. Tendremos que llevar a pie los datos de un edificio a otro. No habrá conectividad entre ellos.

—¿Y por qué no?

Jeffrey se tensó. Habría preferido que Thomas no contara toda la verdad.

Su compañero se encogió de hombros.

—Por precaución. Si el *software* no funciona como está previsto, no queremos que acceda directamente a la red. Lo instalamos en un servidor AWS de Amazon hace unos años y diez minutos de actividad en internet nos costaron trescientos mil dólares, lo que molestó bastante a los jefes. —Se giró hacia su director—. Sin ánimo de ofender.

Jeffrey sacudió la cabeza con incredulidad.

—No pasa nada. —En lugar de inventarse mentiras, Thomas lo desconcertaba diciendo la verdad—. Imagínate lo que pasaría si algún despistado se olvidara de desconectar el sistema. La factura haría desmayarse hasta a una Kardashian.

Billings —el militar, no el programador— estaba convencido de que no trataba con terroristas extranjeros, sino con dos científicos un poco chiflados. Se preguntaba por qué no los habían despedido todavía. ¿Trescientos mil dólares en cargos? Y pensar que se había vuelto loco cuando su hija excedió su límite de mensajes de texto y tuvo que pagar un suplemento de setenta dólares.

—¿Y el último edificio? —preguntó, señalándolo con el dedo.

Esta vez fue Jeffrey quien respondió.

—Ese es para la comida, los baños, las duchas, las camas...

Solo tenemos unas semanas para terminar este proyecto, así que algunos de nosotros no tendremos el lujo de volver a casa. Y como prefiero evitar una invasión de hormigas en nuestras infraestructuras informáticas, seré muy estricto con la limpieza.

Esa era una razón que el oficial podía entender y apreciar perfectamente.

—Está bien. Espero que entendáis por qué estábamos un poco nerviosos. —Ambos hombres asintieron—. Seguramente me pase de vez en cuando, solo para asegurarme de que todo va bien.

Volvieron a estrecharse las manos, y luego Jeffrey y Thomas vieron cómo el *jeep* se alejaba.

—¿Era eso lo que querías? —preguntó finalmente el programador.

Jeffrey reflexionó un momento sobre la pregunta.

—No. Pero ha sido la respuesta perfecta. ¿Cómo pudimos pasar por alto un problema tan evidente?

Sus ojos se volvieron de nuevo hacia el vehículo en la distancia. Thomas siguió su mirada.

—Tal vez porque no somos terroristas buscados por el Ejército estadounidense y no pensamos en la impresión que podría dar.

Jeffrey estuvo de acuerdo:

—Sí, esperemos que ADAM 1.0 no se convierta en ADAM 2.0 Anarquista.

—Esperemos que no... —respondió Thomas. Se dieron la vuelta y volvieron al Edificio Uno.

Capítulo 4

AD AETERNITATEM, NAVÍO DE LA PUÑETERA REINA

Bobcat estaba en plena conversación con el ingeniero jefe John Rodríguez, que se encontraba en el Ad Aeternitatem para la reunión. Esta se celebraba en una sala privada dentro del superyate. Bethany Anne había permitido al piloto incluir a todos los que considerara necesarios su proyecto, y Rodríguez era bien conocido por su capacidad de lograr milagros con simples cables eléctricos y trozos de cuerda. Eso, claro, sin contar con el alcohol y las palabrotas, que él a veces consideraba ingredientes esenciales.

El ingeniero tomó la palabra.

—Te lo repito, Bobcat, los efectos térmicos a esa velocidad afectarán inevitablemente a las personas del interior. Deberíamos hacer pruebas, pero para eso necesitamos un científico que conozca mejor estos materiales que tú o yo. El modelo podría reducir la resistencia al viento, pero, a menos que tengamos una forma de ignorar el aire... —Se interrumpió un momento—. No la tenemos, ¿verdad?

Bobcat revisó lo que sabía.

—Seguramente no. La nave de TOM no tiene nada de eso, así que no veo por qué nosotros deberíamos tenerlo.

El ingeniero Rodríguez reflexionó unos segundos más.

—¿Podríamos replicar el sistema de propulsión del platillo?

—Me encantaría, pero no sé si es posible. —Ambos hombres sonrieron ante esa idea—. Entonces, lo que dices es que vamos a necesitar uno de esos científicos de cohetes, ¿verdad?

Bobcat suspiró.

—Sí. Puedo hacer muchas cosas, pero no soy un científico espacial. —Cada uno cogió su cerveza.

—Voy a llamar a Frank. Ecaterina debe tener su número. Me pregunto qué clase de científico será este tipo...

Rodríguez tenía una ligera idea, pero prefirió no fastidiarle la sorpresa al piloto, así que no respondió. Tras terminar su cerveza, se despidió de su compañero y fue a buscar a alguien que lo llevara de vuelta al Polarus.

Bobcat sacó su móvil para llamar a Ecaterina. No tardó en responder y, unos segundos después, le envió el número de Frank. Marcó el nuevo número y se sorprendió al escuchar la voz del anciano contestar en el primer timbrazo.

—Hola, soy Bobcat. Me preguntaba si tendrías unos minutos para hablar conmigo.

La característica voz de Frank volvió a sonar por la línea.

—Claro, Bobcat. ¿Qué necesitas?

El piloto notó la curiosidad en la voz del hombre.

—Créelo o no —dijo con una sonrisa—, pero necesito un científico de cohetes.

El hombre mayor soltó una carcajada.

—¿Eso es todo? ¿Cualquier ingeniero serviría, o necesitas un tipo específico?

El piloto vaciló.

—Bueno, no sabía que había diferentes tipos. ¿No tendrás un catálogo, por casualidad?

—Lo siento, no. Mejor dime qué necesitas exactamente y revisaré mis contactos, a ver si encaja alguien. ¿Podrías enviarme los detalles por correo?

—Claro, es fácil de hacer. Pero ¿son seguros los correos electrónicos?

—Solo haz como si hablaras con alguien de un programa de *Ancient Aliens*. Si alguien lo leyera, lo descartaría como tonterías.

—De acuerdo, puedo hacerlo. ¿Tienes alguna idea de cuánto podría tardar?

Bobcat quería reunir tanta información como fuera posible. Temía que la nave no estuviera lista cuando Bethany Anne la necesitara.

—En unas doce horas debería saberlo. Podré darte más información en unas veinticuatro horas o, como mucho, cuarenta y ocho. Podríamos tener a alguien en unos días, si encuentro a una persona disponible y logro despertar su curiosidad lo suficiente.

Bobcat sintió que la tensión lo abandonaba.

—¡Me estás salvando la vida, Frank! La próxima vez que nos veamos, te pagaré tantas cervezas como puedas beber.

Después de colgar, Frank miró su teléfono y sacudió la cabeza.

El piloto cerró el cuaderno donde había esbozado diferentes tipos de modelos. Se levantó y se dirigió hacia la puerta, que cerró tras de sí. En el pasillo, se cruzó con Chris. Juntos se dirigieron al piso de arriba, discutiendo las diferencias entre el Sikorsky y el Black Hawk, y la facilidad de manejo de cada uno.

Bobcat estaba algo deprimido por tener que despedirse de Shelly. Pero sabía que las nuevas naves eran el futuro, y desde el principio había sabido que este día llegaría. Claro, Bethany Anne, en su momento, no había dado detalles sobre la naturaleza de esas naves, y probablemente la habría tomado por loca si le hubiera revelado que algún día estaría trabajando con tecnología extraterrestre.

Polarus, barco de la puñetera reina

Pete tuvo que pedirle ayuda a Frank con los pasaportes de dos licántropos, lo que los hizo perder algo de tiempo. Durante el viaje en el Gulfstream, y luego en Shelly, había aprovechado para conocerlos mejor.

El alfa nominal de este grupo era un tal Tim Kinley. Pete lo encontraba inteligente, agresivo y con una paciencia bastante limitada. La espera por los pasaportes en el avión no había ayudado. Finalmente, Pete había abierto la puerta para hacerlos correr alrededor del patio y que liberaran un poco de tensión. Una vez que recibieron los pasaportes, volvieron a subir a bordo y el avión despegó.

Luego estaba Joel Holt, el cuarto hijo de un jefe de manada en Virginia, que no era demasiado fan de los negocios familiares. Pete pensaba que era todo lo contrario a él. Mientras que su padre le había dado demasiado, el de Joel le había dado muy poco: poco tiempo y poca atención. No le habría sorprendido que la decisión de Joel de dejar la vida de manada, y en particular la de su padre, fuera una forma de llamar la atención del viejo.

Pete había charlado un poco con Rickie Escobar después. Era divertido, escandaloso y muy bromista. Los miembros de la guardia no creían que Rickie aguantara más de una semana. No porque fuera débil, sino porque no parecía tomarse nada en serio. En la Guardia Real había que mantener los pies bien firmes sobre la realidad para evitar que un compañero muriera. Perder la concentración significaba la muerte: la propia o la de un compañero.

Luego pasó un rato con Joseph Greggs. Un tipo intenso y tranquilo, resultaba un poco difícil entender por qué ese licántropo había dejado su manada. Pero al final descubrió que todo se había desencadenado tras un comentario sobre la estructura interna de la manada. En diez minutos, Joseph se explayó sobre el controvertido tema. A Pete no le interesaba mucho la política, así que no dijo mucho. Tampoco se sentía en la posición de juzgar las opiniones del otro. Sin embargo, Joseph no parecía un fanático, así que por ahora estaba dispuesto a darle el beneficio de la duda.

Por último, Pete tuvo su conversación más fascinante con Matthew Tseng. Era un caso raro en América: un licántropo de origen asiático, nacido de padres inmigrantes. En general, los *wechselbalg* de Asia, sin importar el país, no iban a Estados Unidos. Era algo tan poco común que el Consejo los había vigilado discretamente durante años para asegurarse de que no fueran espías. Curiosamente, el hecho de que el hijo de esta pareja quisiera dejar la manada fue suficiente para calmar las preocupaciones de algunos miembros del Consejo, quienes aún desconfiaban de los padres incluso tres décadas después.

Matthew era un tipo agradable y rápido como el rayo. Se dieron cuenta jugando al calientamanos: dos oponentes debían extender las manos, uno con las palmas hacia abajo, el otro justo debajo con las palmas hacia arriba. El de abajo debía intentar golpear el dorso de una mano del otro, mientras que este debía evitar el golpe retirando la mano a tiempo.

Pete había sido incapaz de ganar ni una sola ronda. Los otros licántropos se unieron al juego y hasta Tim tuvo que admitir que el asiático era anormalmente rápido. Además, daba la impresión de ser muy sincero. Si no estaba de acuerdo con algo, lo decía sin más. Nunca intentaba demostrar que tenía razón, a menos que le pidieras más detalles. Pete intentó responder algunas de sus preguntas sobre la EPR y, cuanto más hablaban, más sentía que encajaría perfectamente en el equipo.

Tim miró a través de la ventanilla cómo se acercaban al barco. Era un buen nadador, pero ver tanta agua le provocaba estrés y sintió que aumentaba su ansiedad. Oyó que Rickie decía algo sobre que el tamaño del yate pretendía compensar otras carencias, pero ninguno le rio la gracia y Tim lo escuchó decir las palabras «público difícil» entre dientes.

Entonces vio al francotirador en un lugar bien oculto, en la parte superior de la gran nave. Al mirar a su alrededor, vio a otros en puntos estratégicos. En su mente, era un esfuerzo cuidadosamente orquestado para parecer normal que engañaría a la mayoría de la gente que no lo viera desde arriba. A vista de pájaro, era obvio que todas las personas de la cubierta tenían a todas las demás en su rango de visión. Había oído hablar del equipo de Cuerpos Especiales que habían estado en la reunión de Nueva York con la vampira, pero no se había dado cuenta de lo organizado que era el equipo. Tim no era un profesional, pero había estudiado todo lo que había podido en Internet, y por lo que pudo ver, ya no estaban en Kansas.

El Black Hawk aterrizó y Pete abrió la puerta. Dos humanos los esperaban: uno en traje, mayor pero musculoso; el otro, gigantesco, al menos diez centímetros más alto que Tim.

Resistió el impulso de golpearlo. Su lado alfa se sentía amenazado por la impresionante complexión de ese hombre. Tenía que controlarse o corría el riesgo de que lo expulsaran. Pete les había recordado a todos que Bethany Anne era la ley allí, y que les arrancaría la cabeza si la fastidiaban demasiado.

Había un refrán que decía que, si ibas a matar a alguien, debías llevar una pala para enterrarlo. Pero allí no era necesario: el agua te tragaría y nadie sabría nada. Ese pensamiento ayudó a Tim a contener su ira.

Incluso Rickie se quedó atónito y en silencio durante un

instante. Joel miraba a su alrededor. Joseph estaba boquiabierto. Matthew se limitó a saltar del helicóptero y echó un vistazo. Pete le dio una palmadita en el hombro a Bobcat antes de salir de Shelly y cerrar la puerta.

Dan sabía que no valía la pena hablar tan cerca del Black Hawk. Inclinó la cabeza y, con un gesto de la mano, los instó a seguirlo.

Todos notaron que el hombre corpulento esperó hasta que pasaron para cerrar la marcha. Ninguno de ellos podría «perderse» en el camino. No tenían idea de adónde iban, pero no habían imaginado ni por un segundo que el barco pudiera ser tan grande como para perderse en él. Tim y Joel vieron otro yate un poco más lejos, con otro helicóptero. No era tan grande como ese, pero, aun así, era imponente.

Todos los evaluaban al pasar, antes de apartar la mirada al ver con quién iban.

Los licántropos, por su parte, se preguntaban en qué lío se habían metido y dónde estaba la aterradora vampira.

* * *

Dan condujo a las nuevas incorporaciones a la sala de conferencias más grande y les señaló las sillas. Dos tipos más corpulentos llegaron. En el hombro llevaban la misma insignia que Pete. Cogieron sus mochilas y se las llevaron. Uno era blanco; el otro, negro. Unos segundos después, un tipo bronceado con la misma insignia entró en la sala y se colocó al fondo.

El hombre de mediana edad se dirigió al frente y llamó su atención.

—Buenos días, señores. Me llamo Dan Bosse y dirijo la rama militar de la Sociedad EPR. Antes de este noble empleo, trabajé para el gobierno estadounidense durante unos treinta años. Dediqué la mitad de ese tiempo a luchar contra vampiros jóvenes, viciosos y sin cerebro, llamados Nosferatu. ¿Habéis oído ese término antes? —Solo recibió miradas vacías por respuesta—. Maldita sea, ¿es que vuestros padres no os enseñaron nada sobre los vampiros?

Matthew levantó la mano y Dan asintió en su dirección.

—¿Sí, señor Tseng?

El asiático estaba asombrado de que el otro supiera su nombre.

—Solo que debemos evitarlos y correr lo más rápido posible si uno de ellos aparece en la región.

Dan gruñó.

—Bueno, supongo que esa estrategia es tan buena como cualquier otra. Lo cual me lleva a una transición perfecta... Eric, ¿puedes apagar las luces? —Las luces se atenuaron y se encendió el televisor LCD empotrado en la pared—. Lo que estoy a punto de compartir no se sabe fuera del personal de EPR Enterprises. He pasado gran parte de mi vida asegurándome de que el sacrificio de estos hombres nunca se atribuyera al Mundo Ignoto.

Dan enumeró los nombres de muchas personas, sus edades y su historial de servicio, terminando con el momento y la forma de su muerte. Eso impactó a todos los licántropos, pero sus prejuicios no podían desaparecer tan fácilmente. Al fin y al cabo, se trataba de humanos... Humanos duros, sin duda, pero no tenían la fuerza, la resistencia ni la velocidad de un *Wechselbalg*. Entendían por qué Bethany Anne quería reclutar a hombres lobo para luchar contra esas monstruosidades.

De hecho, los licántropos reaccionaron más o menos como John había predicho. Respetaban a los agentes caídos, pero creían que eso no podría haberles pasado a ellos.

Una vez encendidas de nuevo las luces, Dan continuó:

—Supongo que pensáis que, si hubierais estado en el lugar

de esos hombres, habríais sobrevivido. Dudo poder convenceros con más explicaciones o grabaciones. Así que os pediré que levantéis la mano si pensáis que un humano sería incapaz de venceros.

Dan observó todas las manos levantarse, excepto una. Sus ojos se posaron en el asiático.

—Señor Tseng, ¿no levanta la mano?

—Soy una persona cautelosa, señor Bosse. Estoy dispuesto a pelear con quien quiera, pero no puedo afirmar que ningún humano podría vencerme solo porque nunca he conocido a uno que fuera capaz de hacerlo.

Ese comentario provocó algunas risas en la mesa. John pensó que ese tipo sería el más difícil de derrotar de todo el grupo.

—Entiendo. Por desgracia, los únicos vampiros que tenemos a bordo serían una pésima introducción a los Nosferatu. Las dos que están en nuestros barcos, ambas mujeres, por cierto, os derribarían tan rápido que no aprenderíais nada. Así que tendréis el honor de enfrentaros a la Guardia Real. Son cinco. Vosotros sois cinco. Uno de ellos, como sabéis, es Pete. Si os parece injusto, podemos pedir a uno de los humanos, suponiendo que quede alguno en pie, que lo reemplace.

Tim pensaba que eso era justo. Personalmente, tenía ganas de pelear contra el tipo corpulento: parecía capaz de aguantar al menos unos minutos.

Todos abandonaron la sala de reuniones y Dan los condujo a la zona de entrenamiento. Distribuyó atuendos de combate y luego les dio tiempo para calentar y estirar los músculos.

Los miembros de la Guardia Real hacían lo mismo mientras escuchaban canciones de AC/DC. A los licántropos les parecía extraño escucharlos deformar las letras para incluir el nombre de Bethany Anne. Cada vez que lo hacían, los humanos estallaban en carcajadas. Las nuevas incorporaciones no querían hacer nada que pudiera enfurecer a la vampira, dondequiera que estuviera.

Dan gritó por encima de la música.

—Señor Escobar, el tapiz es suyo. Para su sesión, Eric hará el papel del Nosferatu. —Miró a los demás—. Los Nosferatu atacan para alimentarse sin pensarlo demasiado. Pero no creáis que carecen de inteligencia, o al menos de astucia. Si bajáis la guardia, aunque sea por un segundo, lo aprovecharán. ¿Lo entiende, señor Escobar?

Rickie hizo comentarios despectivos, burlándose de las reglas.

—Que venga su Nosferatu, lo convertiré en comida para perros. —Rickie levantó los brazos delante de él de manera despreocupada, como si diera por ganado el combate. Notó que Eric se movía de una manera extraña, que parecía a la vez difícil de ejecutar y que reducía su velocidad a la mitad.

Aquello sería demasiado fácil.

Dan habló una vez más.

—¿Tiene alguna pregunta sobre los Nosferatu, señor Escobar? ¿Le gustaría saber qué pueden o no pueden hacer? —Esperó pacientemente la respuesta del licántropo.

Rickie parecía confiado.

—Perdón —respondió sonriendo—. Solo necesito saber cuánto tiempo queréis que dure este combate. ¿Le dejo algunos asaltos antes de acabar con él?

—¿Esa es su última palabra, señor Escobar? ¿Sí? Muy bien. Entonces, la respuesta es que puede ganar tan rápido como quiera o alargar el placer. Pero recuerde que, cuanto más tarde, más tiempo le dará al Nosferatu para alcanzarlo. Ahora, puede comenzar.

La sonrisa de Rickie se ensanchó. Miró orgulloso a los otros licántropos, añadiendo más leña al fuego. Cuando volvió a mirar a su oponente, Eric le disparó en el estómago.

Rickie gritó de sorpresa y cayó.

—¡Hijo de puta! —El guardia se acercó dando saltitos y usó la culata de su arma para golpearlo en la sien. El golpe fue tan fuerte que el licántropo se quedó inconsciente.

Los nuevos reclutas estaban atónitos.

Eric se levantó, hizo una ronda y fue a recoger su casquillo. Pete se acercó a Rickie, lo tomó por los hombros y miró a Joseph.

—¿Puedes ayudarme? Se recuperará. La bala era de plomo. —Joseph ayudó a mover a Rickie hasta un colchón colocado en el suelo. Pete lo escuchó murmurar entre dientes—: De todas formas, le va a doler un huevo cuando despierte.

Él le respondió.

—De eso se trata, ¿no crees? —Joseph se dio cuenta de repente de que había cinco colchones y cinco reclutas *Wechselbalg*.

«Mierda».

Como Tim fue el último en luchar, ninguno de sus compañeros lo vio pedir pelear contra John. No era ni siquiera justo. El licántropo era grande, fuerte y rápido. Pero, a diferencia de John, no había entrenado con vampiros y no tenía ninguna experiencia combatiendo contra Nosferatu. Al final, el humano resultó ser más fuerte y casi igual de rápido, pero, sobre todo, estaba mucho mejor preparado. Derribó a Tim en cinco segundos, aunque no lo dejó inconsciente hasta el tercer asalto. Al despertar, el licántropo sabría que había recibido la paliza de su vida.

Mientras Pete y John lo llevaban a una plataforma de espera, Pete llamó a Eric:

—¿Le has disparado? *Jodó*, eso es cruel incluso para ti.

Eric sonrió.

—Te apuesto a que la próxima vez se lo pensará mejor y hará preguntas más interesantes.

Eso provocó algunas risas. Todos pensaban que el licántropo bocazas sería más prudente la próxima vez y trataría de entender mejor las reglas del juego.

No pasaron más de diez minutos hasta que los licántropos comenzaran a despertarse con sus heridas ya cicatrizadas, incluso la bala que Rickie había recibido había sido expulsada por su cuerpo.

Dan no permitió que se limpiara nada hasta que no visionaran la grabación de la sesión. Quería que todos vieran sus heridas.

Después de que todos estuvieron bien despiertos y hubieron bebido agua, regresaron en silencio a la sala de reuniones. Cuando Rickie se despertó, Dan fue a hablar con él en privado. Este hizo una mueca y negó con la cabeza.

Capítulo 5

POLARUS, BARCO DE LA PUÑETERA REINA

Durante la segunda parte de la reunión, observaron grabaciones con los Nosferatu y Bill, y numerosas escenas de combates sangrientos.

Dan no tuvo que decirles que los primeros humanos habían sido asesinados. Los licántropos habían sido derribados por humanos que habían vencido a los Nosferatu. Si los licántropos no podían derrotar a los humanos, no durarían mucho contra esas criaturas. Fue un pensamiento desalentador para los cinco jóvenes.

La imagen de Bill, en toda su gloria vampírica, los dejó conmocionados. Era el coco, uno de esos monstruos que llegaban por la noche, contra los que todas las madres advertían. Esa imagen los marcó a todos antes de que Dan pasara a otras secuencias de combate.

Al final del vídeo, les sirvieron comida, y Dan los dejó ir a cambiarse.

Con John, estaban contentos. No se había planeado disparar a nadie, pero había sido una lección, una que todos recordarían. De todos modos, Rickie solo había sentido un dolor leve. Más que nada, estaba avergonzado. En el momento había experimentado más sorpresa que dolor. No sintió mucho más hasta que volvió en sí.

Después de todo eso, estaban agotados. Pete los llevó a sus habitaciones y les advirtió que tendrían que mantenerlas igual de limpias durante su estancia. Añadió que deberían descansar lo máximo posible, porque John Grimes —el tipo grande y musculoso— solía despertar a las nuevas incorporaciones muy temprano por la mañana.

Eran las diez de la noche cuando cerró la puerta de la habitación que compartían los licántropos. Cuatro horas después, John entró golpeando con fuerza una tapa de basura para despertarlos. Toda la Guardia estaba con él. Una vez despiertos, los llevó de vuelta a la sala de entrenamiento, donde John los hizo correr vueltas cronometradas. También hicieron ejercicios y flexiones. Pararon a las cuatro de la mañana. John les anunció que tenían quince minutos para prepararse el desayuno.

Cada uno de los gruñidos y quejas que oía John, no hacía más que aumentar su sonrisa.

Después del desayuno, hubo otra simulación de combate contra los Nosferatu. Luego, John les pidió que se prepararan una sesión de combate cuerpo a cuerpo. Esta vez, los cinco licántropos fueron más cautelosos.

A las diez de la mañana, llegó la prueba final.

Tim, Joel, Rickie, Joseph y Matthew se presentaron con ropa de combate blanca. Pete llevaba un conjunto negro con la insignia en el hombro. Darryl, Scott y Eric estaban reunidos en una esquina, con los brazos cruzados. Pete fue el único que se estiró y se preparó.

—Bueno, escuchad, chicos. Sois nuevos y participáis en estas sesiones por primera vez, pero eso no significa que no hagamos todo lo posible para que estéis listos trabajar en equipo, por si ocurre algo mañana. Como no sabemos qué podría suceder, no me gusta veros tan desorganizados. En consecuencia, tendréis que seleccionar a un líder entre vosotros. No sé cómo los *Wechselbalg* elegís a vuestro líder, pero, como me importa una mierda quién salga victorioso, no voy a interferir. Para que todo sea más justo, nosotros, los humanos, vamos a salir de la sala.

»Pete ha decidido que quiere intentar ser el líder, así que se quedará con vosotros. La única regla es que limitéis los daños a lo absolutamente necesario. Cualquier abuso contará en vuestra contra, y un solo punto en vuestra contra podría ser suficiente que como para que os lancen por la borda. Consideraremos la gravedad de vuestras acciones para decidir si os lanzamos un salvavidas o no. Así que no la caguéis. Hay cámaras por toda la sala. No creeremos la palabra de nadie por encima de la de otro. Si no puedo decidirme, Dan lo hará. Y él consultará a Nathan. Si esos dos no se ponen de acuerdo, Bethany Anne será quien decida.

—¿Eres el jefe de los humanos? —preguntó Tim.

Se habría sentido un poco mejor sabiendo que había sido vencido por un superior. De esa manera, al menos, podría considerarse superior a los otros humanos. Los había observado luchar y había quedado impresionado por la Guardia. Pero, en el fondo, siempre había estado convencido de que podía hacerlo mejor, y John le había hecho darse cuenta de que no era tan bueno como creía.

—No —respondió John mirándolo—, ya no lo soy. Nuestra líder es una mujer. Y, créeme, no querrás enfrentarte a ella solo. A menudo entrenamos cuatro contra ella. A veces empatamos, pero aún no la hemos vencido. No intentes enfrentarte a ella pronto, Tim. —John miró a los otros licántropos uno por uno, incluido Pete—. Necesitáis espabilaros. Vuestro líder no tiene por qué ser el más fuerte. Es quien os guiará a través de la oscuridad para llevaros sanos y salvos al otro lado después de cumplir vuestra misión. Pensad en eso cuando toméis vuestra decisión.

Sin más palabras, John se dio la vuelta y se dirigió a la salida, seguido de cerca por los demás humanos.

El equipo de la EPR esperaba que Pete ganara, pero no podían hacer nada al respecto. Nathan había explicado que los *Wechselbalg* solo seguirían a alguien más fuerte que ellos. Lo que no significaba necesariamente una fuerza física por encima de la inteligencia o la sabiduría, pero nunca podrían obedecer a un líder que no fuera el mejor. Eso estaba grabado a fuego en su ADN. No podían saber hasta qué punto era cierto. Su ADN se había manipulado para hacerlos genéticamente incapaces de aceptar a un líder débil.

Cuando Pete informó a John y Gabrielle de que quería liderar el nuevo equipo, le hicieron todas las preguntas que se les ocurrieron y asegurarse de que lo hacía por las razones correctas. Ambos habían quedado satisfechos con su actitud y su estabilidad emocional. La vampira había pasado ocho agotadoras horas entrenándolo personalmente, llevándolo al límite de sus capacidades y pateándolo mientras estaba en el suelo. Le había preguntado cada vez que estaba en el suelo, su cuerpo reparando los huesos rotos, los hombros dislocados y los pequeños cortes que le había propinado con sus espadas, si estaba dispuesto a soportar ese dolor por su equipo.

Pete tenía que saber, por encima de todo lo que esos nuevos reclutas pudieran hacer, que era capaz de llegar hasta el final. Gabrielle por fin se convenció de que estaría a la altura de la responsabilidad. Si uno de los reclutas lograba vencer a Pete, sería porque de verdad merecía el puesto.

Le advirtió que, si se embarcaba en esa iniciativa, tendría que quedarse con ese equipo, ya fuera que perdiera o ganara. Y tendría que hacer todo lo posible para que el nuevo equipo fuera un éxito, ya fuera como líder o como simple miembro.

Ese día, Pete había consumido tres comidas para reponer la energía necesaria para recuperarse después de la paliza que había recibido de Gabrielle.

La puerta se cerró tras John y el equipo de EPR, y los lobos se quedaron solos.

Pete los miró.

—Todos sabemos que solo puede haber un ganador, solo uno en quien confiaremos, solo uno que aceptaremos que nos guíe. Os advierto desde porque no me contendré. Nada me impedirá hacer lo que sea necesario para asegurarme el puesto. No espero menos de vosotros.

»Somos el primer equipo de licántropos que se une a la Guardia Real. Quienes estuvisteis en la reunión de Nueva York sabéis que no toleraré ninguna falta de respeto hacia Bethany Anne. Por eso, tendréis que vencerme si queréis liderar este equipo. Si pensáis que otro, o vosotros mismos, seríais un mejor líder, es el momento de decirlo.

Hablaron durante unos minutos, y Tim dejó claro que tenía la intención de intentarlo. Casi parecía apenado, pero explicó que el lobo en él no podía hacer otra cosa. Aquello no molestó a Pete. Matthew, Joel y Joseph dijeron que aceptarían seguir a cualquiera de los dos. En cuanto a Rickie, declaró que le habría gustado el puesto, pero aún estaba demasiado dolorido por la paliza del día anterior. Nadie creía que fuera lo bastante fuerte como para vencer a Tim, así que, en realidad, no estaba dejando pasar una oportunidad.

Los únicos candidatos reales eran Pete y Tim. Este último pesaba ciento cuarenta kilos y medía unos centímetros más que Pete. Sin embargo, no tenía la misma experiencia y no había entrenado con Gabrielle. El dolor no era su amigo, pero Pete lo conocía íntimamente. También conocía sus límites y sabía de lo que era capaz para alcanzar su objetivo.

Ambos contendientes se acercaron y se estrecharon las manos. Ambos sabían que no había nada personal en ello.

Simplemente era la forma de hacer las cosas de los *Wechselbalg.*

* * *

Bethany Anne estaba en su habitación. Habían instalado tres monitores que pudiera escuchar la conversación y observar los combates. O más bien, el combate, ya que, al parecer, solo había dos candidatos. Todd Jenkins y sus hombres también lo verían desde en el otro barco. Todos querían saber si ese grupo lograría convertirse en algo más que una banda de lobos jóvenes e indisciplinados. Era una novedad, incluso para Dan y su equipo. Ninguno había tenido que enfrentarse jamás a los *Wechselbalg.*

A miles de kilómetros de distancia —en Denver, Colorado — otra persona observaba el espectáculo. No trabajaba para Bethany Anne, pero, cuando lo llamaron para decirle que su hijo iba a luchar por una posición de alfa, Jonathan Silvers admitió que le gustaría verlo con sus propios ojos.

Jonathan estaba orgulloso de su hijo. No solo de verlo pelear, sino más aún por la forma en que lo hacía. Pete había recibido una buena cantidad de golpes desde el principio. Su oponente tenía mayor alcance, pero él lograba mantenerse en pie. Tim no tenía ninguna intención de averiguar quién vencería primero. Ambos sabían que no sería un combate rápido. Su futuro sería determinado por el resultado. Al final, solo uno de ellos quedaría de pie. Los que observaban, hicieron muecas en varias ocasiones, cuando un puñetazo o una patada muy violenta impactaba al contrario, seguido de una feroz lluvia de golpes.

Pete fue el primero en caer, pero se levantó justo a tiempo. Tim no contuvo sus golpes, pero, después de cinco minutos, su furia se había agotado. Una patada le había roto varias costillas y ahora costaba respirar. Quince minutos después, tuvieron que hacer una pausa para tomar aliento y dar tiempo a sus cuerpos regenerarse. Pete se recuperó con mayor rapidez.

Los combatientes tenían algo en común. Ambos buscaban probarse a sí mismos y liderar a los licántropos hacia su nuevo destino. Pete necesitaba dejar atrás al joven de Colorado que había sido y convertirse en un adulto responsable que pudiera ayudar a su especie a enfrentar el futuro. Tim sabía que no podía volver atrás y se esforzaba por convertirse en la única cosa que sabía ser: el líder.

Con cada golpe que propinaban, con cada fuerte dolor que sentían al recibir un impacto del oponente, ambos perdían un poco de sí mismos. Tim era más grande y tenía mayor alcance, pero Pete era pura musculatura y había sido entrenado para atacar con fuerza y precisión. Cada uno golpeaba al otro sin piedad ni reservas. Sus rostros se habían vuelto irreconocibles. Pete no podía abrir el ojo derecho. Tim se inclinaba hacia su lado derecho, tratando de no cargar demasiado peso sobre sus costillas rotas, que el otro seguía machacando para evitar que sanaran.

Después de veinticinco minutos, los dos combatientes se habían ganado el respeto de todos los que los observaban. Pete sentía admiración por Tim, algo que no había sentido cuando había entrado en la sala esa mañana. El licántropo mayor tenía dificultades para creer que alguien pudiera seguir en pie después de haber recibido tantos golpes y heridas.

Pete dejó de saltar y plantó los pies en el suelo con firmeza.

—¿Eso es todo, Tim? ¿No tienes nada mejor para mí? Puedo hacer esto todo el día, ya lo sabes. ¿Cuánto llevamos? ¿Veinte, treinta minutos? ¿Vamos a por una hora o prefieres dejar de bailar este puñetero tango conmigo? Venga, acabemos de una vez. No es que no te respete, pero nunca podría confiar el futuro de los licántropos a alguien que no conozco. Todavía te faltan muchas cosas por aprender, y yo no me rendiré. Cumpliré mi misión, pase lo que pase. *Ad Aeternitatem.*

Tim no estaba muy seguro de lo que significaban esas dos palabras, pero las había leído en el distintivo. Gruñó en señal de acuerdo, se acercó a Pete y se colocó frente a él.

—Adelante —dijo Pete—. Tienes el primer golpe.

Sin decir una palabra, Tim dio un paso atrás, levantó el brazo y arañó brutalmente la cara de su oponente. Pete tropezó, pero se levantó y volvió a su posición. Ahora era su turno. Aprovechó para lanzar un gancho que atravesó la defensa de Tim. El cuello del licántropo se torció con un crujido. Dio unos pasos hacia atrás antes de sacudir la cabeza y regresar a su lugar.

La lucha continuó así durante otros cinco buenos minutos. Cada golpe nuevo era menos fuerte y menos preciso. Sin embargo, cada uno habría derribado fácilmente a un humano. Los hombres de Todd estaban boquiabiertos ante la ferocidad que desplegaban. Parecían gladiadores de tiempos antiguos, que ni pedían ni daban cuartel. No había duda de que sería aterrador encontrarse a cualquiera de los dos en un callejón oscuro.

El ojo izquierdo de Pete se cerraba lentamente y las costillas de Tim se habían vuelto a dañar. Escupió sangre mientras se sonreían el uno al otro.

Tim habló a través de unos labios agrietados e hinchados.

—Para ser un puto flacucho, tienes un gancho de derecha muy bueno. —Lanzó otro puñetazo hacia abajo, pero Pete consiguió bloquear la mayor parte del daño y lo mantuvo lejos de su cara.

—Solo hay un problema con mi gancho derecho —confesó el joven licántropo.

¿Ah, ¿sí? ¿Cuál?

Pete golpeó como un rayo la mandíbula de su oponente con su otro puño. Tim puso los ojos en blanco, cayó de rodillas y luego se desplomó en el suelo.

El guardia se irguió y miró al hombre al que acababa de derrotar.

—Mi gancho de izquierda es aún mejor.

Su mirada se dirigió entonces a los otros cuatro *Wechselbalg*. Todos estaban paralizados, sin aliento, tras presenciar la violencia del combate que acababan de presenciar. La determinación de ambos oponentes había sido evidente, llevándolos al límite de sus fuerzas, ignorando el dolor y las heridas.

—¿Alguien más quiere intentarlo? —preguntó Pete—. Tengo todo el tiempo del mundo. Somos la Guardia Real de la Puñetera Reina. No nos detenemos, no nos rendimos. La palabra derrota no está en nuestro vocabulario. Vamos a atravesar la oscuridad, destruiremos a nuestros enemigos y nunca dejamos a los nuestros atrás. Si alguno de vosotros no está de acuerdo, que se acerque para que lo discutamos.

Joseph, el más silencioso del grupo, sacudió la cabeza.

—Joder, no.

Pete se arrodilló y gruñó mientras levantaba a Tim.

—Ayudadme a llevar a nuestro compañero a la enfermería. Parece que se ha chocado con una pared.

El herido era incapaz de moverse. Habló en voz baja, pero todos los licántropos pudieron lo escucharon claramente.

—Ha sido más bien un jodido tren el que me ha pasado por encima. En cuanto pueda volver a moverme, te pagaré un... Mierda, no tengo dinero.

Tim volvió a caer en la inconsciencia.

Los demás sonrieron y ayudaron a su nuevo líder a transportarlo.

Los guardias, frente a sus pantallas, alzaron sus cervezas y dijeron a una sola voz:

—¡Por la Guardia Real de Bethany Anne!

En Estados Unidos, encerrado en una habitación de un hotel en Colorado, un hombre se puso de pie, con lágrimas en los ojos.

Dos horas después, Pete estaba enseñando a sus nuevos guardianes las mismas técnicas que había aprendido de John. Tim estaba allí con ellos, y Pete le había dicho que siguieran usando sus ropas manchadas de sangre. Quería que todos vieran lo rápido que los licántropos podían curarse de heridas que habrían enviado a un humano al hospital durante semanas. Tim y él eran los ejemplos vivientes y lo mostraban orgullosamente al caminar por los pasillos. Si se hubieran limpiado y cambiado de ropa, el efecto no habría sido el mismo.

La puerta de la sala de entrenamiento se abrió y los seis chicos miraron hacia allí, esperando ver a John o, tal vez, a Dan Bosse.

En cambio, algunos que ya habían visto a uno de aquellos seres sintieron que sus señales internas de alarma se disparaban. Dos vampiras acababan de entrar en la habitación.

Capítulo 6

KEY BISCAYNE, FLORIDA, EE. UU.

Frank fue a buscar a Lance y lo encontró en la cocina preparándose un bocadillo. El General levantó la vista y le preguntó si quería uno.

—No, gracias de todos modos. Necesito tu opinión sobre algo... o, más bien, sobre alguien.

—De acuerdo. ¿Podemos hablarlo mientras me como esto? —Lance se metió un nacho de jalapeño en la boca y cogió una cerveza—. ¿Quieres una?

—Sí, la verdad. Me apetece. —Frank se sentó en el taburete. Su cuerpo había continuado sanando, y calculó que estaba biológicamente en sus treinta y tantos.

—¿Extranjero o nacional?

—Extranjero. Me apetece vivir en el lado salvaje.

Lance cogió una Heineken, la puso sobre la barra y cerró el frigorífico después de meter el rosbif en el cajón de la carne.

—Vale, el tiempo corre. ¿Quién es nuestro candidato para la locura de hoy?

Frank lo miró divertido.

—¿Sabes lo que estoy a punto de preguntar?

El General tragó saliva.

—No, pero rara vez me preguntas por algo relacionado con la gente, así que debe ser excepcional. —Tras dar otro mordisco a su bocadillo, hizo girar el dedo en un gesto universal de «manos a la obra»—. Bobcat me ha llamado preguntando por un ingeniero aeroespacial. —Frank tiró de la lengüeta de la lata de cerveza.

Lance resopló como preguntando: «¿En serio?».

Frank respondió a la pregunta no formulada.

—Sí, en serio.

—Vale, ¿cuál es el problema?

—¿Aparte de que esos nachos hacen un ruido espantoso? —Lance sonrió—. Tiene un poco de estigma.

—¿En qué sentido?

—Como el de los que llevan sombreros de papel de aluminio.

—Vale, explícame más mientras meto tanto ruido como pueda.

—¿Alguien te ha dicho lo pesado que eres?

—¿Además de mi hija? No muchos pueden salirse con la suya cuando eres general.

—Eso explicaría tus malos modales en la mesa. —Frank dio otro trago a su cerveza.

—Si no recuerdo mal, estaba haciéndome el bocadillo y comiendo en el lugar normalmente prescrito comer, es decir, la cocina. Tú me has seguido hasta aquí, y ahora me estás acosando en la mencionada zona. Creo que estás mostrando menos decoro que yo.

Frank se lo pensó un par de segundos. Maldita sea, tenía razón.

—Sigues siendo un lameculos. —Lance se rio de él—. Vale, Marcus Cambridge estuvo en la NASA unas tres décadas hasta que lo echaron por motivos políticos, y SpaceX lo acogió. Duró tres años antes de que también le enseñaran la puerta.

—¿Por qué?

—Al parecer, a medida que envejece, su creencia en los ovnis es cada vez más patente, hasta el punto de que expone su punto de vista con mayor frecuencia, lo que lo está metiendo en un lío político. Que sea tan claro con sus puntos de vista en público no le sienta bien a la clase dirigente.

—Vale, ¿cuál es el problema? ¿Tiene las habilidades que necesitamos?

—Oh, sus habilidades y conocimientos, e incluso su investigación, son justo lo que necesitamos urgentemente. El problema es: ¿necesitamos a un científico chiflado en nuestro equipo?

Lance dejó el bocadillo y apartó la cerveza. Juntó las manos y apoyó los codos en la encimera.

—A ver si lo he entendido bien: has bajado a la cocina, has interrumpido mi almuerzo y has criticado mis hábitos alimenticios para preguntarme si un científico que cree en ovnis es apropiado trabajar en un ovni, ¿verdad? —Sonrió a su compañero.

—Sí, pero él es... Bueno... Maldita sea. Vale. Estoy dejando que las opiniones de los demás nublen mi juicio. Él tiene razón, pero no tiene pruebas que lo respalden. Yo tengo pruebas de que tiene razón, y estoy dejando que otros me convenzan de que creer en la verdad y decirla sin pruebas es un problema. —Se levantó de la silla y cogió su cerveza.

Lance recogió su bocadillo.

—¿Adónde vas?

Frank respondió por encima del hombro:

—Tengo que hacer las maletas para Orange County, California, e ir a hablar con él.

—¿Necesitas refuerzos?

—Ni de coña, lameculos.

Lance se rio y se terminó el bocadillo. Diez minutos después, vio un mensaje de texto de Patricia. Llegaba en... Miró el reloj. Demasiado pronto. Mierda.

Llamó a William, pero fue incapaz de despertarlo, y entonces recordó que se suponía que estaba fuera. Tiró la basura, cogió las llaves y se subió a uno de los todoterreno. Consiguió llegar al aeropuerto en tiempo. Estaba aparcando en la puerta de la terminal cuando su teléfono recibió un mensaje de texto diciendo que ella había aterrizado.

Dos horas más tarde, Lance se detuvo en el camino de entrada, escuchando los jadeos de sorpresa de Patricia al ver los caros alrededores y percibir el olor del curso de agua tan cerca. Ella había hecho un comentario al pasar por el puesto de seguridad de la entrada a la urbanización, y otro cuando entró en su calle. Por último, cuando él tuvo que abrir la verja entrar en el camino de entrada, se limitó a sacudir la cabeza con asombro.

No se parecía en nada al general Lance Reynolds que Patricia conocía. Era un hombre rudo al que no le gustaban los grandes alardes de riqueza.

—¿Esto es tuyo?

Lance se rio.

—Claro que no. Es mi... Bueno, es propiedad de la dueña principal de la empresa que ayudo a dirigir. Está fuera del país...

—¿Dueña?

¿Por qué sonaba como si acabara de decir algo malo?

—Sí, dueña. En femenino. ¿Qué os pasa, señoras? ¿Queréis que las mujeres lleguen a la cima, pero, si un hombre trabaja una, se convierte en un problema?

—Estás en su casa.

Bueno, sacado de contexto, tenía algo de razón. Malditas mujeres y su lógica.

—Algo así. Esta casa y la de al lado se utilizan como base de operaciones cuando ella y su equipo están aquí en Estados Unidos, aunque estoy trabajando para encontrar unas instalaciones mucho más grandes y mejores. Cuando está aquí, hay entre nueve y once personas repartidas entre las dos casas. Ahora mismo, somos tres.

—¿Dónde está ahora?

—Solo Dios lo sabe. Me dijo que tal vez estuviera por la zona y se pasase por aquí. Creo que está en su yate, en algún lugar cerca de Sudamérica. ¿Quién puñetas lo sabe? No es que me avise si necesita moverse.

—¿Por qué tanta gente? ¿Un séquito?

Lance resopló, apagó el coche, recogió el equipaje de Patricia y abrió la puerta principal.

—No exactamente. —Se hizo a un lado dejarla pasar. Mientras ella admiraba la gran entrada, su atención se centró en Frank, que bajaba las escaleras—. Patricia, te presento a Frank Kurns, uno de los tres empleados que viven aquí en este momento.

Le tendió la mano.

—Encantado de conocerte, Patricia. Me encantaría charlar, pero tengo que coger un vuelo a California para recoger a un ingeniero aeroespacial.

Se estrecharon la mano y ella vio cómo él pulsaba el botón abrir la puerta. Un Escalade lo esperaba para llevarlo al aeropuerto.

Lance cerró la puerta y la llevó a una de las habitaciones habilitadas para las visitas. No era demasiado grande, pero tenía su propio cuarto de baño completo, televisión y ordenador. Una gran alfombra roja realzaba la combinación de colores gris oscuro y blanco. Patricia admiró el mobiliario, que tenía un aire muy europeo.

—Me encantaría conocer al decorador. Esto es precioso.

El General, recordando su último comentario sobre Ecaterina a Patricia, decidió dejar pasar esa oportunidad porque realmente quería su ayuda.

—Tendré que preguntar quién la ha decorado. ¿Tienes hambre?

Ella se volvió y sonrió.

—Algo ligero estaría bien. Pienso comer marisco esta noche, y tú pagarás la cuenta.

¿Le iban a hacer pagar la cuenta con tanta facilidad? Bueno, él le había pedido que volara hasta allí.

—Vale, marisco esta noche, y hay aperitivos en la cocina.

—¿Acaba de decir Frank que tenía que ir a recoger a un ingeniero aeroespacial? —Caminaron hasta la cocina y ella se acomodó en el mismo taburete que él había ocupado unas horas antes, tras dejar el bolso a su lado.

—Sí, el equipo necesita un experto para construir algunas naves con la nueva tecnología de una de nuestras... adquisiciones. —Cogió unos aperitivos y puso un par de cuencos. Patricia enarcó las cejas y extendió la mano. Lance le tendió la bolsa y ella cogió sus patatas fritas.

—Entonces, ¿te estás metiendo con el complejo mundo militar-industrial? —Se metió una patata en la boca.

—La verdad es que no. Bueno, no tenemos planes de hacerlo en un futuro próximo. Es demasiado pronto para decirlo. —Lo harían en algún momento, pero no había razón para sacar el tema.

—Cuéntame más sobre lo que haces. Tengo que decirte que, entre que me llamaste desde Las Vegas, DC y, ahora, Miami, parece que estás metido en muchas cosas. Pensaba que ibas a retirarte.

Lance cogió otra cerveza y un Sprite para Patricia. No le gustaba beber alcohol. Le dio el refresco y abrió la cerveza.

—No. ¿De dónde sacaste esa idea?

Ella miró la lata y volvió a mirarlo.

—¿Qué tal un vaso y un poco de hielo? —Sonrió.

—Lo siento. —Cogió un vaso y se dirigió a la nevera para llenarlo de hielo—. Básicamente, estamos solo nosotros, los chicos, aquí. He recaído en los viejos hábitos de soltero. —Le entregó el vaso con una servilleta y una pajita.

Patricia intentó procesar su pregunta sobre por qué había pensado que se jubilaría. Había visto a Lance sumirse en una depresión tras la desaparición de su hija. Después de abrir la caja de Pandora, tuvo que admitir que, en cierto modo, había dado por sentado que se retiraba de la vida. Esperó a que respondiera, sin ponérselo fácil.

—Lance, hemos trabajado juntos durante mucho tiempo. El año pasado, tras la marcha de tu hija, te vi encerrarte cada vez más en ti mismo. Supongo que pensé que querías irte y estar solo una vez lo dejaras.

Él dio un sorbo a su cerveza y lo pensó.

—Es una apreciación justa si no conoces el resto de la historia. Supongo que es cierto que me encerré en mí mismo cuando Bethany Anne se fue.

—¿Cuál es el resto de la historia?

Lance dejó su cerveza.

—Antes de responderte a eso, déjame hacerte una pregunta rápida, Patricia. ¿Por qué luchabas cuando eras militar? ¿Era por la bandera? ¿Por el Congreso? ¿Por el país? ¿Por tus seres queridos?

Ella cogió un par de patatas fritas y las mordisqueó mientras lo reflexionaba.

—En realidad, entré en el Ejército porque necesitaba un trabajo y una forma de obtener una educación. Admito que no fue por los ideales que tanta gente defiende. Al final, estaba allí por los que me rodeaban, tú y los demás. Por supuesto, necesitaba el trabajo, pero, en realidad, no era por los ideales, y menos por el Congreso. —Patricia se rio de aquello.

Eso era más o menos lo que Lance había esperado. Aunque habían tenido conversaciones reveladoras a lo largo de los años, él sabía que ella no tenía un enfoque nacionalista superfuerte. Patricia era más del tipo de persona que vivía y dejaba vivir. ¿Cómo podía involucrarla y demostrarle a Bethany Anne que era una candidata legítima para el equipo?

Intentó otro enfoque, con la esperanza de encontrar una razón que le indicara a su hija que lo que su instinto le decía que era cierto.

—Patricia, ¿a quién amas? ¿Por quién estarías dispuesta a luchar y morir? ¿Amigos, familia, seres queridos, los perros callejeros? —Lance sonrió. Patricia sentía debilidad por los animales.

Sirvió el Sprite en el vaso. Patricia tenía que responder a la pregunta, pero no estaba dispuesta a decirle la verdad.

—Tengo una o dos personas por las que estaría dispuesta a luchar y morir, o al menos morir. Pero no me queda familia, así que no funcionaría. ¿Por qué lo preguntas?

Lance suspiró, en parte inquieto y en parte frustrado.

—Porque en lo que estoy involucrado es, literalmente, cuestión de vida o muerte, no solo para nuestra nación, también el mundo. Que formaras parte de esto conmigo te daría acceso a secretos que podrían perjudicarte.

Ella se puso a la defensiva.

—¡Lance! Sabes que tengo las máximas autorizaciones de seguridad. ¿Por qué crees que no se puede confiar en mí aquí fuera?

Le dio vueltas a la cerveza en la mano, tratando de encontrar la mejor manera de decirlo.

—Patricia, no me preocupa que compartas secretos con otros. Me preocupa que tengas secretos que hagan que otros quieran hacerte daño.

Eso la sorprendió. No esperaba que pudiera estar en peligro si trabajaba fuera del Ejército.

—¿Por qué iba a ponerme en peligro?

—Me gustaría decir que estoy metido en el asqueroso mundo empresarial, pero la verdad es que al otro equipo no le importa ensangrentarse las manos en esta competición. No estoy dispuesto a involucrarte si no entiendes el peligro.

—¿Cómo vas a decirme cuál es el peligro sin que sepa más de lo que debo saber?

—Bueno, es parte del problema. Tengo que informarte lo suficiente para que entiendas que formar parte de esto es peligroso. Tienes cierta protección por estar con el grupo, pero, si lo abandonas con estos conocimientos, el otro equipo podría ir a por ti para sacarte información que ni siquiera tienes. No solo nos enfrentamos a intereses corporativos, potencialmente también hay intereses políticos y... de otro tipo. Cualquiera de ellos, o todos, podrían ir a por ti por razones completamente diferentes, creyendo que tienes la pieza clave de la información que necesitan.

Patricia se recostó en su silla. Jugueteó con una pelusa inexistente para darse tiempo a pensar.

—Lance, ¿en qué estás metido? —Lo miró con seriedad. No era habitual que abandonara la pose de secretaria y le hablara directamente como una amiga preocupada.

Él se secó la cara con la mano, la miró y sonrió.

—Patricia, hoy estoy más vivo que en los últimos diez años. Me encantaría que estuvieras en mi equipo para sacar esto adelante. De hecho, incluso admitiré que te necesito muchísimo. Estoy desbordado, y el trabajo no va a ser menor en el futuro.

No tenía ni idea de que acababa de pronunciar las dos palabras que Patricia había esperado oír: «Te necesito».

Siguieron hablando durante otra media hora, pero ella ya

estaba convencida y solo esperaba asegurarse de que Lance consideraba que la había convencido lo suficiente. Al final, levantó una mano impedir que continuara.

—¿Cuál es el siguiente paso?

Lance se detuvo con la boca abierta, la cerró y sacó su teléfono. Empezó a escribir un mensaje y luego miró a Patricia.

—Le he pedido a la directora general que te entreviste ahora.

—¿Qué? ¿Así sin más? ¿Se va a pasar a hablar con tu posible nueva secretaria?

Guardó el teléfono.

—Patricia, no voy a contratar a una nueva secretaria. Estoy contratando a mi mano derecha, o mujer, en este caso, para mi equipo. No habrá una persona en la que confíe más para que me ayude a llevar a cabo todo lo que tengo que hacer. Por lo tanto, puedes estar seguro de que la directora general está ansiosa por asegurarse de que eres la persona adecuada.

Patricia estaba un poco desconcertada. Una mujer que poseía dos casas caras, un yate en algún lugar cerca de Sudamérica y quién sabía qué más, ¿dejaría lo que estuviera haciendo para ir a hablar con ella? Siempre había pensado que quería sentirse importante. Ahora no estaba tan segura de que fuera bueno.

El teléfono de Lance emitió un ladrido de chihuahua. Lo cogió y miró el texto entrante.

—Bueno, parece que la directora general está disponible y llegará en unas cinco horas, más o menos. —Miró a Patricia—. ¿Te apetece cenar ahora?

—Oh, claro, dame patatas de oferta antes de llevarme a una marisquería cara. Solo querías una cita barata, cabrón. —Se rieron. Ella le pasó la bolsa de patatas—. ¿Por qué tienes como tono de los mensajes de la directora general a un perro aullando?

Lance dejó la bolsa en el suelo, miró el móvil y volvió a escribir.

—Su asistente ejecutiva no estaba contenta con algo que le hicieron relacionado con una bebida helada, así que está intentando diferentes formas de vengarse de la directora. Ella no lo ha oído todavía, así que lo dejo en mi teléfono para encontrar una manera de ayudar a que se produzca esa venganza tan cuidadosamente preparada. Bueno, le he pedido que se asegurara de no llegar antes de cinco horas, eso debería darte al menos una hora o así para recuperar el apetito, todo depende de lo lejos que quieras ir. —La miró—. Así que, ¿cómo vas de hambre, y cuántas vistas quieres?

Rancho Santa Margarita, California, EE. UU.

Marcus Cambridge miraba el teléfono con incredulidad. Acababa de mantener una conversación en la que le habían preguntado si estaba disponible para tener una entrevista en poco más de una hora. El hombre, un tal Frank Kurns, le había explicado que había intentado ponerse en contacto con él ese mismo día, pero que no había podido, así que se había subido a un avión y había cruzado el país desde Miami. Solo para verlo.

Marcus no sabía qué hacer ni qué sentir. Llevaba tres meses sin trabajo, desde que SpaceX le había despedido. Oh, claro, tenía amigos en la NASA y en SpaceX que pensaban que podría volver a si dejaba de hablar de extraterrestres y ovnis, pero era demasiado mayor para dejar de expresar sus creencias. Para él no tenía sentido que todo el mundo quisiera ignorar las posibilidades y no hablar de ellas en público.

Por desgracia, se había separado de su última esposa tras la debacle de SpaceX. Ella no quería estar con un hombre de quien tuviera que preocuparle a diario que volviera a hablar de extraterrestres y lo despidieran de otro trabajo.

Había disfrutado de las pequeñas cenas por Orange County hasta que se dio cuenta de que la gente cuchicheaba sobre él —y, por tanto, sobre ella— a sus espaldas. Sencillamente, no podía soportar la idea de que fuera el blanco de las bromas debido a las creencias de su marido.

Suspiró. No sabía muy bien qué pensar de Frank Kurns, pero lo había invitado a su casa. Era lo más apropiado, ¿no?

Marcus solía confiar en su mujer para que respondiera por él a este tipo de preguntas. Con un metro ochenta de estatura y solo noventa kilos, era el típico científico alto, delgado como un fideo y aficionado a los libros, que a menudo olvidaba dónde había dejado las gafas, aunque las tuviera encima de la cabeza.

Primero se daría una ducha, eso era todo. Al menos estaría aseado para la entrevista.

Miami, Florida, EE. UU.

Patricia y Lance volvían de una marisquería situada en lo alto de uno de los edificios de Miami Beach. Las vistas eran fantásticas y el marisco estaba bastante bueno. Lance sabía que podrían haber comido mejor en otros restaurantes que no dependieran de las vistas para atraer clientes.

Pero ella estaba deseando verlas, y a él le gustaba poder ofrecérselas. Incluso había cargado la cena a su propia tarjeta de crédito, aunque sabía que a Bethany Anne no le importaría que la cargara a la empresa.

La comida se había convertido en algo más que un simple esfuerzo de reclutamiento. Cuando terminó, quería pagarla él, y así lo hizo.

No llevaban ni dos minutos en la misma cocina en la que habían estado al llegar ella cuando oyeron un ruido en el piso de arriba. Patricia miró hacia el techo.

—¿No hemos recibido a alguien que volvía a casa?

Lance levantó la vista y consideró la ubicación.

—Creo que la directora general debía estar más cerca de lo que pensaba. Parece que tu entrevista está a punto de producirse.

Esperaba que Patricia fuera capaz de recordar la cena después de su charla con Bethany Anne.

Capítulo 7

RANCHO SANTA MARGARITA, CALIFORNIA, EE. UU.

Marcus esperaba en el sofá de su sala de estar, observando su reflejo en la pantalla apagada del televisor. Cuando escuchó los golpes en la puerta, se levantó y caminó hacia ella. Su camisa estaba un poco arrugada, ya que no había podido encontrar la plancha, otra de las cosas de las que solía encargarse su esposa.

Un hombre de unos treinta años estaba en su porche. Marcus abrió un poco más la puerta y extendió su mano.

—¿Frank Kurns?

—Sí, soy Frank. —El hombre le estrechó la mano—. Usted es Marcus, ¿correcto?

—Sí, así es. Lo siento, ¿no quiere entrar? —Dio un paso atrás, dejándole un poco más de espacio, y cerró la puerta tras de sí—. Podemos hablar en la sala, si le parece bien.

Frank echó un vistazo a su alrededor. No podía decir que el lugar estuviera sucio, aunque sí muy desordenado. Había libros esparcidos por todas las superficies visibles sobre metalurgia, química, matemáticas, el espacio, e incluso algunos de biología mezclados aquí y allá. Otros estaban apilados en desorden.

—Por supuesto. Me parece bien.

Los dos hombres se sentaron, Marcus en el sofá y su visitante, en un sillón.

—Señor Cambridge —comenzó Frank—, represento a una empresa que está a punto de embarcarse en investigaciones sobre metales muy complejos y sistemas de propulsión que algún día se emplearán tanto en vuelos atmosféricos como espaciales. El responsable del proyecto me pidió que encontrara, cito, un «ingeniero de cohetes». Después de algunas investigaciones, parece que usted podría ser el candidato ideal.

—Señor Kurns..., ¿puedo llamarlo Frank? —preguntó Marcus. Frank asintió con la cabeza—. Bien, Frank, entonces. Antes de continuar, debo decir que soy un hombre de hábitos fijos. No quisiera pasar por todo el proceso solo para que me despidieran más adelante por hablar de extraterrestres. No sé si ha revisado mis dos últimos trabajos. En ambos casos me despidieron debido a mis creencias, que contradicen las normas socialmente aceptadas. Estaban tan avergonzados por mis, digamos, divagaciones, que mis habilidades quedaron en segundo plano.

Frank pensó durante un minuto cómo responder a su pregunta.

—Marcus, soy consciente de por qué lo despidieron de SpaceX y de la NASA. De hecho, he seguido el consejo de un general con el que trabajo en lo referente a tu situación y los comentarios sobre tus creencias. Puedo asegurarle que, si lo contratamos, no será despedido por eso. Dicho esto, necesitaré hacerle algunas preguntas para entender mejor por qué cree en lo que cree y ver cómo podría, o no, afectar su trabajo con nosotros.

Marcus se hundió un poco en su asiento, aliviado por haber

abordado el tema de inmediato. Desde que su exesposa, Martha, se había marchado, se había sentido un poco perdido. Incluso había considerado abandonar su creencia en la existencia de vida extraterrestre. Que ese hombre hubiera cruzado el país para hablar con él a pesar de sus creencias le daba una sensación de legitimidad, al menos en lo que respectaba a sus competencias profesionales.

—De acuerdo, me parece justo. ¿Qué quiere saber?

Frank empezó con la pregunta obvia:

—¿Por qué cree en los extraterrestres? ¿Tiene alguna prueba de su existencia?

La pregunta hizo sonreír a Marcus. Había una respuesta fácil, pero no aportaría mucho.

—La ausencia de pruebas no significa la ausencia de verdad. Nunca he visto un alienígena. Nunca he visto un ovni extraterrestre, y nunca me han visitado en mitad de la noche ni me han metido un dedo en el culo. —Los dos sonrieron. En realidad, Frank se sintió un poco aliviado al ver que Marcus tenía sentido del humor.

Así que continuó con sus preguntas.

—Pero ¿cómo puede tener una fe tan fuerte sin pruebas, hasta el punto de que le costara dos trabajos, incluido uno en la principal empresa espacial de Estados Unidos? Y, si no me equivoco, su esposa lo dejó por la misma razón, ¿verdad?

Marcus negó con la cabeza.

—No me dejó precisamente por eso. A decir verdad, creo que ella tiene algunas de las mismas creencias, pero no las reconocía en público, donde la gente podía ridiculizarla. Por desgracia, yo estaba dispuesto a hacerlo, y las chanzas dirigidas a mí la salpicaron a ella. No pudo soportarlo y decidió conocer otros pastos. Ojo, no he dicho pastos más verdes; simplemente otros pastos.

—Bueno, eso explica lo de su esposa, pero ¿qué hay de sus colegas? ¿Los otros científicos?

—¿Esos idiotas? No creerían en nada sin la aprobación de un comité y la publicación de dos artículos en revistas científicas. Y, claro, luego necesitarían que los resultados se reprodujeran en algún país en vías de desarrollo, solo para confirmar que es real y que se les permite creer en ello.

«Vaya —pensó Frank—, sigue un poco resentido por todo lo que ha pasado».

Se preguntó cómo se tomaría Marcus sus siguientes preguntas.

* * *

Al escuchar los pasos, Patricia giró en su silla. Por el sonido de los tacones, era claramente una mujer. Y venía desde la entrada. La mujer que apareció en la puerta, con una sonrisa en el rostro, era la última persona que esperaba ver.

—¿Bethany Anne? —Estaba confusa. La mujer que tenía delante se parecía a Bethany Anne, pero ¿no estaba muerta?—. ¿Eres tú la directora general? —Miró a Lance, que sonreía, y se giró con la confusión grabada en el rostro.

Bethany Anne se acercó y la abrazó.

—Así es. Pero no puedo hacerlo todo sola, así que me he visto forzada a delegar. Mi padre se encarga de todo el aspecto administrativo, y me ha dicho que no puede hacerlo sin tu ayuda. Así que quería asegurarme de que puedes unirte al equipo para que él esté feliz. ¿Subimos hablar un poco entre chicas?

Patricia se volvió hacia el General con una mirada interrogante.

—¿Lance? —Él sonrió y le hizo un gesto con la mano para que siguiera a su hija.

—Todo va bien, Patricia. No voy a ninguna parte. Y, si no tardas mucho, hasta podríamos salir a tomar algo después.

Patricia se sintió aliviada de saber que él estaría allí cuando regresara. Se levantó del taburete y siguió a Bethany Anne. Subieron las escaleras y entraron en una habitación. Bethany Anne cerró la puerta mientras ella miraba a su alrededor, asombrada.

—Esta tiene que ser una de las habitaciones más bonitas en las que he estado nunca. Tienes que decirme quién es tu decorador.

—¿Decorador? —Bethany Anne observó la habitación—. La mujer que hizo todo esto se llama Ecaterina, es rumana.

Patricia entrecerró los ojos.

—¿Ecaterina? He entendido bien el nombre, ¿no?

Bethany Anne notó en su tono que estaba molesta.

—Sí. Me está ayudando con diferentes trabajos en la empresa, algo así como lo que tú harás por mi padre. ¿Por qué?, ¿la conoces? —Estaba segura de que no, pero era obvio que le sonaba su nombre.

Patricia trató de ocultar el fastidio que sentía.

—No la he conocido, pero Lance la ha mencionado un par de veces por teléfono. Creo que la utilizaba como broma. Ahora entiendo por qué no quería decirme quién había decorado la casa. ¡Juro que me lo pagará de alguna manera!

Bethany Anne empezaba a comprender la situación. Lo que tenía ante ella era el caso de una mujer que amaba a un hombre que no tenía ni idea de nada. Qué típico de su padre no saber lo que una mujer sentía por él. Por desgracia, eso no bastaría para lo que necesitaban conseguir.

—Decoradoras aparte, Patricia, debes entender que están pasando muchas cosas, y que podría ser peligroso...

—Ya lo sé, Lance me ha hablado del peligro. No me ha dado detalles y, la verdad, no estoy segura de cómo encajas en todo esto. ¿Cómo desapareciste? ¿Cómo es posible que él no supiera dónde estabas durante todos esos meses? ¿No te das cuenta del dolor que le has causado? ¡Dios mío, si no me controlara, te abofetearía! —Patricia caminaba de un lado a otro, y su ira aumentaba con cada paso.

»Fue terrible ver a Lance deteriorarse ante mis ojos. Ver cómo se consumía la vida de alguien a quien he querido durante tanto tiempo y no poder hacer nada por evitarlo. —Bethany Anne estaba bastante segura de que la mujer no se daba cuenta de lo que acababa de confesar.

»Él puede estar dispuesto a seguirte hasta el fin del mundo y hacer Dios sabe qué, pero ¿sabes la verdad? —Patricia se detuvo frente a Bethany Anne, mirándola a los ojos—. La verdad es que yo seguiría a Lance, no a ti, hasta el fin del mundo. He estado con él, he trabajado con él, he llorado por él, y habría muerto por él si eso hubiera servido para aliviar su sufrimiento. —Se dejó caer en un sillón junto a la cama—. Mierda, mierda, mierda... No puedo creerlo... Acabo de decirlo todo en voz alta... ¡y delante de su hija! —Suspiró—. ¿Qué voy a hacer ahora? Creo que me iré en el primer vuelo que salga de Miami. Quizás encuentre un trabajo como camarera en Denver.

—¿Por qué crees que algo de lo que acabas de decir es un problema?

Patricia la miró.

—¿No es obvio? Lance está centrado en su misión. Tal vez porque te quiere, aunque no entienda todo lo que implica. Hoy lo he visto más vivo que en muchos meses. Tal vez incluso en años.

Bethany Anne estudió a la mujer.

«Dios mío —pensó—, ¿estoy a punto de jugar a ser Cupido?».

—¿Por qué dices que está más vivo?

La visitante extendió el brazo.

—¿No lo has notado? ¡Parece más joven! Es como si se hubiera hecho un *lifting* o una liposucción. Yo soy siete años más joven que él, y pensé que eso me daría ventaja, pero ya no sé qué pensar. Y tú, ¡mira cómo estás! Tal vez mi memoria no sea perfecta, pero te ves mucho mejor que la última vez que te vi. ¿Qué te has hecho? ¿Un aumento de pecho? ¡Debes pasar horas en el gimnasio! Y, además, ¿cómo demonios te has convertido en la dueña de una empresa tan grande? ¡Pensaba que trabajabas para el Gobierno! ¡Y ahora me siento como si hubiera entrado en bucle y no pudiera parar de soltar sandeces!

Bethany Anne se acercó a una silla victoriana y se sentó frente a Patricia.

—Entiendo que te sientas abrumada. Que no me conozcas lo suficiente como para confiar en mí no me molesta, pero tienes confianza en mi padre. Sin embargo, debes entender que su implicación en nuestra misión no es una locura. Creo que estarás igual de comprometida cuando comprendas lo que está en juego y veas las pruebas con tus propios ojos. Aun así, no está mal que hayas depositado tu confianza en mi padre. Verás cosas increíbles en el futuro cercano, por eso no puedo mantenerte más tiempo en la ignorancia. No tengo tiempo para volver a hablar contigo cada vez que necesites respuestas. Esta será nuestra única charla, y tu única oportunidad de conocer la verdad. Deberás tomar tu decisión esta noche.

Patricia intentó sonreír para aligerar el ambiente.

—¿Podemos acabar con esto antes de que pierda la oportunidad de ir a tomar algo con él?

Bethany Anne le devolvió la sonrisa.

—Esto puede ser rápido o llevar horas, según lo rápido que puedas aceptar lo que te voy a decir.

—¿De verdad? ¿Qué es lo que quieres que crea?

Desde la cocina, donde estaba disfrutando de una cerveza,

Lance escuchó a Patricia gritar «¡Ay, Dios mío!». Dio un respingo, e imaginó que su hija le había mostrado algo relacionado con su naturaleza vampírica. Dio otro sorbo de su cerveza, tratando de calmarse, mientras la conversación continuaba arriba.

Una hora después, escuchó pasos que bajaban las escaleras. Rodeó el mostrador y vio a Patricia. Esperaba que recordara su conversación con Bethany Anne, aunque también se había preparado para lo contrario.

Se sorprendió al ver la expresión de asombro en el rostro de su antigua secretaria. Patricia se detuvo en el último escalón, con los ojos fijos en él. Alargó las manos, le tomó la cabeza, y le plantó un beso en la frente. Él la miró, desconcertado.

Ella le sonrió.

—¿Qué pasa? ¿Rusia y China no fueron suficiente? ¿Ni los terroristas? Tenías que luchar también contra extraterrestres, ¿verdad? —Él sintió un gran alivio. Había superado las pruebas de Bethany Anne.

—Bueno —gruñó—, y vampiros. —Patricia se estremeció. Lance ya había visto esa reacción antes, en aquellos a quienes Bethany Anne les revelaba su verdadera naturaleza.

—Estoy más que dispuesta a dejar que Bethany Anne se encargue de los vampiros, si no te importa. Salvar el mundo ya es suficiente.

Patricia rodeó a Lance y se dirigió a la puerta. Él la siguió con la mirada. Caminaba con más confianza que cuando había llegado. Incluso parecía más alegre de lo que recordaba. ¿Había estado haciendo ejercicio desde que él dejó la base? Cogió las llaves y la siguió hasta la puerta, admirando las vistas.

Capítulo 8

RANCHO SANTA MARGARITA, CALIFORNIA, EE. UU.

Frank empezaba a sentirse más cómodo con aquel ingeniero aeroespacial.

—Marcus, tengo al menos una, quizá dos preguntas más. Tal vez puedas responder las dos al mismo tiempo. Primero: si se te pidiera que probaras la existencia de vida extraterrestre, ¿cómo lo harías? Segundo, y esto está relacionado con lo primero, ¿cómo confirmarías que ya han estado en la Tierra?

Marcus se levantó y se acercó a la ventana para contemplar el cielo nocturno.

—Ese es el problema, ¿no? Si quisiéramos encontrar extraterrestres allá afuera, solo podríamos hacerlo si su civilización fuera mucho más avanzada que la nuestra. Por ejemplo, aquí en la Tierra usamos ondas de radio para comunicarnos a larga distancia. ¿Sabes a qué velocidad viajan esas ondas? No, ¿verdad?

»De hecho, las ondas de radio viajan muy rápido por el espacio. Son como la radiación electromagnética. Por lo tanto, se desplazan a la velocidad de la luz: alrededor de trescientos mil kilómetros por segundo. Si los mensajes de radio tardan tanto en llegar, es porque el universo es inmensamente vasto. Las distancias son tan colosales que incluso la luz o las ondas de radio tardan en llegar a su destino. Por ejemplo, cuesta unos ocho minutos que una señal de radio viaje desde la Tierra hasta el sol, y unos cuatro años hasta la estrella más cercana.

»¿Sabes cuántas estrellas hay en nuestra galaxia? Si hiciéramos una estimación rápida en cualquier superficie, el resultado sería superior a cien mil millones. Recuerda que la estrella más cercana está a cuatro años luz o, en nuestro ejemplo, a cuatro años la velocidad de las ondas de radio.

»En enero de 2015, los científicos descubrieron algunos planetas muy similares a la Tierra, alrededor de una enana roja. Los llamaron Kepler-438b y Kepler-442b. Están a unos mil cien años luz de distancia. Una civilización extraterrestre en esos planetas habría tenido que enviar una señal de radio al menos hace mil cien años para que nos llegara hoy. O recibirían nuestra propia señal en mil cien años si la enviáramos ahora mismo.

Aunque Frank solía considerarse bastante bueno con los números, el tamaño de las cifras que arrojaba Marcus era un poco abrumador.

—Así que —continuó el científico—, o estos extraterrestres nos han estado enviando mensajes durante siglos, o más probablemente durante decenas de miles de años, o ya han venido aquí y han dejado pistas. —Marcus se giró para mirar a Frank—. ¿Has leído *Fundación*, de Isaac Asimov?

Frank negó con la cabeza.

—No, no lo he hecho. ¿Por qué?

Él suspiró.

—Te habría ayudado a entender mejor mi razonamiento. Alguien de tu edad podría tener dificultades con esta parte.

Frank sonrió. Se preguntó qué pensaría Marcus si supiera su verdadera edad.

—En *Fundación*, uno de los personajes dispersaba información en los lugares más remotos que podía. Técnicamente, la mayoría de la gente buscaba en dos extremos del espacio. Imagina esto: si estiras los brazos, dirías que la mayor distancia estaría en las puntas de tus dedos, ¿no? —Frank asintió, tenía sentido—. En el libro, la mayoría pensaba lo mismo. Pero en realidad no hablaba de distancia física, sino de otro tipo. La información estaba escondida en el núcleo de la sociedad y en su extremo más alejado. ¿Lo entiendes?

Frank se quedó pensativo unos segundos.

—Entonces, no se trataba de kilómetros, sino de la distancia entre dos creencias, ¿correcto?

—Exacto. En cuanto a tus preguntas, el equivalente aquí sería buscar lo más lejos posible, teniendo en cuenta las cien mil millones de estrellas y el tiempo que las ondas de radio tardan en viajar... o podríamos buscar aquí en la Tierra. Dado que es más fácil viajar por aquí, yo empezaría por eso.

Frank no pudo evitarlo, su curiosidad lo superaba y le encantaba aprender cosas nuevas. La conversación estaba poniendo en marcha todos los engranajes de su mente. Le tomó unos minutos darse cuenta de que se había inmerso tanto en la lógica del científico que había olvidado lo evidente: no necesitaba pruebas de la existencia de extraterrestres. ¡Había una maldita nave espacial en uno de los superyates de Bethany Anne!

Miró al ingeniero.

—He visto en tu archivo que no tienes familia... Tengo acceso a bases de datos del Gobierno. Lo que hacemos es más que ultrasecreto. Si te ofreciera la oportunidad de investigar la vida extraterrestre sin comprometer la confidencialidad, ¿qué pedirías a cambio? Aclaro que, en nuestro caso, no podrías publicar nada de tus hallazgos. O, bueno, podrías publicarlos, pero no hasta dentro de algunas décadas.

—¿Quieres decir después de que me muera?

—No necesariamente. Pero esa decisión tendría que tomarse en al menos diez o veinte años. Tenemos una cobertura médica fenomenal, así que creo que puedo asegurarte que seguirás con nosotros entonces.

—Joven, para ti la muerte puede parecer una perspectiva lejana, pero para alguien de mi edad, esa cabrona parece estar a la vuelta de la esquina, esperando.

Frank pensó en la mejor manera de convencer a Marcus sin revelar demasiada información. Lo peor que podía pasar era que el ingeniero revelara algo al mundo. Y dado que ya lo consideraban un chiflado, no le haría mucho daño a Bethany Anne y su equipo, aunque eso podría volverse en su contra más adelante, cuando la verdad saliera a la luz.

Suspiró con teatralidad.

—Marcus, necesito un ingeniero aeroespacial. Desesperadamente. Puedo garantizar que tus creencias sobre extraterrestres y ovnis no afectarán a tus relaciones con nuestro equipo. Me gustaría ofrecerte la oportunidad de trabajar en un superyate que está en la costa de América Central, cerca de Costa Rica. Necesitamos tu experiencia y habilidades. Por supuesto, tendrías que firmar un acuerdo de confidencialidad, como ya habrás adivinado. Aunque supongo que eso es bastante común en tu profesión, ¿verdad?

—Por supuesto. Es la norma. Aunque no me gusta desde un punto de vista científico, dudo que vuelva a publicar en ninguna revista profesional, así que no creo que pierda mucho.

—Perfecto. El proyecto debería durar unos dos o tres meses como mínimo. Puedo ofrecerte el doble de tu salario anterior. Cubriremos tus gastos y recibirás un estipendio diario cuando no estés en el barco. Sin embargo, no aceptamos mascotas a bordo... ¿Tienes alguna?

—Por supuesto que no. Me pierdo tanto en mis investigaciones que no podría cuidar de un animal. Sin una esposa, a veces ni sé cómo ocuparme de mí mismo. Por cierto, ¿cómo está la comida en tu barco? ¿Tendré que cocinar?

Frank sonrió.

—No, claro que no. Hay personal de apoyo encargado de la cocina y la limpieza.

El científico se puso en pie.

—¿Alguien volverá a cocinar para mí? ¿Por qué no me lo has dicho antes? Habría estado dispuesto a ir gratis solo para que alguien me cocinara. No sé hacerlo y odio mi propia comida. Pero, como ya me has dicho cuál será la paga, no puedes echarte atrás. —Marcus parecía un niño la noche antes de Navidad.

Frank rio de buena gana.

—Ni se me pasaría por la cabeza. ¿Cuánto tiempo necesitas para prepararte?

Marcus miró a su alrededor:

—¿La verdad? No mucho. Creo que puedo pedirle a Martha que venga una vez por semana para comprobar que todo esté en orden, recoger mi correo y asegurarse de que el césped esté cortado. La empresa que se encarga de mi jardín ya está pagada, así que no habrá problemas con la asociación de vecinos.

Frank pensó que ese habría sido un buen momento para tener a Patricia en el equipo. Ella se habría encargado de todo eso en un abrir y cerrar de ojos. Entendía perfectamente por qué Lance estaba tan interesado en contratarla.

—¿Cuándo crees que estarás listo?

—¿Cuándo te gustaría partir? —preguntó Marcus.

—Ayer, si fuera posible —respondió con sinceridad, y se puso en pie.

El ingeniero levantó un dedo, caminó rápidamente hacia un pasillo en la parte trasera de la casa. Abrió una puerta y desapareció. Frank esperó cinco minutos antes de verlo regresar con una mochila y un maletín con su portátil.

—No tengo nada mejor que hacer esta noche —dijo Marcus —. Vámonos.

Frank no pudo evitar reír. Se levantó y se dirigió a la salida.

«No hay nada como el presente para seguir salvando el mundo», pensó.

Residencia de Anton, Buenos Aires, Argentina

Anton examinó la información que había recibido de su contacto de la CIA en Costa Rica. No tenía sentido que el helicóptero hubiera estado en tierra, por lo que debía haber llegado desde un gran barco. Tras discutirlo con algunos infiltrados en el Ejército, habían llegado a la conclusión de que solo podía ser un buque militar o el de una persona muy adinerada. Anton no creía en la opción militar. Ningún miembro de la Familia habría recurrido a ellos para manejar una situación así.

Sabía lo de los agentes, por supuesto, pero ni siquiera ellos usaban naves militares, lo que dejaba solo una opción: un barco privado. No había muchos que pudieran albergar un helicóptero Black Hawk. Anton envió un mensaje a todos sus contactos en Sudamérica, pidiéndoles que estuvieran atentos a un gran yate que transportara un helicóptero militar estadounidense del tipo Black Hawk. Estaba convencido de que obtendría resultados en pocos días.

Una vez identificado el barco, pensaba enviar un equipo de asalto para apoderarse de él, a ser posible, después de haber capturado a Bethany Anne, lo que anularía la capacidad de la nave de defenderse. Incluso podría enviar algunos vampiros, ya que quería hacerse con el barco para su propio uso. Le iría bien tener una base flotante. No sabía por qué no se le había ocurrido antes. Era perfecto. Detestaba admitir que su enemigo había tenido una mejor idea que él.

Pero no importaba. Una vez que el yate estuviera en sus manos, todo volvería a estar en orden en su mundo. Mientras tanto, se ocuparía de conseguir unas lanchas rápidas.

Cogió uno de sus teléfonos desechables para hacer una llamada.

* * *

Nathan miró su teléfono, pero no reconoció el número de Texas. Pensó en ignorarla, pero no estaba demasiado ocupado. Pulsó el botón de respuesta.

—¿Diga?

—¿Señor Lowell? Soy Ben. Soy uno de los, eh, técnicos a los que ayudó a encontrar trabajo... Del grupo de Miami...

Nathan recordó al tipo. Era uno de los *hackers* que Bethany Anne había rescatado durante el ataque «terrorista». Había cambiado su nombre cuando fue contratado por la compañía de Texas, que pertenecía a Nathan.

—Sí, Ben, ¿qué puedo hacer por usted?

—Bueno, el señor Kurns, el hombre con el que hablé hace unas semanas, me dijo que lo me pusiera en contacto con usted sobre una solicitud que hice durante nuestra conversación.

Nathan podía oír la vacilación en la voz de Ben. Se preguntaba cuánto tiempo le habría tomado reunir el valor para hacer esta llamada.

—Por supuesto, Ben. ¿Qué le gustaría saber?

—Le pregunté al señor Kurns si sería posible conocer a la mujer que me salvó ese día.

Nathan se quedó un poco sorprendido. De todas las preguntas que esperaba que hiciera, esa no estaba ni en la parte superior ni en la mitad de la lista. Ni siquiera estaba en la lista.

—Lo siento, Ben, estoy un poco confundido. ¿Por qué quiere conocerla?

Hubo una pausa al otro lado de la línea.

—¿Sabe?, yo mismo me hago esa pregunta una y otra vez. Es muy hermosa, claro, pero también es aterradora. Así que no hay ninguna motivación romántica. Creo que, simplemente, necesito cerrar ese episodio de mi vida. ¿Entiende lo que quiero decir? Siento... siento que puedo ser más útil para ella de lo que soy aquí. Tengo que redimirme de alguna manera por lo que hice. Y hasta que no tenga la oportunidad de hablar con ella y escuchar de sus labios que no necesita mi ayuda...

Ben había sido considerado como uno de los mejores en su trabajo anterior, en una empresa que Bethany Anne había adquirido. Nathan se había mantenido en contacto con el jefe de la compañía, usando canales discretos. Lance supervisaba todo, pero le dejaba a Nathan los detalles. De esa manera, todos los directores le enviaban sus preguntas. Nathan pedía informes periódicos, unas dos veces al mes, sobre Ben y Tabitha. Ambos recibían elogios y Ben, en particular, había logrado más de lo que cualquiera habría esperado. Dado que era Ben quien acudía a él ahora, ya no tendría remordimientos si lo recuperaba.

—Dime lo que sabes sobre los *hackers* chinos, por favor.

Durante una hora y media, discutieron las peculiaridades del hackeo en China. Siendo él mismo un excelente *hacker*, Nathan tuvo claro de inmediato que Ben tenía habilidades que podrían serles muy útiles. Mientras hablaban, Nathan abrió un chat para ver con qué rapidez podría trasladar a Ben a Miami. El jefe de la compañía de Texas no quería perderlo, pero Nathan no le dio mucha opción: «¿Debería pedirle a la jefa que lo llame para esto?» El otro hombre cedió, y acordaron que Ben estaría disponible para trasladarse en unas tres semanas, aunque al jefe le gustaría retenerlo hasta el final de la semana siguiente.

Al terminar la conversación, Nathan informó a Ben de que sería trasladado. Pronto recibiría una llamada y los billetes de avión para ir a Miami en unas tres semanas.

Ben era joven. Toda su vida giraba en torno a los ordenadores, el código y un poco de cafeína. No sería difícil moverlo.

Después de colgar, Nathan decidió llamar a Ecaterina. Había estado tratando de mantenerse ocupado, no pensar demasiado en ella ni en sus problemas. La última vez que habían hablado, ella estaba en el Polarus y la conversación no había terminado bien. Nathan había sido el objetivo de toda la furia de la joven rumana. Por desgracia, él entendía su idioma lo bastante como captar cada insulto.

Se alegraba de no estar atrapado en un barco en medio del océano con ella. Incluso el barco más grande del mundo no habría sido lo suficientemente grande. Podía entender su frustración y su deseo de estar más involucrada, pero su preocupación por su seguridad lo había llevado a decir algunas tonterías. Sabía de antemano que lo que decía era una estupidez, pero, tristemente, no había conseguido callarse.

Cuando de repente ella dejó de hablar y le lanzó una mirada que esperaba no volver a ver jamás, Nathan comprendió que su necesidad de mantenerla a salvo había creado una situación en la que él mismo necesitaba mantenerse a salvo... de ella. Si tu novia puede, literalmente, abrirte en canal o dispararte, quedarse en Miami y darle tiempo para calmarse en el barco había parecido una idea excelente.

Ahora le llamaba el trabajo y necesitaba hablar con ella. Esperaba que no estuviera poco receptiva.

Capítulo 9

CONSTANZA, RUMANÍA

Stephen fue a la cocina y abrió la nevera. Sacó una bolsa de sangre, la abrió y vertió el contenido en una taza. La colocó en el microondas. Unos instantes después, estaba bebiéndose el líquido espeso sin hacer ningún gesto de desagrado.

Sonó el timbre de la puerta. No era un timbre normal, sino uno anticuado de hierro que había instalado hacía más de cien años. Cualquiera que se acercara a la puerta de entrada levantaba la mano, agarraba una vieja cuerda y tiraba. Unas poleas guiaban la cuerda para hacer sonar la campana en lo más profundo de la casa. A Stephen le gustaba el sonido porque le recordaba al pasado.

Dejó la cocina y se dirigió a la entrada. Ya podía percibir la presencia de vampiros afuera y escuchar sus murmullos de inquietud. Una de las voces era femenina; las otras dos, masculinas. No le resultó difícil deducir la identidad de sus visitantes.

Al abrir la puerta, Stephen sonrió a los tres individuos que estaban en el umbral. Todos parecían nerviosos e inseguros de lo que debían hacer. Esperó un momento, observándolos en silencio. Al final, fue la joven la que lo rompió.

—Disculpe, ¿esta es la casa de Stephen?

—Sí. ¿En qué puedo ayudaros en esta hermosa noche?

—¿Podría avisar a Stephen de que Claudia, su hermano Juan y su amigo Scott han llegado? No nos importa esperar aquí a que nos dé permiso para entrar.

Los tres habían discutido si debían comportarse como si hubieran sido invitados o si debían bajar la cabeza, como era costumbre entre los Deshonrados.

Stephen abrió la puerta de par en par y dio un paso atrás.

—Por favor, diríjanse a la sala delantera y tomen asiento.

Los visitantes siguieron sus indicaciones. Claudia y Juan se sentaron en el sofá, mientras que Scott eligió una silla frente a ellos. Su anfitrión cerró la puerta y los acompañó.

—¿Alguno quiere beber algo? ¿Necesitáis sangre?

Claudia parecía un poco aliviada.

—Sí, agradeceríamos al menos un poco de sangre. Hemos estado preocupados por si estaba o no permitido beber en las tierras de Stephen.

—Lo entiendo. Sabed que la sangre que os serviré proviene de bolsas que voy a calentar. —Stephen notó una pequeña expresión de desagrado en el rostro de Scott.

—Estoy segura de que será más que suficiente, muchas gracias. —Claudia fulminó a Scott con la mirada.

Stephen ocultó una sonrisa y volvió a la cocina. Preparó tres tazas de sangre y las llevó a sus invitados. Una vez terminaron de beber, las recogió y las devolvió a la cocina.

Volvió al salón y ocupó otra de las sillas, y los tres lo miraron, expectantes.

—Ahora que habéis saciado vuestra sed, ¿en qué puedo ayudaros?

Juan fue el primero en comprender que se dirigían al

propio Stephen. A los demás les llevó unos segundos comprenderlo. El rostro de Claudia enrojeció de vergüenza.

—Perdón, Stephen. No me he dado cuenta de que ha sido usted quien nos ha recibido en la puerta. Nunca habríamos pensado que nos serviría.

Stephen rio de buena gana.

—Por favor, entended que no trabajo aquí en Europa como estáis acostumbrados con los Deshonrados en Sudamérica.

Los tres vampiros volvieron a sentarse en sus asientos, un poco más tranquilos. Claudia continuó la conversación.

—Cuando hablé con Ecaterina, del séquito de Bethany Anne, me dijo que tal vez podría proporcionarnos un lugar seguro aquí, en Europa, y la protección de su casa... —Stephen notó que la mención de Bethany Anne provocó una reacción visceral en Scott. Estaba tratando de ser educado, pero empezaba a irritar a Stephen. Por otro lado, sabía que Bethany Anne no se habría molestado por esa actitud, sobre todo viniendo de alguien cercano a Clarita, pero Stephen era de otra generación. Si ese tipo seguía haciendo muecas, no podría contenerse mucho más.

—Por supuesto —dijo Stephen—, podéis vivir en Europa. Pero esa autorización implica un abandono inmediato y total de vuestras creencias de Deshonrados sobre los humanos. Además —se volvió hacia Scott—, Europa está bajo la autoridad de Bethany Anne. No toleraré ninguna falta de respeto hacia ella. ¿Está claro?

Sus ojos no se apartaron del rostro del hombre.

Claudia tenía ganas de abofetear a Scott. Había sido su mayor problema desde que habían dejado Sudamérica. Juan era su hermano. Había aceptado convertirse en vampiro y ayudarla a sobrellevar su propia transformación, hacía ya muchos años. Scott, en cambio, era un amigo de Juan que había considerado a Clarita como su propia madre. Su muerte lo había afectado profundamente. Claudia solo esperaba que no destrozara esta oportunidad de encontrar finalmente un refugio. Él aún no había superado su dolor, y temía que una explosión de ira lo llevara a cometer una estupidez.

Juan se aclaró la garganta antes de hablar.

—Stephen, ¿podría explicarnos la posición de Bethany Anne en el Mundo Ignoto? Los acontecimientos en Costa Rica no ayudaron mucho a aclararlo. De hecho, si mi madre no hubiera explicado que la estaban atacando por culpa de Adrian, probablemente habríamos pensado que era un conflicto político interno.

Durante las siguientes tres horas, Stephen les relató la verdadera historia de los vampiros y cómo Bethany Anne sería la clave de grandes cambios. No entró en detalles sobre su nacimiento, pero les explicó lo suficiente para que comprendieran que las acciones de Bethany Anne habían sido una respuesta a los actos de Adrian y al hecho de que hubiera asesinado al mentor de la reina en Washington.

Claudia y Juan podían entender la rabia que debió haberla consumido. Sin embargo, Scott se negaba a aceptar cualquier justificación por la muerte de su madre. Al final, disgustado, se levantó y se dirigió a la puerta. La abrió, salió y la cerró de un portazo, desapareciendo en la noche. Hubo un largo silencio, durante el que Claudia y Juan se tensaron, preguntándose cómo reaccionaría Stephen.

Este miró la puerta que Scott había cerrado con tanta violencia.

—Supongo que podríamos haber manejado mejor la situación. Por otro lado, esto significa que no tendré que escuchar más sus quejas sobre Bethany Anne ni castigarlo. Quizás esa haya sido la respuesta más madura que ha podido dar.

Stephen no era en absoluto como los otros poderosos vampiros con los que habían tratado en el pasado.

Charlaron un rato más hasta que amaneció, mientras esperaban a que Scott regresara. Un poco más tarde, Ivan llegó y se presentó. Parecía deprimido y no tan alegre como de costumbre. Sin embargo, disfrutó de la conversación con los visitantes, especialmente con Claudia.

Stephen sabía que Ivan y Gabrielle habían estado hablando por teléfono. Tendría que hablar con su hija más tarde para aclarar las cosas.

Ivan por fin decidió ir a la cocina a prepararse algo de comer...

Y, entonces, se desató el infierno.

San José, Costa Rica

El agente especial Matthew Burnside entró en la comisaría principal de San José. Trabajaba en la Oficina de Análisis del Pacífico Asiático, América Latina y África. En realidad, se suponía que no debería ir a hablar con nadie, ni siquiera —miró el nombre anotado en un pedazo de papel— con la inspectora Rodríguez.

Sin embargo, había recibido una llamada temprano de alguien lo bastante influyente como sacarlo de la cama y enviarlo a interrogar a esa oficial de policía.

Solía ocuparse de temas como la volatilidad política, la seguridad militar y los frecuentes cambios de régimen. Dada la situación económica inestable de la región, a menudo se preguntaba por qué había dejado California. Rara vez hacía algo más que leer informes y, de vez en cuando, llamar por teléfono. Que lo llamaran para salir al campo no era algo hiciera habitualmente, pero esta reunión sería sobre los asesinatos supuestamente relacionados con las drogas que habían ocurrido en las últimas semanas. Matthew había leído la prensa y sabía que había algo sospechoso. Incluso había leído las historias sobre supuestos ángeles de la muerte que protegían la ciudad desde su helicóptero, que solo volaba de noche.

Matthew se presentó en la recepción, donde lo recibió una bonita secretaria de cabello castaño. Ella se mostró indiferente a su rubio platino y le indicó que pasara a la segunda sala de espera, al final del pasillo a la izquierda. Solo tuvo que aguantar cinco minutos respirando el aire cargado de humo de viejos cigarrillos antes de que otra mujer atractiva fuera a buscarlo. Esta tenía unos cuarenta años, con cabello negro y gafas.

—Buenos días —dijo ella—. Soy la inspectora Rodríguez. Soy una de las oficiales encargadas de investigar estos casos de personas desaparecidas y asesinatos. ¿En qué puedo ayudarlo, agente Burnside?

Matthew decidió que pedir sin más lo que quería era la mejor manera de avanzar.

—Encantado, inspectora. Estoy aquí para recabar información sobre la serie de asesinatos ocurridos hace poco y el grupo militar con el Black Hawk. Nos gustaría entender por qué colaboraron con ellos y saber dónde podrían encontrarse actualmente.

Matthew tardó unos cinco segundos en darse cuenta de que había metido la pata hasta el fondo con la señora. Su expresión agradable se transformó en una que él reconoció como de ira apenas contenida.

Su voz sonó entrecortada y enfadada.

—¿Eso es todo? —preguntó ella con voz cargada de amargura—. ¿Quiere saberlo todo sobre nuestros problemas sin siquiera un «Lo lamento por todas esas muertes»? ¿Sabe que dos de mis amigos más cercanos están entre las víctimas? Pero lo único que le interesa es hablar de esas personas que han intervenido en mi país, ¿verdad? ¿Nada más? No recuerdo haber visto a ningún agente estadounidense en los funerales de estas «demasiadas» víctimas. Pero quizá usted estuvo allí y no lo vi.

Matthew comprendió enseguida en qué se había equivocado.

Se sintió mal mientras respondía.

—No, inspectora, no estuve allí.

«Vaya mierda», pensó. No era de extrañar que ese imbécil que lo había enviado no quisiera ocuparse de aquello personalmente. Si nadie de la Agencia había presentado sus condolencias, ¿cómo iban a mantener una colaboración sana en el futuro?

Rodríguez se enderezó, aún visiblemente molesta.

—En ese caso, entenderá que necesito tiempo para procesarlo antes de centrarme en buscar a las personas que, con su intervención, salvaron muchas vidas. Llámeme cuando haya terminado mi duelo y entonces veremos si puedo ayudarle. Que tenga un buen día, agente Burnside.

La inspectora se dio la vuelta y salió de la sala, conteniéndose para no cerrar de un portazo.

Matthew se lo pensó un momento y abrió la puerta con rapidez.

—¡Inspectora! —Rodríguez se giró hacia él—. ¿Sabe por casualidad el nombre de la periodista que fue rescatada?

—Giannini Oviedo.

Rodríguez se dio la vuelta y continuó su camino, obviamente no estaba dispuesta a responder a ninguna otra de sus preguntas. No se dio cuenta de que había revelado un nombre muy importante hasta que volvió a su oficina. El agente estadounidense seguramente lo utilizaría.

¡Maldita sea! Tenía que llamar a Giannini..., y cuanto antes, mejor.

. . .

Ad Aeternitatem, nave de la puñetera reina

Bethany Anne observaba al perro que había en el interior de la cápsula. Había decidido llamarlo Ashur, pero le costaba creer lo que estaba viendo con sus propios ojos.

«TOM, es enorme».

«Es un perro muy hermoso».

«Y enorme, no lo olvides».

«Eso también».

«¿Qué te dicen las lecturas?».

«Me dicen que tendremos un can interesante».

«Define interesante».

«A ver, Bethany Anne, creía que conocías el término, ¿algo fuera de lo común? ¿Algo inesperado? Algo...».

«TOM, déjate de chorradas y dime qué pasa».

«Vale, vale, solo intentaba aligerar el ambiente...».

«Ya lo he notado. Y para tu información, has fracasado miserablemente».

«Vaya, un público difícil. Vale, bromas aparte, tenemos un superperro».

«TOM, "superperro" no es un término muy descriptivo ni útil. ¡Dame algo concreto!».

«Pues, como te imaginas, es más rápido y fuerte, sus huesos son más resistentes, su piel más dura... Y, como bien has notado, es más grande y, claro, es blanco. No es el color más discreto pasar desapercibido de noche».

«Cierto. ¿Alguna posibilidad de cambiárselo a negro?

«¿Me tomas el pelo?».

«Eh... ¿Quizás?».

«Desde un punto de vista científico, podríamos hacerlo. Los nanocitos podrían alterar las células que controlan la pigmentación, pero tardaría varias semanas en cambiar su color a medida que crezca su pelaje. La cápsula ha tenido que lidiar con algunas anomalías genéticas y seleccionar genes recesivos. En algún punto del proceso, su pelaje se ha vuelto blanco».

«Es bueno saberlo. Lo dejaremos así por ahora, pero, si algún día tenemos que volver a meterlo en la cápsula, recuérdame esta conversación. Dicho esto, tengo la sensación de que no me has contado todo. ¡Suelta prenda!».

«No es nada grave, Bethany Anne, pero hay dos matices en particular que no había previsto. La primera es su capacidad de actuar como un conducto hacia el etérico. La segunda es que su mente ha sido modificada».

«¿Puedes explicarme qué significa? No quiero liberar un monstruo violento y mentalmente inestable».

«No, no, nada de eso. No se trata de inestabilidad. Según las investigaciones que realizamos antes, sabemos que los perros tienen una inteligencia similar a la de un niño de dos o tres años. Solo que, en este perro, el nivel es un poco más alto».

Bethany Anne se frustraba cada vez más con las respuestas vagas del extraterrestre.

«¿Cuánto más?».

«Es difícil decirlo por ahora. Podría ser solo uno o dos años más. También es posible que su inteligencia continúe aumentando con el tiempo. No tenemos precedentes».

Bethany Anne seguía observando al perro. Era muy hermoso, con su pelaje blanco, y se preguntaba de qué color serían sus ojos. Se giró hacia su derecha y dio un paso hacia el etérico para aparecer en su habitación del Polarus. Pronto sacarían a Ashur de la cápsula.

Y solo Dios sabía lo que descubrirían cuando lo hicieran.

* * *

Unos golpes resonaron cerca. Bethany Anne salió de su *suite* para seguir el ruido. Entró en la sala de conferencias y encontró a Bobcat golpeándose la frente contra la pared. Se detuvo y lo observó en silencio. Él continuó unos treinta segundos antes de que ella lo interrumpiera.

—Dime, ¿me explicas por qué estás intentando romper mi pared?

Bobcat se sobresaltó y se giró para encontrarla mirándolo fijamente. Su frente estaba roja, y el resto de su cara se tornó aún más roja por la vergüenza.

Suspiró.

—Dejé a William en Miami para que se ocupara de nuestros asuntos allí. Durante las vacaciones, conoció a una dama y pidió tres días de descanso para pasar tiempo con ella. Esos tres días terminaron hace dos. He intentado llamarlo porque necesitaba su ayuda, pero no contesta. Hace diez minutos, he recibido una llamada de un número privado. He respondido... —Bethany Anne arqueó una ceja. No debería haber respondido a una llamada de un número privado por razones de seguridad, pero decidió esperar a que terminara la historia antes de regañarlo—. El tipo al otro lado era un *sheriff*. Parece que la dama en cuestión dejó plantado a William en un bar hace dos noches. Se puso a beber para ahogar sus penas. No sé si te lo he contado, pero William no aguanta bien el alcohol.

Bethany Anne asintió. Había escuchado las historias. Aunque era un tipo grande, no se le daba muy bien pelear, sin embargo, debido a su tamaño, se convertía en un blanco fácil. Hizo una mueca al imaginar lo que debió haber pasado.

—Entonces, ¿cómo está?

—Ahora solo debería tener resaca, pero me preocupa es que haya terminado en esta situación. Tal vez no fuera una buena idea dejarlo solo allí. Ya no tiene nada que hacer, ahora que hemos terminado con las furgonetas.

Bethany Anne se lo pensó un momento.

—Entiendo lo que quieres decir. Son los retos lo que lo

mantienen motivado y no le hemos dado nuevos. Tampoco ha venido aquí con nosotros. Pídele a Ecaterina que envíe a nuestro abogado para sacarlo de este lío y meterlo en un avión de regreso aquí lo antes posible. Asegúrate de dejarle claro que tendrá que trabajar el cuádruple para compensar este error.

Los hombros de Bobcat se hundieron un poco y parte de la tensión desapareció de ellos. Bethany Anne volvió a hablar.

—Eso sí, es *tu* compañero de equipo, así que también te vas a tener que currar tú todo el traslado. —Él asintió. Comprendía que en el grupo de Bethany Anne todo iba siempre tan cuesta arriba como cuesta abajo.

Ella se giró la vuelta y lo dejó solo para que preparara el traslado de William.

Capítulo 10

ISLA DE SAN ANDRÉS, AL ESTE DE NICARAGUA

Los dos barcos llegaron a las cercanías de la isla de San Andrés por la noche. William había aterrizado la noche anterior y estaba esperando que lo recogieran. También sería una oportunidad para que la tripulación se relajara y disfrutara de algo de tiempo libre. Ecaterina se aseguró de que ambos barcos permanecieran bien vigilados mientras el equipo tomaba el sol y disfrutaba de las olas.

La población local estaba impresionada con las naves. A veces pasaban yates más pequeños y la gente los saludaba admirando las elegantes curvas de los barcos. Pero estos eran de una liga completamente diferente. Miembros de la tripulación tuvieron que impedir que algunas chicas subieran a bordo. Les sonreían, pero les explicaban que la dueña no permitía la entrada de personas no autorizadas. De verdad, lo sentían mucho. Una chica especialmente atractiva rompió algunos corazones con su puchero de tristeza.

Ecaterina y Nathan habían hablado la noche anterior, y

reconocieron haberse comportado mal. Él admitió que se había vuelto demasiado protector y que necesitaba aprender a controlar mejor sus temores. Ella entendía que él se preocupaba por amor, y que debía esforzarse por recordarlo. Decidieron aprovechar el tiempo perdido tan pronto como tuvieran la oportunidad. Ambos colgaron el teléfono con una sonrisa en los labios y la impaciencia en el corazón.

Bethany Anne, Ecaterina y Bobcat planearon tomar uno de los botes pequeños para recoger a William en el muelle. John y Eric irían con ellos como guardaespaldas. A la vampira le molestaba que su padre hubiera logrado deshacerse de sus propios guardias, pero sabía que los cuatro hombres de su Guardia Real debían estar a bordo cuando llegaran los *Wechselbalg*. Haría que su padre lo pagara más adelante.

No tardaron mucho en llegar al muelle, atracar y encontrar un taxi. Diez minutos después, Bethany Anne recibió una llamada de Gabrielle. Preguntó si el bote podría volver a trasladar a las personas que estaban de descanso. No le importaba. Si estaban atrapados, buscarían un restaurante y se relajarían un rato.

Cuando encontraron a William, este tuvo la decencia de parecer avergonzado mientras Bethany Anne le gritaba. Le dejó claro que, la próxima vez que se emborrachara, no solo no recordaría haber bebido, sino que tampoco recordaría los últimos meses de su vida. Entendía el riesgo que había hecho correr a toda la operación con su comportamiento. Se había sentido solo y humillado después de que aquella mujer lo abandonara de forma tan pública. Estuvo de acuerdo en que lo más sensato habría sido volver a casa. Bethany Anne envió a William y a Bobcat a recoger el equipo que necesitarían para hacer realidad los modelos del piloto. Luego, las dos mujeres se fueron a explorar la isla. John y Eric hicieron todo lo posible por seguirles el ritmo.

Cuando regresaron al muelle, el bote ya estaba de vuelta y disponible. Se encontraron con el ingeniero jefe John Rodríguez, la oficial Jane Dukes, Todd Jenkins, del Ad Aeternitatem, y otros dos del Polarus. Todos iban vestidos como turistas. Bethany Anne los saludó al pasar.

Subieron al bote y regresaron en dirección al Polarus.

* * *

—Esos tipos del rincón no me dan buena espina —le dijo Todd a Jean Dukes en voz baja.

Ella miró alrededor, como si buscara a sus compañeros de barco, y divisó a los hombres de los que Todd hablaba.

—¿Por qué? —preguntó, volviéndose hacia él—. ¿Porque son magrebíes?

Los tres se habían separado de los otros dos tripulantes del Polarus y habían encontrado un bar.

Todd sonrió.

—Admito que podría ser un problema, pero no es lo que me preocupa. Lo que me preocupa es que no paran de mirarnos, como si buscaran pelea.

Jane comenzó a girarse hacia los tipos en cuestión, pero se contuvo, frenando su tendencia natural a buscar confrontación. De todos modos, nunca iba a ninguna parte sin un arma. Solo esperaba que Bethany Anne hubiera sido sincera durante su presentación inicial. Quizás muy pronto tuviera que explicarse.

El ingeniero regresó a su silla y se sentó con una sonrisa en el rostro. Cargaba dos cervezas con y colocó una frente a Jane.

—Vamos, Jean, estamos fuera del barco. Desmelénate un poco. —Alzó la suya mientras hablaba y tomó un largo trago, como para mostrarles cómo se hacía. John miró por encima de su hombro, y Jean se volvió para seguir sus miradas.

Los tres hombres que Todd había señalado iban directamente hacia ellos, y estaba claro que querían hablar. Escuchó a Todd reposicionarse en su asiento para obtener un mejor ángulo de ataque si era necesario. Jane se giró en su silla, de manera informal, y cruzó los brazos frente a ella. Una de sus manos estaba a unos centímetros de la funda que ocultaba bajo su chaqueta.

La ignoraron. Uno de ellos centró su atención en Rodríguez, que se había levantado. Los otros dos observaban a Todd, una elección acertada, dado su tamaño. El tipo del medio fue el que habló.

—¿Sois los tres del yate, el Polarus?

A Todd no le gustó ni la pregunta ni las formas de esos tipos. Si se hubiera tratado solo de ellos tres, habría intentado calmar la situación mintiendo y retirándose. Pero otros miembros de su tripulación llegarían a la isla y no quería que la escena se repitiera. Era mejor resolverlo de una vez por todas. Al responder, mantuvo los ojos fijos en el del medio, mientras vigilaba a los otros dos con el rabillo del ojo.

—Sí. ¿Por qué?

—Porque conocíamos al dueño anterior, y nuestro jefe quiere hablar contigo.

Todd hizo un gesto hacia la mesa.

—No hay problema. Estoy contratado por los nuevos propietarios, y estaría encantado de hablar con él. ¿O es ella? De cualquier forma, dile que venga.

El hombre negó con la cabeza.

—Eso no va a pasar. Nuestro jefe no va a venir a un tugurio como este. —Echó un vistazo al bar de mala muerte en el que se encontraban y ajustó su abrigo con la mano derecha, revelando la culata de una pistola en su cinturón—. Preferiría que los tres acudierais a él.

Todd negó con la cabeza, con una sonrisa en la cara.

—Lo siento, pero no. Ni hoy, ni mañana, ni nunca. Además, estoy seguro de que mi jefa se disgustaría mucho si permitiéramos que alguien nos obligara a ir a donde ella no quisiera que fuéramos. Es muy estricta con esos detalles.

A Jane le costaba contener una sonrisa. Sus dedos ya tocaban la culata de su propia arma. Tenía nueve balas, pero, por suerte, solo había tres objetivos. Le resultaba igualmente difícil contenerse para no hacer un comentario sobre lo idiotas que eran esos tipos al ignorarla, como si fuera una basura en la acera.

—¿Tienes a una mujer como jefa? —El tipo escupió en los pies de Todd—. ¿Cómo puedes ponerte los pantalones cada mañana sabiendo que una mujer te va a decir lo que tienes que hacer? —Hizo una señal a los otros dos, que dirigieron las manos hacia sus cinturones—. Entonces, ¿qué decidís? ¿Venís por las buenas o no salís de aquí con vida? —Jane notó que algunos clientes habían agarrado sus cervezas y se habían alejado de su mesa.

Torció la boca hacia Todd.

—Oye, ¿bailamos ya o qué? Esta conversación me está aburriendo.

Todd se rio un poco.

—Jean, me encantaría bailar. ¿Te llevo yo o tú a mí?

El tipo del medio se giró hacia ella y levantó su mano derecha como si fuera a abofetearla.

Cuando ella respondió «Yo», dio una patada que le rompió la rótula al hombre de la izquierda. Gritó al caer. Al mismo tiempo, Todd saltó de su silla y golpeó con fuerza al tipo de la derecha en el estómago. El del medio sacó una pistola al mismo tiempo que Jane, pero ella fue más rápida. La bala atravesó la frente del imbécil, le explotó el cráneo y salpicó a los clientes cercanos con su cerebro. Sin embargo, el hombre había logrado disparar... Su tiro falló y escuchó a alguien gritar detrás de ella. Todd dejó inconsciente al hombre más cercano con un golpe en la cabeza.

Jane tiró al tercero al suelo y presionó su arma contra su frente. El tipo dejó de moverse y de maldecir.

—Maldita sea, no he estudiado su idioma —maldijo para sí.

El hombre bizqueaba mirando el cañón presionado contra su frente.

—Hablo inglés, hablo inglés. Traed un médico. No tendrá ningún problema conmigo. Esto ha sido idea suya. —Hizo un gesto con la cabeza en dirección al muerto—. Teníamos amigos en el barco. Ha mentido. No tenemos un jefe que quiera saber nada,

Jane asintió y guardó su pistola. Verificó que Todd estaba bien, y entonces escuchó la voz de Rodríguez detrás de ella.

—¿Pueden ayudarme? —Se dio la vuelta y vio que el ingeniero estaba sentado en su silla, inclinado hacia delante; con las manos cubiertas de sangre, se apretaba la pierna.

El rostro de Jane palideció. Absorbida por la acción, había olvidado por completo al ingeniero. Todd ya estaba al teléfono, llamando a emergencias. Jane agarró una servilleta de la mesa, la rodeó rápidamente y trató de hacer un torniquete. Parecía que la bala no había tocado ninguna vena importante, gracias a Dios. Pronto descubriría cómo reaccionaba su nueva jefa ante la violencia.

Tomó unos veinte minutos evacuar a Rodríguez de vuelta al Polarus.

Jane se quedó atrás para hablar con la policía. Una vez de regreso a bordo, se aseguró de que el ingeniero se recuperaría antes de ir a ver a Bethany Anne a su camarote. No quería esperar a que la llamaran, como habría hecho en la Marina. John y Eric asintieron al verla llegar y le abrieron la puerta.

Bethany Anne estaba trabajando en la mesa de conferencias. Levantó la vista.

—¿Querías hablar conmigo?

Jean respondió:

—Sí, señora. Quería darle mi versión de los hechos ocurridos esta noche.

Bethany Anne frunció el ceño, concentrada.

—¿No le había dado ya Todd el informe a Dan? ¿Hay algo que añadir?

La boca de Jean se abrió, se cerró un segundo y volvió a abrirse.

—Sí, señora, habló con Dan, pero quería asegurarme de que entendía por qué consideré necesario disparar mi arma.

La vampira dejó el bolígrafo, se levantó lentamente y rodeó la mesa hasta quedar frente a Jane.

—¿Llevas tu pistola encima? —John y Eric se miraron. Ninguno de los dos se había plantado que Jean pudiera llevar un arma cerca de su jefa.

Jane asintió y la puso en la mano extendida de Bethany Anne.

La vampira presionó la bala en la parte superior del cargador para ver si descendía, comprobó que el seguro estaba puesto y le devolvió el arma a su propietaria. Después, regresó a su asiento.

—Te habría pateado el culo si no la hubieras recargado. ¿Está claro, Dukes?

Jane esbozó una sonrisa y se contuvo justo a tiempo de hacer un saludo militar.

—Sí, señora. Lo entiendo perfectamente, y mi pólvora siempre estará seca. —Se dio la vuelta y John le guiñó un ojo. Su sonrisa era tan brillante que pensó que necesitaría gafas de sol.

Bethany Anne tomó la palabra, con la cabeza aún sobre su cuaderno.

—Chicos, aseguraos de no quitarle nunca las armas a Jean por mí, ¿entendido?

Ellos confirmaron que lo entendían y volvieron a su puesto.

Las Vegas, Nevada, EE. UU.

Thomas Billings vio cómo Jeffrey llegaba en su coche y lo acompañaban sus dos hijos. Jeffrey metió la mano en el asiento delantero y sacó dos bolsas de bocadillos y un iPad. Thomas preguntó:

—¿Es día de puertas abiertas para los niños y no me avisaste?

Jeffrey sonríe.

—Cuando mi esposa me entrega un iPad y dos bolsas con bocadillos, el mensaje es claro. Los llevaré al Edificio Tres y me aseguraré de que estén cómodos. Después de eso, podremos hablar de la transferencia de datos. Dame unos diez minutos.

Thomas asintió mientras veía a Jeffrey alejarse con sus hijos hacia la zona residencial.

Esperó tomando su segunda taza de café y disfrutando de la relativa tranquilidad antes de que comenzara la verdadera faena.

Veinte minutos más tarde, Jeffrey regresó al Edificio Dos. Thomas ya estaba con la tercera taza, mientras que Jeffrey apenas había probado la suya.

—¿Ya tenemos un plan para el traslado de datos? —Jeffrey tomó asiento frente a Thomas.

—Sí, he instalado tres discos duros intercambiables en caliente en el Edificio Uno —respondió Thomas—. Podemos cargar los datos en un disco, desconectarlo y trasladarlo directamente. No necesitará *hardware* adicional ni controladores. Se gestionará automáticamente una vez lo conectemos. Con suerte, no tomará más tiempo que la carga y la transferencia en sí.

—Sí. He instalado tres matrices intercambiables en caliente tanto aquí como en el Edificio Uno ADAM. Podremos cargar el disco duro, sacarlo, llevarlo al Edificio Uno y conectarlo allí. No requerirá ningún montaje especial ni controladores para cargarlo cada vez; el sistema lo reconoce automáticamente y se conecta. Con suerte, será tan rápido como cargar cada disco duro y transferir los datos.

Thomas tachó un elemento de su lista, satisfecho con el progreso.

—¿Por dónde crees que deberíamos empezar? —Jeffrey le dio un sorbo a su café—. ¿Historia? ¿Ciencia? ¿Ética?

Thomas se rascó la cabeza con el lápiz, pensando en la mejor manera de organizar los datos.

—No creo que el orden sea crucial al principio. Lo importante es darle a ADAM una base sólida en una variedad de temas. Necesitamos que sea capaz de procesar la información y clasificarla adecuadamente cuando quiera aprender más. Pienso que deberíamos empezar con conceptos básicos del universo y permitir que los datos adicionales lleguen según necesite. Pero no vamos a activar el sistema de inmediato, ¿verdad?

Jeffrey se rascó la barbilla, pensativo.

—Exactamente. Sería un gran riesgo hacerlo con un conjunto de datos limitado. Necesitamos llenarlo con suficiente información, algo equivalente a una educación universitaria. Más tarde, veremos cómo agregar más datos específicos.

Thomas lo miró, recordando lo que había dicho un minuto antes.

—¿Ética?

Jeffrey asintió.

—Sí, es fundamental. La ética es la clave de todo razonamiento complejo. Es el área donde las IA suelen fallar cuando se enfrentan a los dilemas de las tres leyes de la robótica de Asimov. Las leyes son demasiado simples para una IA avanzada. Por ejemplo, la primera ley establece que un robot no puede dañar a un ser humano ni permitir, por inacción, que un ser humano sufra daño. Pero ¿cómo le explicas a una IA qué es un ser humano? Podemos hablar de *Homo sapiens*, pero ¿qué pasa con los casos especiales? Si lo definimos por ADN, ¿cuándo deja de ser humano ese ADN?

Thomas se sorprendió un poco.

—¿Qué quieres decir, en qué momento el ADN ya no es humano? ¿Te refieres a mutaciones?

Jeffrey sonrió.

—No me refiero a los X-Men. Estoy hablando de seres humanos que han fallecido, por ejemplo. Su ADN seguiría siendo el de un ser humano, pero ¿debería una IA tratarlos igual que a una persona viva? ¿Y qué pasaría si ese ser humano muerto pudiera ser revivido mediante una intervención?

Thomas se levantó, llevó su taza vacía a la cafetera y volvió a llenarla.

—La mañana apenas empieza y ya me duele la cabeza —murmuró, agitando la taza con una sonrisa irónica mientras volvía a la mesa.

Buenos Aires, Argentina

—Adelante.

Anton odiaba esperar a que llamaran a la puerta. Siempre escuchaba los pasos acercándose a su despacho y consideraba una tremenda pérdida de tiempo tener que esperar. Su mayordomo, Jackson, estaba allí con un pequeño sobre en la mano. Anton le hizo un gesto que se acercara. El sirviente avanzó y depositó el sobre en el escritorio. Sin decir una palabra, se dio la vuelta y salió de la habitación, cerrando la puerta tras de sí.

Anton observó el sobre por un momento antes de abrirlo. Leyó y releyó el documento que había en su interior. Sonrió. Un gran yate con un Black Hawk había sido avistado cerca de Costa Rica. Perfecto.

Solo necesitaba averiguar el nombre del barco, y entonces podría poner en marcha la segunda fase de su plan.

Capítulo 11

AD AETERNITATEM, NAVÍO DE LA PUÑETERA REINA

«TOM, ¿estamos listos hacer esto?».

«Bueno, no sé tú, pero yo estoy listo abrir la cápsula y ver lo que hemos creado».

«Empiezo a preguntarme si no tendrás algo del Doctor Frankenstein en ti, TOM».

«Oh, ¿el Doctor Who?».

«No, ese es distinto. Aunque veo que también tienes algo del Doctor Who».

«Entonces ¿quién es el Doctor Frankenstein...?».

Bethany Anne sonrió. Le encantaba confundir al extraterrestre. Después de todo, entendía tan poco de la cultura popular terrestre que no era nada difícil. Pero había que divertirse de alguna manera.

«No importa. Pongamos este espectáculo en marcha. Dime qué tengo que hacer abrir este chisme».

TOM le indicó el procedimiento, que Bethany Anne siguió al pie de la letra. Con un chasquido, la tapa se levantó ligeramente antes de deslizarse. El perro durmió unos cinco minutos más antes de despertarse. Levantó su gran cabeza, miró alrededor y vio a Bethany Anne. El animal movió la cola en señal de reconocimiento y olfateó el aire. Ella le habló en voz baja, lo levantó en brazos y lo dejó en el suelo. No le preocupaba que la lastimara, pero no tenía ninguna intención de que le arañara la piel.

El perro se levantó... y se levantó y se levantó. La parte superior de sus orejas le llegaba por encima de la cintura. Murmuró en voz baja:

—Espero de verdad que tengamos suficiente carne —murmuró ella.

«TOM, ¿estás seguro de que el perro no afectará a mi capacidad de translocación?

«No se puede estar completamente seguro. Aunque tienes que admitir que tenía razón, pudimos hacer el viaje de ida y vuelta a Miami».

«Sí, pero tuve que beber cinco bolsas de sangre al regresar. ¿Sabes cuánto odio esa porquería? Casi vomito con la quinta. Es asquerosa».

«Técnicamente, no necesitabas beber tanto. Con una sola habría sido suficiente».

«Sí, pero si no hubiera bebido las otras, mi reserva de energía habría estado tan baja que no habría podido hacer nada en caso de emergencia».

«Deja de comportarte como un bebé. Esto va a estar bien, confía en mí».

Bethany Anne agarró a Ashur por la piel del cuello y se translocó al armario de su habitación en el Polarus. No sintió ninguna fluctuación en su reserva de energía. Era extraño. Sabía que el animal estaba destinado a tener una afinidad con el etérico, pero esto superaba sus expectativas.

Ashur gruñó y miró a su alrededor confundido.

—Tranquilo, Ashur. Tendrás que acostumbrarte a este tipo

de viajes. —Dejó de gruñir y se dirigió hacia su colección de zapatos, que olfateó de inmediato. Ella arrugó la nariz—. ¡Eso es asqueroso, Ashur! ¿Cómo puedes oler eso? Dios, vas a dar tanta vergüenza como un tío. Si te pones a olfatear mi ropa interior, te tiraré por la borda.

El perro dejó de investigar los zapatos y se giró hacia ella, inclinando la cabeza como si estuviera reflexionando sobre lo que había dicho.

Bethany Anne se dirigió a la puerta y la desbloqueó. Después de abrirla, le indicó a Ashur que la siguiera. Miró una vez más alrededor —como confirmar lo que había visto— y luego la siguió, la cabeza alta.

Con su perro a su lado, Bethany Anne se dirigió al gimnasio. No se encontró con nadie en los pasillos, algo inusual. El animal olfateaba sin cesar. Le pidió que se sentara mientras iba a buscar algunas toallas. Cuando regresaba, la puerta se abrió y Gabrielle entró. El perro gruñó.

Ashur giró la cabeza hacia Bethany Anne y siguió gruñendo, esta vez con un poco más de fuerza. Bethany Anne dejó caer las toallas.

—¿Qué demonios está pasando? —Cuanto más se acercaba a él, más gruñía y mostraba los colmillos.

Gabrielle retrocedió.

—¿Es un mal momento? ¿Necesitáis hablar a solas?

Los ojos de Bethany Anne se volvieron rojos y sus propios colmillos se alargaron.

—No hay nada que discutir. Solo hay un alfa, y este cachorro está a punto de descubrirlo...

Ashur eligió ese momento impulsarse sobre sus patas traseras y lanzarse contra la mujer que se negaba a someterse. La había seguido por curiosidad, pero cuando apareció la otra mujer, no podía dejar lugar a dudas de quién era el líder de la manada.

Lo agarró a mitad de vuelo y lo agarró con fuerza al suelo, el aire expulsado de sus pulmones por la violencia del impacto. Intentó voltearse y apoyarse en sus poderosas patas, pero volvió a ser lanzado al aire. Esta vez, la mujer lo sujetó de espaldas contra ella, con las patas apuntando en la dirección opuesta.

Gabrielle se quedó cerca de la puerta.

—¿Por qué lo sostienes así?

—Porque tiene uñas y dientes en el otro lado.

Con un gesto despreocupado, lanzó a Ashur al suelo, donde rodó hasta chocar con una pared con un golpe sordo. Le llevó un segundo orientarse. Se giró hacia Bethany Anne y volvió a gruñir.

La cabeza de Scott asomó junto a Gabrielle.

—¿Quién es el imbécil que dejó subir a Cujo a bordo? —Gabrielle señaló a Bethany Anne—. Ah. ¿Es el pastor alemán del parque?

—Sí.

Scott se encogió de hombros.

—No recojas ningún gato. No me gustaría ver en qué se convierten. —Su cabeza desapareció.

Bethany Anne murmuró en voz baja:

—A todo el mundo le encanta criticar.

Ashur gruñó más fuerte, y Bethany Anne silbó mientras caminaba hacia él. Dejó de contener la malicia que su cuerpo proyectaba cuando se enfadaba. El animal retrocedió un paso cada vez que ella avanzaba uno, hasta que su trasero quedó pegado a la pared. Se desplomó en el suelo, pero todavía con un aire desafiante en los ojos. Bethany Anne se lanzó a toda velocidad y se colocó frente a él, el rostro a solo unos centímetros del perro, desafiándolo a intentarlo de nuevo.

Y lo hizo.

Con las caderas apoyadas contra la pared, se impulsó hacia la mujer de ojos brillantes, intentando morderle la cara.

Bethany Anne le dio un golpe en la cabeza, lo que hizo que todo su cuerpo girara en el aire, dando tres vueltas completas. Cayó de espaldas, con ella sujetándolo por el cuello, sus ojos rojos y colmillos apuntando directamente hacia él. Gimió, abandonando toda esperanza de vencerla.

Ella le soltó y él volvió a darse la vuelta, quedándose agachado.

—Si vuelves a intentar algo como esto, Ashur, te juro que te patearé el trasero de un extremo al otro de este maldito barco... y créeme, es un barco jodidamente grande. —Ella caminó hacia atrás recoger las dos toallas mientras él se quedaba a dos pasos detrás de ella.

Gabrielle permaneció pegada a la puerta.

—Recuérdame no hacerte enfadar nunca.

Bethany Anne le lanzó una sonrisa.

—Lo intentaste, ¿recuerdas?

Recordó su pelea con espadas, durante la cual Bethany Anne había presionado sus colmillos contra su cuello.

—Sí. No hay necesidad de volver a eso otra vez.

Ambas mujeres rieron mientras salían de la sala. Bethany Anne quería que Ashur se acostumbrara al barco y que la tripulación se acostumbrara a él. Y si iba a causar problemas, mejor resolverlo de inmediato.

Sin embargo, no hubo más incidentes. El perro había intentado imponerse, y el resultado había sido suficiente que entendiera quién era la Alfa. Solo ladró una vez cuando Eric intentó adelantarse a Bethany Anne mientras hablaba con Dan. El Guardia soltó una risa nerviosa antes de seguir su camino hacia el gimnasio, donde Pete y su grupo estaban entrenando.

Ashur parecía estar cuidando su espalda. Eso sería muy útil.

. . .

San José, Costa Rica

Giannini Oviedo no era una mujer alta, no llegaba al metro setenta, pero según los rumores que circulaban en las calles, cualquiera podría pensar que medía más de un metro ochenta. Sus artículos sobre dos de los ataques se basaban en su experiencia personal como testigo de los hechos. Esto le había valido el respeto tanto de sus colegas como del público.

Aun así, ese día había decidido quedarse en casa y ocuparse de tareas domésticas más comunes. En ese momento estaba limpiando su salón. Incluso su mejor amigo se había sentido incómodo al descubrir que había sido rescatada por los Ángeles Oscuros la noche en que él se negó a acompañarla.

Ella fue la única que logró tomar fotos de sus salvadores. Aunque las imágenes eran oscuras, la venta de los derechos de publicación le había permitido pagar el alquiler durante los próximos tres meses. Si tan solo pudiera aprovechar esta repentina notoriedad ascender en su trabajo, le ganaría la gloria.

El estridente timbre de su teléfono la sacó de su ensoñación mientras limpiaba el salón. Miró el número en la pantalla y reconoció el contacto de su fuente en la policía. Contestó.

—Hola, inspectora. ¿Cómo está?

La voz de Rodríguez era clara, pero parecía molesta.

—Hola, Giannini. Estoy bien, gracias. Pero acabo de recibir la visita de un agente estadounidense que trabaja aquí, en nuestro país. Consiguió ponerme de muy mal humor y, lamentablemente, en mi enfado, mencioné tu nombre sin pensarlo. Tienes información que podría interesarle, así que probablemente te llame en algún momento de la mañana. Ten cuidado con él. No me gusta que los estadounidenses vengan a entrometerse en nuestros asuntos y esperen que nos dobleguemos ante ellos. A veces les falta cortesía. —Soltó un pesado suspiro—. Quizás estoy demasiado molesta pensar con claridad, pero ese tipo no me dejó una buena impresión. No pasó nada, pero... ten cuidado, ¿de acuerdo?

Giannini pensó que nunca había escuchado a Rodríguez preocuparse por ella de esa manera. La inspectora siempre había sido más bien cortés y directa. Eso hizo que la periodista se sintiera agradecida por la advertencia.

—Por supuesto. Seré cuidadosa y dejaré la puerta entreabierta si decide entrar. ¿O cree que debería hablar con él en un lugar público? —La pausa al otro lado de la línea fue reveladora.

—No creo que te haga daño. Pero si te sientes incómoda después de hablar con él, llámame y veré qué puedo hacer por ti. Tus artículos han sido de gran ayuda nosotros, y te estoy agradecida por contar las historias de nuestros hermanos y hermanas asesinados por esas bestias. Eres más que una periodista, Giannini, eres una buena persona. —El tono de Rodríguez parecía casi sonreír—. Llámame más tarde y cuéntame cómo te fue, ¿de acuerdo?

—Por supuesto, inspectora. Lo haré con mucho gusto. —Se despidieron y Giannini colgó.

Acababa de terminar el salón y estaba trabajando en la cocina cuando escuchó un golpe en la puerta. Rápidamente dejó el trapo y se secó las manos antes de dirigirse a la entrada. Miró por la mirilla y vio a un hombre en el pasillo que, sin duda, parecía estadounidense.

Llamó a través de la puerta preguntando quién era. El visitante contestó que trabajaba el Gobierno y que si le importaba proporcionarle más información sobre sus artículos.

Giannini notó que no había especificado qué gobierno trabajaba. Aunque también era probable que no quisiera gritar en el pasillo que era estadounidense.

Entreabrió un poco la puerta.

—¿Sí? ¿Qué preguntas puedo responderle?

—¿Puedo pasar, señora? —Si aún tenía alguna duda sobre su nacionalidad, su acento lo había dejado muy claro.

—Lo siento, señor... —Giannini dejó la pregunta en el aire.

Matthew quería darse una patada.

—Matthew Burnside. Disculpe, debería haberme presentado desde el principio.

—Bueno, señor Burnside, lamento decirle que supongo que comprenderá que una mujer soltera pueda tener ciertas reservas dejar entrar a un desconocido en su casa, ¿verdad?

El rostro del hombre se sonrojó visiblemente.

Matthew miró hacia el pasillo y hacia el otro extremo. No quería forzar la entrada a la casa de esa mujer, por lo que debía tomar una decisión... ¿Le haría las preguntas desde el pasillo o la invitaría a reunirse en otro lugar? La comisaría o su lugar de trabajo probablemente atraerían demasiada atención, más de la que sus superiores querían.

—Sí, puedo entenderlo.

Entonces procedió a hacerle una serie de preguntas sobre las dos noches en las que interactuó con el equipo de intervención. Se mostró particularmente interesado en los detalles sobre el helicóptero y la composición del equipo. Matthew se sorprendió al descubrir que dos de los miembros eran mujeres. Repitió la pregunta tres veces de diferentes maneras asegurarse de haber entendido correctamente, pero cada vez Giannini fue firme en su respuesta: sí, había dos mujeres en el equipo.

—¿Y dices que al final llevaron un perro al helicóptero? —Tomaba notas en su cuaderno mientras escuchaba. No era muy cómodo escribir de pie, así que terminó apoyando el cuaderno en la pared junto a la puerta.

Matthew había llamado a su contacto después de que fracasara su anterior entrevista con la policía. El contacto al teléfono le había preguntado si necesitaba ayuda esta conversación en un tono que sugería que no tenía columna vertebral. Él había rechazado la ayuda, así que se sintió un poco aliviado de poder adquirir alguna información que no se hubiera facilitado ya en los periódicos. Después de su debacle con la inspectora, utilizó sus mejores modales e intentó desesperadamente no ofender a la periodista.

Finalmente, después de obtener lo que pudo, se despidió agradeciendo profusamente a la señorita Oviedo por su tiempo y respuestas. Bajó las escaleras, salió del edificio y giró a la izquierda.

Apenas había llegado al final de la manzana cuando un hombre estadounidense, de cabello oscuro y algo más alto que él, emergió de las sombras de un edificio y lo saludó al acercarse.

—¿Matthew? —Se acercó a él.

—Sí, ¿quién eres?

El hombre se presentó y mencionó el nombre del contacto que lo había despertado esa misma mañana.

—Le dije a tu jefe que no necesitaba refuerzos esta mañana.

El hombre levantó las manos.

—Eh, no dispares al mensajero. Solo me pidieron que viniera por si algo salía mal. Lo único que necesito saber es si conseguiste respuestas.

Matthew asintió.

—Fue muy amable y me dio detalles que no se publicaron en sus artículos. No es que fueran muchos, ya que su editor la dejó publicar casi todo lo que quería. Tengo algunas pistas, como la composición del equipo, pero nada realmente útil por ahora. Aun así, estoy convencido de que podemos descubrir más siguiendo estas pistas.

—Entonces, ¿este pozo de información está seco?

A Matthew no le gustó cómo sonaba eso... aunque tal vez estaba simplemente cansado y molesto de que enviaran a alguien a supervisarlo cuando no lo necesitaba.

—Quizá la señora Oviedo recuerde algo en el futuro, pero por ahora estoy bastante seguro de que me ha dicho todo lo que sabía o recordaba. Puede que recuerde algo más en un futuro.

El hombre miró hacia el edificio de Giannini como si supiera que ella vivía en el tercer piso y estuviera mirando justo a su ventana.

—Quizá.

Matthew se despidió y continuó hacia donde había aparcado el coche.

En el apartamento, Giannini se alejó de la ventana, preocupada por lo que acababa de presenciar.

Capítulo 12

AD AETERNITATEM, NAVÍO DE LA PUÑETERA REINA

Marcus Cambridge se sentía un poco abrumado. Estaba en su camarote del Ad Aeternitatem y todo su mundo se había vuelto patas arriba.

Realmente *había* extraterrestres, y nunca podría decirles a los que lo despidieron que se fueran a la mismísima mierda.

De acuerdo, probablemente debería controlar su lenguaje, pero tener finalmente la prueba de que había estado en lo correcto después de años de burlas lo había dejado emocionalmente conmocionado. Conocer a Bethany Anne ya de por sí había sido un shock.

Los nanocitos diminutos que habían modificado genéticamente su cuerpo requerirían décadas de investigación. Que algunos la llamaran «vampira» le parecía un claro ejemplo de ignorancia y malentendidos con ridículas creencias folclóricas. Era más probable que los ignorantes de hace mil años simplemente no tuvieran suficientes conocimientos científicos entender lo que veían.

En realidad, ella era un ser humano modificado genéticamente. Aunque debía admitir que los ojos rojos y los colmillos eran bastante aterradores. Menos mal que aún tenía buen control sobre su vejiga a su edad. Y ahora estaba a punto de ver y tocar un verdadero OVNI. Había conocido al tipo que supervisaba las operaciones, un tal Bobcat... él había exigido un ingeniero aeroespacial y, de paso, había cambiado su vida.

Marcus esperaba no tener que volver nunca a California. Al menos, no porque le despidieran. Como científico, estaba en el paraíso.

Lo habían despedido de la NASA, la agencia gubernamental de exploración espacial más avanzada del mundo. Y también de SpaceX, una de las empresas comerciales de exploración espacial más importantes del mundo. Y ahora se encontraba trabajando con un equipo que estaba siglos por delante de ambas. Incluso si no vivía verlo, la historia limpiaría su nombre de la infamia. Podría reírse desde su tumba.

Una sonrisa apareció en su rostro... su primera sonrisa genuina en meses. El resto de su vida sería emocionante. Se levantó de la cama, se puso una chaqueta ligera y decidió llegar temprano a su reunión con Bobcat.

Cinco minutos después, el piloto llegó a la sala de conferencias con algunos papeles enrollados bajo el brazo. Se presentaron y Marcus lo encontró simpático. A diferencia de tantos otros que, según él, solo se preocupaban por los plazos y el presupuesto, a Bobcat le importaba obtener resultados y garantizar la seguridad de todos. De hecho, estaba mucho más preocupado por la seguridad... ¿de qué servían los resultados si los vehículos no podían llevar a las personas de un punto A al un punto B de manera segura?

A Marcus se le encomendó la tarea de descubrir cómo mover un cohete con un sistema de propulsión inédito y la capacidad de desafiar la gravedad. Luego discutieron los materiales que necesitarían alcanzar sus objetivos. Decidieron que la segunda versión tendría que hacer todo lo que la primera hacía, pero también tendría que ir al espacio.

Marcus miró a su alrededor y Bobcat le preguntó qué necesitaba.

—¿Tienes algo de beber? —preguntó—. ¿Quizá un refresco?

El piloto tenía la primera expresión de alarma que Marcus había visto en su rostro.

—Espero que no seas de los que beben Pepsi.

—No, ¿por qué? Podría beberlo si no hubiera otra cosa, pero prefiero un Dr. Pepper o una Coca-Cola.

—No, ¿por qué? Bueno, podría beber una Pepsi si fuera necesario, pero mi preferencia es Dr. Pepper o Coca-Cola.

Bobcat exhaló.

—Porque nuestra jefa solo bebe Coca-Cola. Está convencida de que el Pepsi es... digamos, el brebaje del diablo. Es casi una obsesión ella. Hasta el punto de que su propia asistente tuvo que esconder latas quienes preferían Pepsi. Bethany Anne las encontró. Yo no estaba aquí cuando sucedió, pero tengo entendido que la mitad del barco se despertó con los gritos de la asistente cuando sintió dos latas de Pepsi congeladas en su piel mientras dormía. No sé qué hará Ecaterina, pero dudo que esta pequeña guerra entre las dos mujeres termine aquí. La rumana tiene más agallas que yo, te lo aseguro.

—¿Por qué, qué bebes?

La historia le parecía divertida y Marcus estaba intrigado por saber en qué lado estaba Bobcat.

—Cerveza.

—No, quiero decir desayunar. ¿Qué desayunarías si pudieras tomar cualquier cosa?

Bob se limitó a mirar al hombre.

—Cerveza.

Marcus sonrió.

—Siento una cierta consistencia en tus respuestas. ¿Debería suponer que solo bebes cerveza?

— No, también tomo café —admitió Bobcat sonriendo—. Pero dijiste que podía desayunar si pudiera tomar cualquier cosa.

El científico no pudo evitar reírse.

—*Touché*. Pero volviendo al tema, ¿qué presupuesto crees que tendremos este proyecto?

El piloto apoyó las manos sobre los dibujos.

—No quiero que haya malentendidos con esta respuesta como los que acabamos de tener con el asunto de la cerveza, así que permítanme dejarlo bien claro. —Bobcat hizo una pausa—: No. Tenemos. Ningún. Límite.

Bobcat tomó un bolígrafo y dibujó un triángulo invertido en un papel. En la esquina izquierda escribió «tiempo». En la derecha, «calidad». Y en la parte inferior, «coste».

— Siempre dicen que puedes tener alta calidad muy rápidamente, pero solo si estás dispuesto a pagar el precio. Bethany Anne siempre quiere la máxima calidad y lo más rápido posible. Pero no le importa lo que cueste mientras podamos terminar todo ayer. ¿Entiendes?

Marcus miró el trozo de papel en el que Bobcat acababa de escribir.

— Siento que he encontrado el final del arcoíris y he desenterrado una olla de oro. Amigo, vamos a diseñar, construir y escribir el futuro de la humanidad.

Bobcat volvió a mirar hacia donde miraba el científico.

—Cierto. Por desgracia, nadie lo sabrá durante un tiempo.

—Pero algún día todos lo sabrán. Con un poco de suerte, aún estaré vivo ver sus caras.

Bobcat miró a Marcus, con un brillo en los ojos.

—¿Quieres ver una nave alienígena de verdad?

. . .

Polarus, barco de la puñetera reina

Ecaterina llamó a la puerta de Bethany Anne. Entró cuando escuchó a la vampira decirle que pasara. Su jefa estaba recostada en su cama con el portátil, tratando de entender mejor algunas de las empresas en las que su padre estaba interesado, sobre todo aquellas que estudiaban enfermedades sanguíneas.

Ella levantó la vista.

—¿Qué pasa?

La joven rumana se sentó en una silla.

—Acabo de hablar con nuestro contacto en la policía de San José. Podríamos tener un problema. —Bethany Anne cerró el portátil concentrarse en lo que decía su asistente—. Los agentes estadounidenses están investigando nuestras actividades en Costa Rica.

La vampira frunció el ceño.

—Bueno, eso es un verdadero grano en el culo. Me pregunto cómo habría manejado esto la Familia… No importa. Era más cosa de Frank, y hemos tratado de mantenerlo fuera de esto. Quizás tengamos que involucrarlo después de todo.

—Sí, le mencioné la situación. Me dijo que la situación ya ha avanzado demasiado como que él pueda intervenir a corto plazo.

Bethany Anne apoyó un codo sobre el portátil y descansó la barbilla en su mano.

—¿Por qué tengo la impresión de no haber oído el resto de la apelación?

—Nuestro contacto en la policía quiere nuestra ayuda «extraer» a la periodista… ¿«Extraer» es la palabra correcta? Al parecer, los agentes estadounidenses están demasiado interesados en ella.

Bethany Anne tuvo que reflexionar sobre eso un momento. No conocía a la joven, pero había admirado su valentía y determinación. Además, los artículos que había escrito ayudaron a calmar la situación en su ciudad.

—Está bien. No abandonamos a los nuestros. No sabe mucho sobre nosotros, pero nos ha sido útil. Reúne a un equipo con Gabrielle y ve si Bobcat puede llevarlos en la Shelly recoger a la periodista en San José. ¿Quién sabe? Tal vez pueda seguir siendo útil a largo plazo.

Su ayudante se dirigió a la puerta, la abrió y llamó a Darryl, que estaba en el puesto, pidiéndole que reuniera al resto del equipo una reunión rápida.

Cinco minutos después, llegaron Dan, Gabrielle y los demás, y se sentaron alrededor de la mesa con Ecaterina y Bethany Anne. Aparentemente, sería una operación simple y rápida: recoger a la periodista y regresar. Pero cuando quedó claro que probablemente trabajarían en contra de la CIA, Darryl y Scott se inquietaron. En cambio, a Gabrielle no le molestaba en absoluto. Miró a los dos humanos y les preguntó qué les preocupaba tanto.

—Estamos hablando de actuar en contra de los intereses de Estados Unidos —respondió Darryl mirando hacia ella—. Sé que no todos los agentes son santos, pero ¿cómo sabemos que estos lo son?

—No lo entiendo —dijo Gabrielle—. Se trata solo de rescatar a una persona. ¿Cómo puede eso ser un problema?

—El hecho de recuperarla y traerla de vuelta no es lo que nos preocupa —explicó Scott—. Es más bien lo que sucedería si tuviéramos que enfrentarnos o involucrarnos en un tiroteo con ellos.

Ecaterina dejó el teléfono sobre la mesa y el ruido llamó la atención de todos. Todas las miradas se dirigieron hacia ella. Presionó la pantalla y pudieron escuchar la voz de la inspectora de San José. Era evidente que esta mujer estaba muy perturbada después de su encuentro con un agente estadounidense, y era difícil no sentir compasión por ella.

Gabrielle rompió el silencio que se había establecido al final de la grabación.

—En mi país, no hace tanto tiempo, teníamos un gobierno que solo recibía la aprobación del pueblo ocultándole la verdad. Estos periodistas son tan importantes un país como los agentes que trabajan en el extranjero. No olvidemos que esta es su nación, y que Estados Unidos no tiene derecho a hacerle daño. Además, sus artículos hablan de nosotros. No quiero sugerir que Estados Unidos planee lastimarla, pero claramente hay algo que la hace temer por su vida. Todo lo que debemos hacer es recogerla y traerla. Si nadie nos dispara, no tendremos que disparar a nadie. Pero debo preguntar, ¿qué haríais si alguien realmente nos dispara?

La expresión que cruzó los rostros de Darryl y Scott fue muy reveladora Gabrielle.

—Si alguien nos dispara —contestó Darryl—, mientras solo estamos allí hacer un traslado... entonces dudo que tengan nuestros mejores intereses en mente. Y aunque ellos no se den cuenta, tampoco estarían actuando en los mejores intereses del mundo. Tendría que... tendríamos que defendernos.

Scott asintió en señal de acuerdo.

Bethany Anne, que hasta ese momento había permanecido en silencio, golpeó su puño contra la mesa captar la atención de todos.

—Entonces, dejemos las cosas claras. Mi objetivo, nuestro objetivo, es proteger el planeta. Sin este planeta, poco importaría que fuerais de Estados Unidos, Alemania, Rumanía, Costa Rica, Rusia, China... Ya entendéis lo que quiero decir. Tarde o temprano, inevitablemente molestaremos a los poderosos. Y cuando molestas a los poderosos, ellos te persiguen. Es probable que tengamos problemas con los agentes estadounidenses. Sin embargo, nunca tendremos problemas con el pueblo estadounidense. No creo que todos los miembros del gobierno, ya sea de Estados Unidos o de cualquier otro país, actúen en el mejor interés de su gente. Eso es cierto para algunos, pero no todos. Sin embargo, nuestra misión es salvar el mundo. Concentrémonos en ese objetivo.

»Hasta ahora, vuestras batallas han sido simples. Los Deshonrados y quienes están asociados con ellos estaban en otros países. Pero debéis entender que tendremos enemigos que no saben nada del Mundo Ignoto. Querrán lo que tenemos. Querrán la nave, nuestra tecnología, a mí, a Frank, a mi padre... y os querrán a vosotros. Algunos de nuestros adversarios estarán convencidos de que están luchando por una buena causa. Pero no será así. Otros, tal vez incluso el presidente de los Estados Unidos, se creerán mejor preparados o en una mejor posición salvar el mundo...

Se detuvo mirarlos a todos, uno por uno.

—No cuestionaré sus buenas intenciones —continuó—, al igual que no cuestionaré las buenas intenciones de China, Rusia o Inglaterra.

Con cada país que mencionaba, los hombres alrededor de la mesa se dieron cuenta de que habían introducido su sentido de patriotismo en el debate. Si Estados Unidos lideraba, estaba claro que Rusia y China no seguirían el ejemplo. Para lograr su objetivo lo más rápido posible, debían mantenerse lo más neutrales posible. Que Bethany Anne y la mayoría de su equipo fueran estadounidenses podría complicar las cosas.

John habló en el silencio.

—En cuanto a mí, todo se reduce a *Ad Aeternitatem*.

Eric tomó la palabra a continuación.

—*Ad Aeternitatem* —dijo Eric. Darryl miró hacia Gabrielle.

—Lo siento. —Miró a Bethany Anne—. *Ad Aeternitatem*.

Era el turno de Scott. Asintió a Gabrielle.

—Le pido disculpas. *Ad Aeternitatem.*

Dan asintió en dirección a Bethany Anne. Ya habían tenido esta conversación hace tiempo, en la pista de un pequeño aeropuerto en Miami.

Decidió enviar a Gabrielle, Darryl y Scott con Bobcat.

Dos horas más tarde, después de haber repostado, el Black Hawk despegó en dirección a San José.

Ecaterina llamó a la inspectora informarle de la hora estimada de llegada.

Constanza, Rumanía

Scott caminaba liberar su ira. Llevaba caminando más de una hora y media porque tenía mucha rabia acumulada. Quería culpar a Bethany Anne por la muerte de Clarita, pero si era honesto consigo mismo, sabía que la verdadera culpa era de Clarita... y de ese bastardo de Adrian. Adrian, por haber matado a alguien, y Clarita, por haber confiado en ese imbécil desde el principio. Era más fácil culpar a Bethany Anne que a la mujer que le había sacado de la depresión en la que había estado sumido la mayor parte de su vida.

Scott caminaba liberar su ira. Llevaba caminando más de una hora y media porque tenía mucha rabia acumulada. Quería culpar a Bethany Anne por la muerte de Clarita, pero si era honesto consigo mismo, sabía que la verdadera culpa era de Clarita... y de ese bastardo de Adrian. Adrian, por haber matado a alguien, y Clarita, por haber confiado en ese imbécil desde el principio.

Se giró ligeramente y se agachó por si se le veía perfilado contra el cielo nocturno.

Su oído era excelente. Lo que escuchó fue un plan atacar la casa de Stephen y matar a todos los que estuvieran dentro. Algunos discutían sobre cómo hacerlo. Una voz sugirió «volarlo todo» mientras otra respondió mordazmente, preguntando cómo podrían entonces confirmar la muerte de Stephen. ¿Y si estaba en un sótano? ¿Querría encargarse de despejar los escombros solo descubrir que su objetivo había huido días antes por otro camino?

Scott ya había oído suficiente. Se dirigió en silencio hacia la casa, agachado. Logró recorrer la mitad del trayecto antes de rodear un arbusto y pisar una rama, que crujió. Todo estaba perdido. Ya no podía ser sigiloso, así que optó por la velocidad y corrió a toda prisa hacia la puerta principal.

Oyó un alboroto detrás de él y algunos gritos. Logró recorrer la mitad del trayecto antes de rodear un arbusto y pisar una rama, que crujió ruidosamente. Todo estaba perdido. Ya no podía ser sigiloso, así que optó por la velocidad y corrió a toda prisa hacia la puerta principal.

Estaba a seis metros de la puerta cuando escuchó, detrás de él, el inconfundible sonido de un disparo de un misil.

* * *

Stephen oyó a alguien acercarse a la casa a gran velocidad. Se levantó y concentró su atención en la puerta. Al verlo, Claudia y Juan también se giraron hacia la misma dirección. Sabían que Scott no tardaría en regresar... pero no esperaban que volviera corriendo.

* * *

Seguro de que lo oirían desde dentro, Scott gritó:

—¡Nos atac...!

El misil lo alcanzó de lleno en la espalda y le hizo chocar con la puerta antes de explotar y acabar con su vida.

Capítulo 13

Stephen se cubrió el rostro cuando la puerta principal explotó. Pedazos de escombros cayeron del techo, y Claudia soltó un grito.

Se volvió completamente tranquilo, frío como el hielo. Nadie del Mundo Ignoto se atrevería a atacarlo... excepto sus hermanos. Anton encabezaba la lista de sospechosos. Pero no descartaría a ninguno hasta obtener el nombre del responsable... y Dios sería testigo de que obtendría ese nombre muy pronto.

Ivan llegó corriendo desde la cocina. Stephen se inclinó y tomó a Claudia del brazo, sacándola de su asiento y de su aturdimiento. La empujó hacia Ivan.

—Sácala de aquí, por favor, llévala a mi habitación. Pasa por la puerta. Sabes de qué puerta hablo, ¿verdad? —Ivan asintió con la cabeza—. Perfecto. Entrad y cerrad desde dentro. Estaréis a salvo hasta que termine.

El rumano agarró la mano de Claudia y la guio hacia las escaleras. Finalmente, ella comprendió lo que estaba ocurriendo y reaccionó más rápido, siguiendo a su guía apresuradamente.

Juan y Stephen miraron hacia la entrada, donde los restos del cuerpo de Scott, lanzados por la explosión, habían llegado hasta el vestíbulo. Oyeron pasos rápidos acercándose.

—Venid conmigo. Nos será más fácil defendernos desde la cocina. —Cuando llegaron allí, deslizó la mano por debajo del mostrador y activó un mecanismo de desbloqueo. Se agachó y abrió un compartimiento oculto, de donde sacó una pistola que lanzó a Juan—. Está cargada con balas de plata. Va a causar un dolor bastante fuerte. Eso debería hacer que se lo piensen dos veces antes de volver a atacarme en mi propia casa. ¿Sabes usarla?

—Sin problemas —dijo Juan—. Esto y cualquier otra arma que me puedas dar.

Stephen sacó dos espadas del compartimiento y le lanzó una a su compañero.

—Es todo lo que tengo a mano. Quizás no estaba lo suficientemente preparado un ataque tan directo. Cuando terminemos con estos idiotas, tendré que corregir este problema.

Bobcat llevaba una media hora fuera de San José cuando recibió una llamada del barco. Gabrielle le oyó decir «Recibido», antes de que se volviera para llamar su atención.

—Tenemos las coordenadas de su edificio. La periodista está preocupada de que regresen por ella. Otros agentes han contactado con el que vio más temprano. Se ha refugiado en el tejado, y la recogeremos allí. Tenemos una escala de cuerda en la parte trasera. Prepárala por si acaso.

Gabrielle pasó las instrucciones a Darryl y Scott, quienes se pusieron manos a la obra de inmediato. Quince minutos más tarde, el piloto volvió a dirigirse a ella.

—Nos han detectado. Pronto sabrán lo que estamos haciendo, así que podría complicarse.

Ella asintió y volvió a captar la atención de Darryl y Scott.

—Vamos a recoger a la periodista en el tejado, así que nada de disparar. Sé que sois parte integral del equipo, pero no necesitamos que os hagáis los héroes ahora. Yo me encargaré de esto personalmente, ¿entendido?

Darryl y Scott asintieron con la cabeza al unísono.

Gabrielle desabrochó la funda de su espada y la dejó en un rincón. Si necesitaba moverse rápido, la espada no sería útil. Por suerte, no había licántropos que decapitar esta vez.

Bobcat notó que las miradas de la gente se empezaban a fijar en ellos, desde la calle y las ventanas cercanas. Odiaba no saber con certeza el nivel de autorización esta operación. Si no tenían suficiente permiso volar sobre San José, las cosas podrían volverse realmente complicadas.

Matthew Burnside estaba frustrado. Junto a tres agentes más, había sido encargado de regresar al apartamento de Giannini Oviedo y «pedirle amablemente» que los acompañara responder a más preguntas. No estaba seguro de cómo exactamente se podía hacer una petición así de manera «amable». Ver a cuatro agentes extranjeros en tu puerta sería más intimidante que alentador.

A cinco minutos de su edificio de apartamentos, recibió una llamada del agente de la CIA al mando.

—Al habla Burnside. —Escuchó atentamente al hombre al otro lado de la línea—. ¿¿Un Black Hawk? ¿Es una broma?

¿Quién enviaría un Black Hawk? ¿El mismo grupo que intervino la última vez?

Matthew podía sentir los ojos de los demás agentes del coche mirándole fijamente mientras escuchaba.

—Entiendo, pero no somos una fuerza de intervención especial. Nuestro trabajo es de investigación y apoyo, y luego remitimos los casos a otros departamentos. Esto está fuera de nuestra área de competencia. ¿Qué demonios esperas que haga contra un grupo militar? No, ni de broma voy a secuestrar a esa mujer de forma ilegal. Haz tu trabajo y yo haré el mío. Nosotros lo gestionaremos a nuestra manera. Está bien, estamos casi ahí. Simplemente le diremos que hay otro grupo detrás de ella, pero no pienso hacer nada más. No vamos a cometer una maldita ilegalidad solo porque estás obsesionado con esa periodista. Sí, claro, pues vete al diablo. —Colgó, visiblemente molesto—. Maldito imbécil.

Se volvió hacia los chicos del asiento trasero del coche.

—Seguro que lo habéis oído, El equipo militar viene hacia nosotros... probablemente secuestrar a nuestro objetivo. Vamos a tener que actuar rápido y convencerla de que venga con nosotros.

—¿Y qué hacemos?, ¿la secuestramos? —preguntó uno de los agentes con una sonrisa burlona.

—No, idiota. No voy a violar la ley solo para tapar los errores de otro. Sabéis tan bien como yo que, si algo sale mal, él desaparecerá y nos dejará cargar con todo el marrón. Así que vamos a hacer esto de manera educada y dentro de las reglas. —Se volvió hacia el conductor, señalando un edificio a una manzana y media de distancia—. Estamos casi ahí. Detente en el primer lugar que encuentres y nos movemos.

* * *

Encontraron un lugar aparcar a pocos metros de la entrada. Al salir del coche, Matthew vio que otros dos agentes se acercaban desde otra dirección. Se reunieron en la entrada del edificio.

—¿Quién demonios sois?

—Refuerzos —respondió uno de ellos con tono seco.

Matthew los fulminó con la mirada, pero ninguno le ofreció más explicaciones.

Se encogió de hombros.

—Bien, iremos a buscar a la mujer. Vosotros podéis quedaros aquí fuera.

Entraron en el edificio, y Matthew notó que los dos nuevos agentes se colaron en su equipo. Eso lo molestaba, pero no tenía forma de hacer que se quedaran atrás, así que decidió ignorarlos.

Al llegar a la puerta del apartamento de la periodista, se volvió hacia su equipo.

—Escuchad, chicos, ella se pone un poco nerviosa cuando se trata de dejar entrar a extraños en su casa. Alejaos unos cinco metros. —Los dos nuevos dieron solo un par de pasos hacia atrás. No era exactamente lo que Matthew quería, pero sería lo más que conseguiría de ellos. Suspiró y se volvió de nuevo hacia la puerta. Llamó.

No obtuvo respuesta, así que llamó un poco más fuerte la segunda vez y esperó. Nada. Uno de los dos agentes se acercó a su lado.

—¿Es este el lugar correcto?

Matthew lo miró irritado.

—Estuve aquí esta misma mañana. Sí, es el lugar correcto.

El agente dio un paso atrás.

—Bien saberlo —dijo, casi con indiferencia.

Acto seguido, giró sobre su pierna izquierda y con la derecha dio una patada contra el marco de la puerta, que se abrió de golpe.

—¡Joder! —gritó Burnside.

El agente ya había entrado en su apartamento, y Matthew fue empujado a un lado por el segundo hombre. Para cuando él y su equipo entraron, los otros dos salieron de lo que debía ser su dormitorio.

—Ella no está aquí. ¿Estás seguro de que no salió del edificio?

Matthew pensó por un momento que la pregunta iba dirigida a él, hasta que escuchó al segundo agente responder.

—Nadie la ha visto salir por la entrada principal, y tenemos ojos en su coche. Así que, a menos que haya salido por una salida de emergencia y esté caminando, aún debería estar en algún lugar dentro del edificio.

Matthew observó el intercambio cuando un ruido desde el exterior llamó su atención. Se acercó a la ventana y apartó las cortinas.

—Chicos, nos hemos quedado sin tiempo. Oigo que se acerca el helicóptero. —Los dos extraños agentes se miraron durante unos segundos como si estuvieran en comunicación telepática.

El primero miró al segundo.

—¿Azotea?

—Azotea —confirmó el otro.

Corrieron por la puerta principal, dirigiéndose a Dios sabía dónde llegar a la azotea.

Charlie, uno de los agentes de Matthew, se acercó.

—Deberíamos seguirlos, ¿no?

—Supongo que sí —respondió Matthew con un suspiro—, pero no quiero quedarme atrapado entre estos dos equipos. Creo que acabamos de convertirnos en refuerzos. Vamos.

Salieron del apartamento, y Matthew le pidió a Charlie que cerrara la puerta lo mejor que pudiera, aunque apenas quedaba algo que cerrar. Siguieron el mismo camino que los otros dos agentes, suponiendo que llegarían eventualmente a la azotea.

* * *

Casi los habían alcanzado cuando encontraron el camino al tejado. Apenas unos metros detrás de ellos, Matthew y su equipo llegaron justo a tiempo ver cómo los agentes salían a la azotea.

Los dos hombres se giraron de inmediato hacia su izquierda, así que Matthew hizo lo mismo al llegar. El helicóptero había bajado una escalera de cuerda hacia una mujer que se encontraba en uno de los extremos del edificio. Una mujer y dos hombres enormes, vestidos de negro, se encontraban en la parte trasera del Black Hawk. Matthew se sobresaltó cuando oyó dos disparos a su lado y vio un agujero en el fuselaje del helicóptero.

Se volvió hacia los agentes y les gritó:

—¿Pero qué demonios estáis haciendo? ¡Son una fuerza de intervención militar, maldita sea!

El Agente Uno se agachó.

—Sangran como nosotros. El jefe quiere a esa mujer, y vamos a llevársela.

Matthew se volvió a tiempo de ver cómo la mujer del helicóptero se dejaba caer cuatro metros hasta el tejado y luego arrojaba a la primera mujer por encima del hombro.

Los dos agentes no esperaban eso. El helicóptero giró y se movió hacia el edificio contiguo. La mujer vestida de negro echó a correr, llevando a la reportera.

El primer agente levantó su arma y disparó dos veces antes de desplomarse, con una bala en el hombro.

Mirando de nuevo hacia el helicóptero, Matthew vio a un hombre con un rifle cuyo cañón parecía tan ancho como su brazo. El tipo lo miraba directamente, así que levantó las manos, intentando dejar claro que no era como esos dos idiotas.

El otro agente gritó por encima de su hombro mientras corría hacia las dos mujeres:

—¡Dios, pero qué blandengues sois los civiles!

Justo cuando levantaba su pistola disparó, se desplomó, alcanzado en la pierna.

Matthew miró hacia el helicóptero y vio cómo el tipo del rifle lo elevaba.

Todos en el tejado observaron con asombro cómo la mujer vestida de negro saltaba del tejado, por encima del vacío, hacia el edificio de enfrente —que debía de estar al menos a seis metros de distancia—, y todo eso con la periodista aún sobre su hombro. Aterrizó sin problemas, se levantó y extendió la mano para alcanzar la escalera de cuerda. El helicóptero se elevó, llevándolas a ambas.

Matthew supuso que bajarían a la periodista una vez que se sintieran a salvo.

* * *

Gabrielle oyó cómo la bala alcanzaba a Shelly.

Quedarse allí esperando a que la mujer subiera por la escalera de cuerda ya no era una opción. Gritó por encima del ruido del helicóptero, pidiéndole a Darryl y Scott que no dispararan, que volvería pronto. Con eso, saltó del helicóptero y aterrizó en el tejado, donde agarró a la periodista y la echó sobre su hombro. Miró hacia arriba y se encontró con la mirada de Bobcat, quien rápidamente comprendió el gesto y dirigió el helicóptero hacia el edificio contiguo.

Gabrielle revisó su nivel de energía, tal como Bethany Anne y TOM le habían enseñado. Corrió hacia el borde del tejado mientras la periodista gritaba, creyendo que iban a morir.

Gabrielle saltó con toda la fuerza que tenía —que resultó ser un poco más de la necesaria— y aterrizó en el otro edificio, casi estrellándose contra una chimenea. Logró mantener el equilibrio, aunque su pierna se dobló bajo el peso. En el último momento, se dio la vuelta y cayó sobre su espalda, protegiendo a la periodista del impacto. Se levantó de un salto y agarró la escalera de cuerda que acababa de llegar a su altura, entrelazando todo su brazo entre dos escalones. Le pidió a su pasajera que hiciera lo mismo con una pierna, lo cual obedeció. Alzó la vista y le hizo un gesto a Bobcat, esperando que entendiera. Poco después, comenzaron a elevarse.

Gabrielle echó un vistazo a la periodista, quien la miraba fijamente.

—¿Qué pasa?

La otra gritó su respuesta, sin darse cuenta de que Gabrielle podía escucharla perfectamente a pesar del ruido del rotor.

—¡Tus ojos son rojos!

Gabrielle pensó en cómo responder cuando la periodista abrió los ojos aún más y señaló con el dedo.

—¡Estás sangrando!

Miró en la dirección que indicaba y vio que le habían disparado en la pierna. Ahora entendía mejor por qué había tenido problemas al aterrizar.

—Parece que sí. Esperemos que no me desmaye por la pérdida de sangre. —Gabrielle le sonrió cuando la mujer se dio cuenta de que su protectora podría caer de repente. Al menos eso le quitó de la cabeza la pregunta sobre el color de sus ojos.

Bobcat localizó un aparcamiento con espacio suficiente a seis manzanas del edificio y descendió lo suficiente que Gabrielle y Giannini pudieran soltar la escalera Las damas la agarraron y la alejaron del helicóptero que el piloto pudiera aterrizar. Los dos guardias saltaron. Darryl ayudó a Giannini a subir a bordo y Scott le entregó a la vampira un paquete de sangre. Ella lo abrió de un tirón y se bebió el contenido rápidamente, esperando que el reportero no se diera cuenta.

Cuando terminó, se limpió la boca con el dorso de la mano.

—Creía que os había dicho que no dispararais.

Scott le sonrió.

—Para nada —respondió Scott con una sonrisa—. Lo que dijiste fue si lo habíamos entendido. No es lo mismo que preguntar si estábamos de acuerdo. —Le quitó la escalera poder enrollarla de nuevo y subir al helicóptero—. Además, no seré yo quien le diga a Eric que no conseguimos traerte de vuelta de una pieza.

Scott se volvió para subir de nuevo al helicóptero. Gabrielle se tomó un segundo para limpiarse cualquier resto de sangre de la cara, junto con la lágrima que se le había formado en el ojo. Segundos después, Bobcat los tenía de nuevo en el aire y se dirigía hacia el este.

Pasó un rato antes de que Giannini lograra recuperar el aliento tras los acontecimientos. Mirando a las personas a su alrededor, reconoció a Darryl como el que la había ayudado aquella primera noche. Le abofeteó mientras él sonreía.

—Eso es por pellizcarme el culo. —Luego se inclinó hacia él y lo besó—. Eso es por salvarme la vida.

Darryl decidió no corregirla por el malentendido del pellizco.

El helicóptero los llevó de regreso a la isla de San Andrés. Una vez allí, instalaron a Giannini en un hotel cómodo, con ropa nueva y suficiente dinero un mes. Darryl se ofreció como voluntario acompañarla de compras, todo a cargo de la empresa.

Gabrielle intercambió información de contacto con la periodista. La mujer le caía bien, pero no creía que dejar entrar a una reportera en el Polarus fuera una buena idea por el momento.

* * *

Giannini no sabía qué pensar del equipo y del rescate. Creó un diario en una carpeta segura de Dropbox en Internet y puso sus notas y toda la conversación que podía recordar. No estaba segura de haber visto los ojos rojos, pero sí había visto cómo la pierna de la mujer se curaba rápidamente. Había tenido suerte de conocerlos en San José y ahora era más que afortunada de que se los presentaran de nuevo. No le habían pedido que no hablara de ellos, pero Giannini no echaría a perder su oportunidad de conseguir una historia más grande quemando el comienzo de una relación profesional —Y quizá personal — Demasiado rápido.

Envió un mensaje rápido y, con suerte, imposible de rastrear a su contacto en el departamento de policía y se sentó a disfrutar de las vacaciones pagadas durante al menos un día. Tal vez dos, decidió.

* * *

Maldita sea, menudo lío se había montado. Podía oír las sirenas a lo lejos. Se dio la vuelta y bajó las escaleras, agarrando a sus hombres que habían estado en el hueco de la escalera.

—Dejemos que esos imbéciles respondan a las preguntas esta vez. —Llegaron a su coche antes de que la policía les adelantara. Mientras siete policías saltaban de los coches de policía y corrían hacia el edificio de apartamentos, el grupo de Matthew conducía despreocupadamente por la calle y abandonaba la escena.

Matthew Burnside estaba cansado y al límite de sus nervios. Cuando el supervisor de la operación lo llamó, no esperó a que el otro hablara. Lo reprendió inmediatamente por haber enviado a esos idiotas a su misión, con la instrucción de disparar a matar. Sus hombres no eran carne de cañón. El otro solo pudo preguntar qué ocurrió con sus agentes.

Explicó que no lo sabía, que no le importaba y que no iba a averiguarlo. Aquellos dos habían puesto en peligro de forma innecesaria a un ciudadano extranjero, habían iniciado un tiroteo con un equipo de operaciones especiales a plena luz del día, habían sido tiroteados por sus problemas y habían sido vistos por última vez sangrando en lo alto de un edificio con la policía de San José entrando desde el primer piso. Pero tal vez saltaron al edificio vecino salvarse, como lo hizo esa loca del Black Hawk.

—¿Qué dices que hizo?

— Pues sí, maldita sea, me oíste bien. Saltó de un tejado a otro. Mientras todavía llevaba a la periodista sobre su hombro. Nunca vi algo igual. Si tus superagentes no pueden saltar tan bien como una mujer cargando a alguien, entonces merecen que los encierren por ser unos cobardes.

»Sí, estoy seguro de que era una mujer. Se bajó unos cinco metros del helicóptero, se echó al periodista al hombro y salió corriendo. Y sí, saltó entre los edificios. No sé, tal vez seis metros o más.

»¡Ya estoy harto de tus estupideces! No, ni bebí ni tomé drogas. Tampoco disparo a la gente. Tus tipos tienen mucha suerte de que no se liaran a tiros con ese helicóptero. Son unos incompetentes. Sí, me has oído bien, incompetentes... Me importa una mierda lo que quieras. Voy a informar de esta mierda a mis superiores y ellos decidirán qué hacer con este desastre. No eres tú quien decide a quién se lo cuento. Perdiste ese derecho cuando me metiste a esos dos cretinos en el equipo. Esta operación debería haber sido simple y rutinaria. No, ¿qué parte de «Me importa una mierda lo que pienses» no has entendido? Sí, adiós a ti también. —Matthew deseó poder cerrar el móvil de golpe. Exhaló con frustración—. ¡Qué gilipollas!

Capítulo 14

Juan nunca había sido muy hábil en el combate. Si bien podía arreglárselas contra humanos, e incluso contra licántropos, se sentía mucho menos seguro cuando se trataba de enfrentarse a otros vampiros. De hecho, se consideraba mejor amante que luchador.

Detectó al menos tres Nosferatu, pero parecían algo diferentes de los que conocía. Estos mostraban una inteligencia inusual en sus acciones, y dos de ellos llevaban chalecos suicidas llenos de explosivos. Esos payasos habían previsto que Stephen sería difícil de derrotar y habían decidido usar el suero. Juan no sabía cuántas dosis quedaban en Europa, pero en Sudamérica ya no había... o al menos, eso decían los rumores.

Juan siempre había sabido que no viviría eternamente. Claudia, quien había sido su roca y su razón de ser antes de enfermar, no había logrado encontrar la felicidad en su vida prolongada. Los otros vampiros de Sudamérica la habían rechazado. Oh, la encontraban lo suficientemente hermosa, pero no compartía las filosofías de los Deshonrados.

Le llevó tres meses darse cuenta de que ningún vampiro existente la aceptaría. Así que le pidió a Clarita que lo transformara, poder cuidar de su hermana en la muerte como lo había hecho en vida. Clarita le explicó que no estaría realmente muerto, pero Juan pensaba que, sin sol, ¿qué valor podía tener la vida? No podía permitir que ese detalle entorpeciera sus planes. Quería ser su roca, tal como ella había sido la suya.

Cuando Scott se unió a ellos, Juan casi pudo disfrutar de la vida nuevamente. Pero ahora Scott estaba muerto, muerto de verdad, su cuerpo pulverizado mientras intentaba advertirles del peligro.

Ahora le tocaba a él.

Juan sabía que, si esos Nosferatu se acercaban lo suficiente a Stephen hacerse explotar, él también quedaría aniquilado por la explosión, su cuerpo reducido a una masa irreconocible, y ya no quedaría nadie proteger a su hermana de esos malditos.

Agazapado detrás de un sofá, sostuvo una pistola en la mano izquierda y una espada corta en la derecha. Stephen estaba detrás del mostrador de la cocina. Juan admiraba al vampiro más viejo, que sonreía todo el tiempo, como si realmente disfrutara de la vida. Quizá podría aprender algo de él en los últimos momentos de su existencia.

—¡Stephen! —gritó—. Tienen Nosferatu mejorados. ¿Sabes de lo que hablo? —El otro asintió con la cabeza—. Esos chalecos que llevan están llenos de explosivos con metralla. Es imposible evitar que exploten. O los activan ellos mismos, o los matamos y se activan automáticamente. —La sonrisa del viejo vampiro se desvaneció al comprender mejor la gravedad de la situación. Juan bajó la voz—. Cuida de mi hermana y dile que la quiero, ¿de acuerdo?

La sonrisa desapareció por completo. Stephen comenzó a decir algo, pero Juan no le dio tiempo. Ya había tomado su decisión. Se lanzó de cabeza hacia la parte delantera de la casa, donde los tres Nosferatu se habían infiltrado. Stephen decidió que no permitiría que ese hombre atacara sin apoyo. Su reina no esperaría menos de uno de sus súbditos.

Apenas se había levantado cuando una explosión masiva sacudió todo el edificio. Escombros, fragmentos de acero y rodamientos de bolas llovieron a través de la abertura. Algunos de esos objetos atravesaron el cuerpo de Stephen. La violencia del impacto lo arrojó hacia atrás contra la pared. Un fragmento de madera de al menos treinta centímetros le atravesó el pecho y perforó su pulmón izquierdo. Escupió sangre mientras se desplomaba en el suelo, dejando una mancha roja en la pared, sus piernas ya demasiado débiles sostenerle en pie. Dada la potencia de la explosión, el hermano de Claudia debía haber muerto en el acto.

El dolor era indescriptible, más intenso de lo que había sentido en siglos. Miró al vacío durante un largo minuto, intentando concentrarse. Esperaba que Ivan hubiera logrado refugiarse con Claudia en la sala secreta. El futuro, en ese instante, le parecía bastante sombrío.

* * *

Ecaterina estaba agotada.

Esos días de descanso en la isla eran exactamente lo que necesitaba. Si tan solo Nathan pudiera encontrar una forma de reunirse con ella, su vida volvería a ser perfecta.

Ashur se sentó en la cama de Bethany Anne, casi ocupándola porque era muy grande. Era un perro precioso, blanco y con unos llamativos ojos azules. Ecaterina estaba segura de que había entendido la conversación y de que lo estaba asimilando todo.

La vampira tenía una mano en el lomo y acariciaba al perro inconscientemente mientras repasaba la información sobre sus empresas y los informes que nadie se había dado cuenta de que habían llegado hasta que el general habló con Jeffrey, el jefe de Patriarch Research.

Ecaterina cerró su portátil y cerró los ojos descansar un momento.

—Deberías acostarte temprano —dijo Bethany Anne—. No creo que necesite de ti hasta mañana por la mañana. Parece que todo este sol y descanso te han dejado agotada.

Odiaba admitirlo, pero se había pasado un poco. Cansada, se levantó, cogió su portátil y abrió la puerta volver a su habitación.

—¿Dejo la puerta abierta o la cierro?

Bethany Anne levantó la vista del ordenador.

—¿Hmm? Oh, puedes dejarla abierta. Yo... ¡Ay! Maldita sea.

Bethany Anne se inclinó con evidente dolor y angustia, con la mano apretando la piel de Ashur.

Los ojos de Ecaterina se agrandaron y gritó por encima de su hombro.

—¡John! ¡Ven rápido! Tenemos un problema.

Escuchó a los hombres correr desde sus puestos respectivos mientras dejaba su portátil sobre una silla y se apresuraba al lado de Bethany Anne. Dada la experiencia de John, pensó que no correría demasiado riesgo al tocarle la espalda, pero sería mejor evitar las manos.

Ashur gimió un poco, No sabía si era por la vampira, que le tiraba del pelaje con tanta fuerza, o por su conexión con ella.

Rodeó la espalda de Bethany Anne con su brazo derecho.

—¿Qué ocurre? —Miró a su alrededor y no vio sangre.

—Stephen... —Ella jadeó—. Stephen está herido. ¡Sangre! Necesito sangre *ahora*.

—¡Yo me encargo! —gritó Eric desde la puerta.

Corrió hasta el pequeño refrigerador en la sala de conferencias. Abrió el compartimento de verduras y sacó tres bolsas. No estaba seguro de cuánta sangre necesitaría, pero raramente usaba más de una o dos. Se apresuró a llevarlas de vuelta a la habitación.

«¡TOM!».

«Yo también lo siento. Es por la conexión que creamos cuando lo curaste. Está gravemente herido, y lo sentimos a través del estérico».

«¿Está en casa?».

«No lo sé, pero en teoría debería estar allí».

«Tendremos que ir a su casa. —En su dolor, Bethany Anne tenía problemas pensar—. Tenemos que translocarnos allí, TOM».

«Es muy lejos, Bethany Anne. No sé cuánta energía va a necesitar. Puede que no lo logremos... o que lo consigamos, pero acabemos colapsados. Lo que no sería buena idea si hay hostiles en el lugar. Seríamos vulnerables, incluso ante una simple bala».

«No... hay... opción... —Bethany Anne tomó aire—. ¿Podemos extraer energía a través de Ashur?».

Hubo un segundo de indecisión.

«Eso mejoraría nuestras probabilidades considerablemente. Usarlo reduciría la cantidad de energía que necesitamos. Dicho esto, siempre existe la posibilidad de que desaparezcamos los tres siempre».

«TOM, no abandonaré a Stephen. Tengo que ayudarlo».

«Estoy contigo, Bethany Anne. En lo bueno y en lo malo. Cuenta conmigo».

«¿Puedes hacer algo con este maldito dolor, por favor? No puedo pensar».

Casi de inmediato, sintió cómo el dolor disminuía y pudo

tomar una bocanada de aire. Soltó a Ashur y se irguió, sintiendo el brazo de Ecaterina alrededor de sus hombros. Eric estaba de pie frente a ella con tres bolsas de sangre. Cogió una, la abrió y vació su contenido.

—Espadas y pistolas ahora.

John ni siquiera intentó entenderlo. Corrió al armario recuperar las armas solicitadas, así como un chaleco antibalas. Mientras tanto, ella vaciaba las otras dos bolsas.

—¿Cuero?

Bethany Anne odiaba perder el tiempo, pero si llegaba allí y no era capaz de protegerse y luchar, era la estupidez en acción.

—Dame todo lo que tengas.

John le trajo todo el equipo.

Ella se desnudó delante de ellos, John le entregaba cada pieza una a una a medida que ella las iba poniéndose. Lo hacía tan rápido como podía, porque Bethany Anne había entrado en modo de velocidad vampírica. Cuando se trataba de pelear, en ese equipo no se andaban con tonterías.

—Han atacado a Stephen. Voy a intentar translocarme desde aquí a su casa. TOM dice que Ashur debería hacerlo factible, pero si no sabes de mí en una hora... bueno, lo hemos pasado en grande, ¿no os parece?

Guardó las pistolas en sus fundas. John extendió los brazos y tomó su rostro entre sus enormes manos. La atrajo hacia él depositar un beso en su frente.

—Vuelve en una pieza, jefa. ¿Entendido?

Ella asintió.

—Ashur, vamos. —Él saltó de la cama. Bethany Anne le agarró un puñado de pelo mientras aterrizaba, y los dos desaparecieron.

John se quedó mirando el lugar donde ella acababa de estar.

—Más vale que esté bien, joder.

Eric apoyó un brazo en el hombro de su amigo.

* * *

Stephen conocía al vampiro que se acercaba. O, al menos, había oído hablar de él.

—Terence. —Escupió sangre al toser—. Me habían comentado que eres un capullo.

El vampiro en cuestión medía poco menos de un metro ochenta y llevaba un bigote pasado de moda, como de los años setenta.

—¡Stephen! Qué placer hablar contigo... más aun sabiendo que será la última vez. —Miró a su alrededor, observando las paredes devastadas—. Está un poco desordenado aquí, ¿no crees? Esperaba algo mejor de ti.

Hizo un gesto con la mano y otro vampiro entró. Stephen giró la cabeza mirar al recién llegado.

En otras circunstancias —o al menos, con algo de sangre— Stephen no habría estado demasiado incómodo. Pero ahora, sangraba por demasiados agujeros pequeños. La mayor parte de su energía se estaba utilizando detener el sangrado, dejando poco curar sus heridas.

Los labios de Stephen se separaron y sus colmillos se alargaron.

—Reginald. Qué sorpresa verte aquí. —Tosió más sangre, luego se agachó y arrancó un trozo de su camisa, usándolo limpiarse la barbilla—. Así que, ¿el querido viejo hermano está detrás de este ataque?

El tipo medía fácilmente un metro noventa y llevaba un traje de confección italiana. Sorteó montones de escombros, charcos de sangre y pedazos de cuerpos destrozados acercarse a Stephen.

—Stephen, me alegro mucho de verte. Sí, tu hermano te manda saludos, y desearía que simplemente te hubieras quedado dormido en lugar de retozar con esa zorra que creó

Michael. —Con un movimiento de su zapato, Reginald empujó una mano a la que le faltaban dos dedos.

Stephen sonrió.

—Esa «zorra» le arrancará el corazón a mi querido hermano. Con este acto, ese malnacido ha firmado su propia sentencia de muerte. —Volvió a toser.

La risa de Reginald sonó más a un ladrido.

—¿En serio? Has vivido demasiado tiempo si realmente crees que una vampira recién creada, incluso por Michael, podría hacerle algún daño a David. —Miró a su alrededor, observando la habitación devastada, y sus ojos se detuvieron en una cabeza que había rodado hasta un rincón—. Y ese, ¿quién es? No lo reconozco.

Stephen giró la cabeza, siguiendo la mirada de Reginald.

—Su nombre era Scott. Otra muerte más por la que responderás.

Reginald negó con la cabeza.

—Por favor, basta. Es patético. No hay nadie aquí que se interese por tus lamentos. —Alzó las manos mirando al vampiro mayor—. Pero está bien, está bien, lo entiendo. Quieres que crea que tendrás la última palabra, que tu reina te vengará. Bla, bla, bla. —Se agachó frente a su víctima, tratando de mantener los bordes de sus pantalones alejados del suelo sucio y fuera del alcance de Stephen. Ahora sus ojos estaban al mismo nivel—. Tienes que madurar, viejo. Los juramentos y la confianza que te obsesionan son reliquias de un pasado y de tierras que ya no existen. Es gracioso, Hugo me dijo algo muy parecido mientras moría... y, sin embargo, aquí estoy, ¿no? En plena forma. ¿Por qué? Porque la venganza solo puede ser una realidad para aquellos que poseen un verdadero poder. Un poder que tú no tienes, ni tampoco tu supuesta reina. Incluso Michael es impotente ahora que está encerrado en su jaula, esperando la hora de su muerte. Nadie te vengará. La Familia se desmorona y se marchita lentamente. Tú, los tuyos y todas vuestras creencias obsoletas desapareceréis pronto siempre. Es el final, amigo mío. —Se levantó—. ¿Qué diría tu preciada reina si pudiera decirme algo ahora?

Reginald observó cómo el rostro del vampiro moribundo se crispaba de concentración, con la mirada perdida en el vacío.

—Diría que eres un puto chupapollas, un lameculos descerebrado, un baboso revientaculos... no, espera, un mamarracho revientaculos y un pajillero de poca monta.

El rostro de Stephen se relajó y le sonrió a su agresor.

La expresión de Reginald no tenía precio.

—¿De verdad? No me di cuenta de que tu reina tenía un vocabulario tan obsceno y básico. ¿De verdad quieres seguir a una zorra que habla así? ¿No has vivido ya demasiado?

Stephen sonrió mientras levantaba sus piernas. Se apoyó en ellas enderezarse un poco contra la pared. Tosió otra vez y se limpió la barbilla.

—Sí, muy seguro. Habría sido feliz muriendo por ella. Pero me informan que todavía me necesita.

—¿Qué? ¿Estás soñando despierto? ¿Has perdido demasiada sangre, es eso? —Reginald suspiró. Se dirigió a Terence sin volverse—. Es una pena. Esperaba un final diferente. Acabémoslo. Después veremos quién más está en esta casa. Luego, lo quemaremos todo.

La cabeza de Terence explotó al recibir tres disparos a quemarropa. El sonido de los disparos resonó como el trueno en una noche de tormenta. Reginald se estremeció y comenzó a girarse, pero se quedó inmóvil cuando escuchó un gruñido profundo y feroz justo detrás de él.

Los labios de Stephen se ensancharon en una sonrisa amplia y maliciosa, desprovista de cualquier afecto por el vampiro que tenía enfrente.

—Reginald, es hora de que te presente a mi reina, Bethany Anne.

* * *

Ivan se sentó con Claudia en la habitación a oscuras, una pequeña habitación de unos cuatro metros por dos. Unas semanas antes, Stephen le había mostrado a su amigo las numerosas formas de salir de la casa. Pero, por el momento, quería esperar. Si había vampiros afuera, nunca podría escapar de ellos, ya que podrían oírlo. Lo ideal, claro, sería que Stephen ganara y le gritara que el camino estaba despejado. Mientras tanto, ni siquiera el viejo vampiro podría abrir la puerta. Había una salida de emergencia en la parte trasera, pero era diminuta y no sería de gran utilidad mientras siguiera siendo de noche.

Claudia había llorado mientras Ivan intentaba consolarla, sosteniéndola en sus brazos. Se había apoyado en él, sumida en su pena. Scott había muerto en la explosión y ahora todo estaba en silencio.

Ella hundió su cabeza en el pecho de Ivan y lo abrazó más fuerte. Él se dejó envolver en el abrazo de manera instintiva. Recordaba su última conversación con Gabrielle, que no había terminado muy bien. Se había vuelto muy emocional tras las transformaciones que su cuerpo había sufrido y necesitaría tiempo adaptarse. Además, no quería una relación estable en ese momento. Estaba demasiado ocupada con el equipo de Bethany Anne, y su padre iba a colaborar con Nathan en la red de inteligencia, por lo que no podía permitirse ir y venir a Europa.

Ivan no se había esforzado mucho por disuadirla de su decisión. Se preocupaba por ella, pero parecía que le había ocurrido algo físico que la tenía trastornada. Creía firmemente que, si un pájaro quería volar y se le permitía hacerlo, el día que volviera sería quedarse. Solo tenía que encontrar la fuerza dejar que el pájaro desplegara sus alas. Así que le dijo que la esperaría, que no era necesario tomar una decisión de inmediato. Finalmente, ella aceptó que hablarían de nuevo en unos meses. Sabía bien que ella no creía que nada fuera a cambiar, pero él necesitaba al menos una chispa de esperanza no verse abrumado por su dolor.

Y ahora tenía a una mujer muy emocional pegada a él, temiendo morir en cualquier momento.

Claudia murmuró algo en su pecho, e Ivan bajó la mirada.

—¿Perdón?

Apartó la boca de su pecho y habló lo bastante alto que él la oyera.

—Abrázame. Tengo miedo.

Sus instintos protectores se despertaron y la sostuvo contra él.

* * *

Reginald no se movió ni un centímetro. El gruñido provenía de unos seis metros detrás de él. Estaba furioso por no haberse asegurado personalmente de que no quedaba nadie más en la casa, en lugar de confiar en Terence. Ese idiota había pagado su error con su vida. Reginald buscaba una manera de darle la vuelta a este desastre a su favor.

La voz de una mujer se alzó detrás de él.

—Casi puedo ver los engranajes girar en tu pequeño cerebro, buscando qué decir y cómo decirlo sacarte de esta mierda. Mira, déjame aclararte las cosas.

Mientras ella hablaba, Reginald podía pensar y quizás encontrar una manera de revertir la situación a su favor. Pero apenas esa idea cruzaba por su mente cuando sus rodillas explotaron tras dos disparos consecutivos. Se desplomó en el suelo, gritando de rabia y dolor.

—¡Este traje es muy caro, zorra!

Ella disparó de nuevo, y esta vez fue el codo sobre el que se apoyaba el que quedó destrozado.

Tirado en el suelo, paralizado por el shock, vio a una mujer hermosa con el cabello negro azabache entrar en su campo de visión. Guardó dos pistolas en las fundas de sus hombros, agarró una espada que llevaba en la espalda y decapitó a Terence. La cabeza desfigurada del vampiro se separó del cuerpo. La perdió de vista cuando entró en la cocina, pero escuchó su voz.

—Stephen, ¿alguien más de quien preocuparse, y prefieres beberlo frío o caliente?

Stephen sonrió.

—Oh, creo que puedo esperar a que esté caliente. Disfrutaré mucho más del espectáculo con sangre caliente. Y no, no creo que haya más hostiles.

Reginald apretó los dientes. Sería un infierno curar dos rodillas y un codo. Era la primera vez que una de sus misiones terminaba mal. Nunca sanaba muy rápido y, por lo tanto, no podía permitirse un combate que le infligiera heridas graves.

Ahora estaba jodido, sus rótulas se regeneraban muy despacio, pero su codo ni siquiera empezaba a curarse. Todavía tirado en el suelo, vio la mano a la que le faltaban dedos. Durante un instante, se preguntó si morderla podría acelerar su curación.

El microondas sonó y luego escuchó el sonido de unas botas y la mujer volvió a aparecer en su campo de visión. Se unió a Stephen, arrancó la gran astilla que aún sobresalía de su pecho y le tendió una taza llena de sangre. Stephen gruñó y bebió lentamente la bebida ofrecida, como si se tratara de té.

Los colmillos de Reginald se alargaron mientras observaba la taza. Escuchó un gruñido muy cerca. Giró su cuello mirar detrás de él y vio la cara de una bestia enorme. Tenía un aspecto feroz, furiosa y con una boca llena de colmillos afilados. Cerró su propia boca y miró de nuevo a la mujer. Ella se había levantado y ahora caminaba hacia él... o, al menos, hacia sus pies destrozados. Decidió negociar.

—Sé cosas que podrían seros útiles.

La sonrisa de la mujer no era nada agradable. Furiosa parecía una palabra demasiado suave describirla. En realidad, vengativa sería más apropiado. Estaba mirando a los ojos de alguien que podría matarlo tan fácilmente como respirar.

—Oh, no creo que vayamos a hablar de nada. Lo que vamos a hacer es jugar. Pero no se trata de un juego ordinario, ni mucho menos. Voy a sentarme aquí y haré todo lo posible por hacerte gritar de dolor. Luego, te curaré lo suficiente como empezar de nuevo. Solo me detendré si Stephen me lo pide, muy educadamente. Pero debo decirte, mi querido Reginald, que ya he hecho mucho más de lo que puedas imaginar.

—¿De qué... de qué estás hablando? —Si Stephen iba a ser el árbitro, estaba en serios problemas. ¿No había oído decir que a las mujeres no les gustaba la tortura?

—Pues mira, es así... soy la reina y jamás abandono a mis súbditos. Hace apenas unos minutos estaba cerca de Centroamérica cuando heriste a uno de ellos. ¿Que no soy poderosa, decías? ¿Cuántos vampiros conoces que sean capaces de viajar a once mil kilómetros por segundo?

No se creía nada de esto. No *podía* creer nada de esto. Porque si ella decía la verdad, ¿qué la convertía exactamente? De repente, sintió la punta de una espada contra su cuello y escuchó la voz de la mujer susurrar en su oído.

—No estás prestando atención, cariño. Un pequeño castigo ti.

Gritó de dolor cuando ella le cortó la oreja izquierda de un solo tajo con su espada.

Al momento siguiente, Bethany Anne estaba de nuevo junto a Stephen, ayudándolo a ponerse de pie. Se aseguró de que pudiera mantener el equilibrio, apoyado contra la pared.

—Aguanta. Si nuestro amigo presente quiere llorar tanto como un niño, será mejor que nos aseguremos de que tengamos algo de tiempo. —Cambió la espada de mano y sacó una pistola de su funda. Volvió a disparar a sus rodillas. Los gritos de Reginald aumentaron una octava. Bethany Anne guardó la pistola —. Ahora al menos estamos seguros de que no podrá moverse en unos cuantos minutos.

Stephen asintió con la cabeza. Podría haberle explicado a su reina que Reginald sanaba más lentamente que el promedio, pero sabía que eso no tendría ninguna importancia ella. Conocía demasiado bien a Bethany Anne. En momentos como ese, se convertía en la muerte encarnada. Reginald no saldría de allí con vida. Stephen habría apostado toda su fortuna a ello.

—Supongo —dijo— que la habitación al final del pasillo fue de vuestro agrado, mi reina.

Bethany Anne le sonrió, haciéndole sentir diez veces mejor.

—Sí, lo era. Agradezco las bolsas de sangre extra en la habitación. Fue un bonito detalle, y habría sido más difícil si no hubieran estado allí. Gracias.

Las heridas del viejo vampiro comenzaban a desaparecer. Su reina las examinaba repetidamente, pero no parecía satisfecha.

«TOM, ¿no podríamos acelerar un poco el proceso?».

«Tal vez un poco. Pero sigo pensando que sería mejor que no bebiera demasiado de tu sangre».

Bethany Anne inclinó su codo derecho y giró su muñeca hacia fuera, acercando su brazo a la boca de Stephen.

—Bebe. —No era una petición, era una orden.

Él hundió sus colmillos con devoción en la carne ofrecida,

succionando su sangre y energía. Sintió el efecto a los pocos segundos, las heridas cerrándose más rápido.

—Es suficiente. —Obediente, Stephen retractó sus colmillos. Su respiración se había acelerado, casi tan rápido como el ritmo de su corazón, emocionado por haber bebido del brazo de su reina.

Nunca más cometería el error de querer beber su sangre en contra de su voluntad.

—¿Ivan?

—Está con Claudia, en una sala segura subterránea. Le había mostrado todas las salidas hace algún tiempo. Están bien. Me pregunto si Claudia no debería ver lo que vas a hacerle a Reginald.

Bethany Anne se quedó pensativa.

—¿Su hermano y su amigo?

—Muertos los dos —respondió él tristemente.

Bethany Anne frunció los labios.

—Si yo estuviera en su lugar, querría incluso participar. Iré a buscarlos en un momento, pero no es necesario que ella esté presente ahora mismo.

Stephen, con voz seca, apenas susurró:

—Fue David.

Bethany Anne ladeó la cabeza.

—¿Qué era David?

—David, mi hermano. Él es quien organizó esto. Tiene a Michael.

Bethany Anne se volvió hacia Reginald.

—¿En serio? Qué interesante... Maldita sea, deja ya de gimotear como una babosa sucia y llorica. ¿Estás llorando? ¿No te da vergüenza? ¿El gran y malvado Reginald, que mata vampiros y no teme vengarse? Adivina qué. Hugo me ha llamado. Está ansioso por charlar contigo sobre su muerte. Qué pena que tenga que esperar a que termine contigo. Así que, ¿dónde está Michael, comepollas?

Bethany Anne se acercó a los pies de Reginald.

—¡Eh, oh! ¡Aquí! —Chasqueó los dedos—. Mírame cuando te hablo, basura. ¿Crees que te duele ahora? Esto no es nada, créeme. Te voy a contar una historia. La de un cerdito que va al mercado... ¿La conoces? ¿No? Entonces escucha bien. Este cerdito fue al mercado...

¡Reginald, presta atención! Esto se pone peor. Voy a contarte una historia preciosa que se usa en América. ¿Has oído alguna vez «Este cerdito fue al mercado»? ¿No? Déjame enseñártela. Este cerdito fue al mercado. —Reginald gritó cuando Bethany Anne cortó su zapato de cuero y le cortó el dedo pequeño del pie—. Este cerdito se quedó en casa. —Le cortó el siguiente dedo. Él intentó mover las piernas, alejarse de ella, pero el dolor en sus rodillas era demasiado intenso—. ¿Quieres decirme dónde está Michael o sigo con la historia?

Reginald no necesitó que se lo dijeran dos veces. Explicó exactamente dónde estaba el castillo de David.

Quince minutos después, tras intercambiar algunos mensajes de texto con John, tomó a Ashur con ella y siguió las indicaciones de Stephen ir a buscar a Ivan y Claudia.

* * *

Bethany Anne se acercó a la pared en la que estaba instalada la puerta oculta. Oyó ruido detrás de ella, así que acercó la oreja escuchar con más atención y luego retrocedió, poniendo los ojos en blanco. Al parecer, Ivan había superado la llamada de Gabrielle con bastante rapidez. ¿Por qué cada vez que necesitaba discutir con una mujer, Ivan jugaba a esconder la salchicha con ella?

Bethany Anne habló en voz alta.

—*Gott Verdammt*, Ivan. No puedo dejarte solo ni un puto minuto antes de tener sexo. Maldito cabrón. —Ella sonrió al oír que los dos empezaban a revolverse. Esperó treinta segundos hasta que cesaron los ruidos, con algún que otro chillido de dolor cuando se pisaban un dedo del pie o algo así.

La voz de Ivan atravesó la pared:

—¿Eres tú?

—¿Quién diablos crees que hablaría con un puto muro de esta manera? Abre antes de que pierda la paciencia y lo destruya todo. Estoy empezando a hartarme.

Escuchó un clic y luego una sección del muro giró hacia ella. Sonrió, entró en la oscura habitación. Allí encontró a un Ivan despeinado y a una mujer con el pelo revuelto y los ojos rojos de llorar. La camisa del joven rumano estaba mal abotonada, con los botones en los agujeros equivocados. Bethany Anne lo miró de arriba abajo.

—Jovencito, tendrás que explicarte. Si no es a mí, tal vez a Gabrielle. ¡Dos meses! ¿De verdad? No aguantaste ni dos días. Tú y tu nueva amiga deberíais arreglaros un poco antes de uniros a nosotros arriba. —Se giró irse, pero se detuvo y miró de nuevo a la mujer—. Por cierto, nueva amiga, ¿quieres un pedazo del cabrón que mató a tu amigo y a tu hermano?

Claudia negó con la cabeza. Ya se temía que su hermano estuviera muerto, pero oírlo decir de una manera tan brutal la había afectado.

Depués de que Bethany Anne se fuera, Claudia salió de la pequeña habitación y se sentó en la cama de Stephen.

—¿Quién era? —Miró a su amante, que parecía perdido en sus pensamientos, con una expresión miserable—. ¡Ivan! —Él se sobresaltó y la miró—. ¿Quién era esa mujer? ¿Y quién es Gabrielle? ¿Y por qué necesitas hablar con ella?

Ivan se acercó a ella y se sentó.

—Gabrielle es la hija de Stephen. Era mi novia hasta que

me llamó decirme que quería tomarse un descanso... Bueno, creo que fui yo quien pidió el descanso.

—¿Salgas con la hija de Stephen? Dios mío, ¡me he follado al novio de la hija de Stephen! No me lo puedo creer. Mi vida no podría ser peor. —Puso la cara entre las manos—. ¿Y esa mujer?

—Esa es Bethany Anne.

—Oh, a la mierda mi miserable vida.

Miami, Florida, EE. UU.

Al otro lado del Atlántico, Frank estaba sentado en la mesa de la cocina, con la cabeza entre las manos y los hombros caídos, mirando el portátil que tenía delante. Nathan entró a por una taza de café, pero se detuvo al salir. Frank no se había fijado en él, así que le acercó una silla y se sentó.

—¿Qué pasa? —Cuando Frank no reaccionó, insistió—. ¿Frank? ¿Qué pasa?

Kurns levantó la cabeza, notando al licántropo por primera vez.

—Se me ha pasado. —Su mano derecha señaló el portátil, como si esa fuera la respuesta a la pregunta de Nathan.

—¿Qué? ¿Qué te has perdido? —Todos sabían que Bethany Anne había sobrevivido a una peligrosa translocación a Rumanía ayudar a Stephen e Ivan.

—David. Mi sistema registró una conversación entre él y Anton hace unas semanas. Tenía la información justo frente a mí, pero la pasé por alto. Es la primera vez en mi vida, Nathan. Nunca había dejado pasar algo tan importante. ¿Qué me pasa? ¿Mi cerebro sigue envejeciendo a pesar de mi rejuvenecimiento físico? ¿Me he vuelto incompetente? —En sus palabras se percibía una mezcla de desesperación y desesperanza.

Nathan dejó el café sobre la mesa.

—Cuéntame lo que pasó y encontraremos una solución. Dicho esto, si te sirve de consuelo, no te he notado convertirte en un viejo chocho. Así que no te rindas, Frank. Si no, me degradarán a simple hacker… —La voz del licántropo se desvaneció—. Joder.

Notó un cambio en el tono de su compañero, Frank se enderezó en su asiento.

—¿Qué pasa? ¿Qué estás pensando? —Su voz se fue normalizando a medida que se daba cuenta de la evidente preocupación de Nathan.

—Frank, ¿y si alguien nos ha pirateado? —Los dos hombres se miraron fijamente, con los ojos alarmados. El taburete crujió cuando Nathan lo acercó más a Frank. Este último reorientó su portátil que ambos pudieran ver la pantalla.

La melancolía de Frank se había desvanecido de repente. Sus dedos se movían rápidamente sobre el teclado. Ambos estaban concentrados en la tarea, tratando de rastrear un posible ataque digital que podrían haber pasado por alto.

Lance y Patricia entraron en la habitación. Los encontraron absortos en su conversación, usando jerga técnica que no entendían. El general tomó las llaves de una de las furgonetas y se fueron a comer algo.

Dos horas después, Frank se sentó y murmuró:

—*Gott Verdammt.* ¿Cómo diablos han hecho eso?

Nathan se levantó y estiró la espalda.

—Ni idea. Pero ellos son los que te impidieron ver ese correo electrónico. Los datos aún están en el servidor donde se registraron, pero algo impidió que te llegara el mensaje y envió un acuse de recibo. Nunca recibiste el correo y el otro servidor no parece comprometido. Así que hubo una intervención entre esos dos puntos. El correo no contenía nada crucial, así que dudo que comprendieran su significado… y por ahora, nuestros cortafuegos parecen estar aguantando. Sin embargo, tendremos que actualizar todo el sistema. Parece que los ataques continúan. Están usando métodos sutiles, no fuerza bruta.

Frank se echó hacia atrás y suspiró.

—Sí. Después de la cantidad de veces que he hecho esto a otros, no debería molestarme que yo sea el objetivo. Pero ¿te imaginas lo que podríamos haber hecho si lo hubiéramos visto antes?

El hombre se encogió de hombros.

—Con tantos «si» podemos rehacer el mundo. No pienses más en eso. Lo que necesitamos... —Sonó su móvil. Era el número de Stephen. Pulsó el botón del altavoz—. Hola, estás en altavoz con Frank y conmigo.

La voz de Bethany Anne llegó a través del altavoz.

—Hola, chicos. Supongo que el Polarus os ha dado la noticia, ¿verdad?

—Sí —dijo Nathan—. ¿Qué necesitas?

—Que vosotros dos me encontréis la mayor cantidad de información posible sobre David y sus propiedades... en particular, ese castillo viejo que está en... Espera un segundo. —Apartó el teléfono de su boca hablar con Stephen. Él le dio el nombre de un pequeño pueblo, que Nathan anotó.

Cuando volvió a ponerse el teléfono en la oreja, Nathan intervino.

—Entendido. Entonces, ¿quieres un reconocimiento detallado y cuándo lo necesitas?

—Ayer, por supuesto. Stephen está casi completamente curado. Necesitamos atacar a David antes de que se dé cuenta de que su intento de asesinato ha fallado. John probablemente se enfade un poco. —La risa de Nathan la interrumpió—. Sí, bueno, de acuerdo, su cabeza va a explotar como la erupción masiva de un volcán. Dicho esto, con la ayuda de Stephen y Ashur, dudo que tengamos problemas con la primera parte de esta misión. No pretendemos desmantelar su maldito castillo ladrillo a ladrillo, solo rescatar a Michael. Una vez que lo tengamos con nosotros, probablemente tendremos a un patriarca poderoso y furioso —con razón— de nuestro lado. Eso podría cambiar muchas cosas... sobre todo si logro eliminar a ese cabrón de David en el proceso.

Nathan pensó en la calma que había reinado sobre el Mundo Ignoto desde la desaparición de Michael.

—¿No podríamos rescatarlo y luego esconderlo en algún lugar seguro? La vida se ha vuelto mucho más fácil desde que su sombra ya no planea sobre todos.

Escuchó a la vampira suspirar.

—Lo sé, Nathan. De verdad. Me ocuparé de Michael. Ya me debe mucho, y esto no ha terminado. Además, necesito información vital que solo él puede proporcionarme.

—Sabes que Carl ha muerto, ¿verdad?

—Sí, pero ¿cómo lo sabes tú? Reginald se volvió muy hablador cuando se lo pedí amablemente...

—Después de que le arrancaras un brazo, más bien.

Al final, pensó el licántropo, Bethany Anne era probablemente la persona adecuada tener esa conversación con Michael. Se había preguntado, en su primer encuentro, si ella era ignorante o simplemente estaba loca. Pensaba que, si alguien podía controlarla, sería necesariamente el patriarca. Ahora, se preocupaba más por Michael que por Bethany Anne. Esos dos juntos serían una pareja aterradora... ¡Joder! Esperaba que eso nunca sucediera.

«Por favor, Dios del cielo, no dejes que esos dos se conviertan en pareja».

Volvió a encarrilar sus pensamientos errantes.

—Ignora a Stephen, exagera. Bueno, ¿y cómo sabes lo de Carl?

Frank intervino.

—Había configurado un sistema que logró capturar una

conversación entre Anton y David. Acabamos de escuchar la grabación... Espera, te la pondré.

Reprodujo la grabación en los altavoces de su portátil, mientras Nathan acercaba el teléfono al aparato.

—¿Cuándo ocurrió eso?

—Hace unas semanas —admitió Frank—. Pensaba que había fallado en mi deber al no darme cuenta de esto... pero, en realidad, alguien nos está hackeando de manera muy agresiva y el correo que me avisaba de esta conversación fue interceptado y bloqueado. Lo siento. Debería haberlo notado antes.

Hubo una pausa mientras Bethany Anne pensaba en lo que había oído.

—Bueno, al menos ahora tenemos nuevas pistas. El hecho de que ya no tengamos que rescatar a Carl cambia un poco las cosas. No habrá nadie en el castillo a quien no podamos dis... y debemos buscar algo que pueda retener un cuerpo inmaterial. Michael estará dentro. En cuanto a la información, mejor tarde que nunca. Pero, por favor, encontradme al capullo que nos está jodiendo la vida.

Nathan volvió a la carga.

—¿Y si es gubernamental?

—Me importa una mierda —respondió inmediatamente Bethany Anne—. Detened esos ataques y joded sus ordenadores y sus operaciones. Si hace falta un enfoque más personal, avisadme. Hasta que ADAM esté operativo, no podemos permitir que este tipo de mierdas nos ralenticen. Los trataré como a todos mis enemigos... les encontraré las pelotas y las aplastaré tan fuerte que llorarán durante tres semanas. Vuestra prioridad número uno es recopilar toda la información posible sobre ese castillo, la segunda es resolver este asunto del hackeo. ¿Tenéis todo lo que necesitáis lograrlo?

—Voy a traer a alguien ayudar... uno de los tipos que capturaste en Miami.

Hubo sorpresa en su voz.

—¿De verdad? ¿Voy a tener buen karma solo por no haber matado a gente sin pensarlo? ¡Qué agradable sorpresa!

Nathan sonrió. Tuvo que añadir:

—Te hará aún más ilusión saber que quiere conocerte.

Esta vez hubo una pausa en la línea, aunque solo fuera un segundo más.

—¿¿Una cita romántica o solo una reunión?

—Pidió una reunión, pero creo que quiere una cita. —Frank le lanzó una mirada como si acabara de obtener información muy útil su libro.

—Aaaahhh... ¿Sabes qué? Me da igual. No es como si los pretendientes estuvieran haciendo cola en mi puerta. Mira cómo van las cosas con él y, si no te parece un baboso, organiza una cena entre nosotros. Veremos cómo reacciona cuando vea a John y Eric vigilándome.

Nathan sonrió. Dudaba que a John y Eric les importara. La mayoría de los frikis se dejaban llevar, sobre todo si había una mujer guapa de por medio. Tenía que involucrar a Ecaterina. La historia podría convertirse en un capítulo en el libro de Frank, después de todo, si realmente podían hacer algo. ¿Tal vez una pequeña venganza por una Pepsi congelada en su cama?

—Te mantendré informada. Pero te advierto que tendré que decirle que salir contigo no es buena idea. Aunque dudo que me haga caso. Lo siento.

—No es una buena idea —admitió ella—. Podría comérmelo vivo... y lo digo de forma literal, no sexual. Podría ser tiroteado o convertirse en objetivo como fuente de información, así que haz lo posible por asustarlo. Dicho esto, solo vivimos una vez y no sabemos cuánto tiempo nos queda. Así que, si tiene las pelotas de invitarme a salir, probablemente diré que sí. Bueno, escucho a Ivan volviendo, tengo que irme. Debo largarme de aquí en una hora.

Colgó.

Frank ya estaba recuperando datos.

* * *

Ivan no parecía estar en su mejor momento cuando Bethany Anne lo vio llegar.

—¿Cómo está tu conejita lujuriosa? ¿Puede manejar todos estos cadáveres, o es solo una zombi en celo?

Ivan comenzó a responder, pero se detuvo al darse cuenta de que ella solo intentaba devolverlo al presente.

—Aún está en shock —dijo—, pero Claudia es fuerte. Se recuperará. La violencia no es lo suyo, eso sí.

—Está bien. Habla con Stephen encontrarle un lugar donde pueda refugiarse antes de que salga el sol. Me sorprende que la policía no haya venido ya.

—Estamos lejos de todo aquí, no tengo vecinos —comentó Stephen—. Y, en general, la gente le tiene miedo a mi casa y prefiere no acercarse sin invitación.

—Entonces, ¿te sorprendió mucho cuando aparecí la primera vez en tu casa?

Le ofreció una sonrisa al viejo vampiro.

—Sí, sí, es verdad. —Stephen miró los restos de Reginald—. Haré venir a un equipo de limpieza. Se encargarán de todo esto y luego volverán reparar la casa. Incineraré a Scott y a Juan que podamos organizar un funeral ellos después de nuestra conversación con David. —Miró a Bethany Anne—. Y por «conversación» quiero decir que decapitaremos a ese imbécil pretencioso y quemaremos su cuerpo... solo aclararlo.

Sus ojos estaban furiosos.

Bethany Anne se encogió de hombros.

—Me parece bien. Me gustaría que respondiera a algunas preguntas primero, pero no perderé el sueño si no es posible. —Señaló el frigorífico—. ¿Tenemos suficientes bolsas? No quiero darle mi sangre a Michael. No estoy segura de lo que podría hacerle, así que prefiero evitarlo.

Stephen fue a la nevera y sacó diez bolsas.

—Me había reabastecido en previsión de nuestras visitas, pero ahora probablemente tenemos demasiadas.

—¿De verdad? ¿Cuántas bolsas?

Stephen volvió a mirar en la nevera.

—No sé. ¿Al menos veinticinco? ¿Por qué?

Bethany Anne fue a la cocina y miró por encima del hombro de Stephen.

—Porque los tiempos desesperados requieren medidas desesperadas. —Se volvió para mirar a Ashur, que estaba acostado en el sofá—. Stephen, ¿confías en mí?

Stephen sacó bolsas de la nevera y las puso sobre la encimera.

—Con mi vida, mi reina. Aunque ese juramento solo sea válido en países que ya no existen, yo sigo creyendo en él. Por cierto, ¿qué es un mamarracho revientaculos?

Por cierto, ¿qué es un imbécil de mierda?

Hizo la pregunta como si estuviera pidiendo el pronóstico del tiempo mañana.

—¿Hmmm? Oh. —Apartó su atención de Ashur, que los había estado observando atentamente—. Es un borracho que mete la polla en el agujero equivocado y luego le dice a la chica que fue solo un error. Así que no hagas eso, ¿vale?

—No te preocupes, nunca fallo. —Stephen cogió la última bolsa de la nevera y cerró la puerta.

Ashur saltó del sofá y se acercó a Bethany Anne, que le puso la mano en la cabeza. Ivan se quedó mirando al enorme pastor alemán.

—Ivan, te presento a Ashur. Se metió en una pelea en Costa Rica hace unas semanas, y le salió mal. Estuvo a punto de morir. Le di mi sangre salvarlo, luego fue redo y modificado por la nave de Thomas. —Se inclinó mirar al perro a los ojos—. Escúchame bien. No es comida. Este hombre es mi amigo y el hermano de Ecaterina. —La cola del perro se agitó—. No me sorprende que te acuerdes de ella, con lo bien que te mima y te atiborra.

Soltó al animal, que se acercó a Ivan olfatearlo. El rumano le acarició la cabeza con cierta vacilación.

—Es impresionante.

—¡Dios, no lo animes! Todos los *Wechselbalg* de la nave ya lo han hecho su mascota y con eso basta. Y juraría que entiende todo lo que decimos, además.

Ivan siguió acariciando a Ashur.

—¿Crees que empezará a decir palabrotas?

—Probablemente.

Bethany Anne oyó a Claudia subir lentamente las escaleras, como si tuviera que convencerse a sí misma de levantar el pie en cada escalón. Miró a Ivan, señaló los miembros arrancados que aún estaban esparcidos por la sala y movió los labios como decir el nombre de Claudia, pero sin pronunciarlo en voz alta. El rumano asintió con la cabeza y fue a interceptar a la otra vampira antes de que pudiera ver demasiado.

Stephen colgó el teléfono.

—Llegarán en menos de una hora. Tienen un coche con cristales tintados que pueden usar llevar a Claudia a un lugar seguro. Puede quedarse allí con Ivan hasta que regresemos.

Bethany Anne sonrió.

—Parece que no estás muy preocupado de que no regresemos.

Stephen la miró.

—Mi reina, mantente atrás y observa. Ashur y yo nos encargaremos de todo.

Sonrió cuando el pastor alemán ladró en señal de acuerdo.

* * *

El viaje al castillo de David no salió como Stephen había planeado.

Se había duchado y secado, luego se vistió antes de reunirse con Bethany Anne. La vampira se sorprendió al verlo.

Stephen llevaba un uniforme militar del que habían retirado los parches. Parecía cómodo, lo que indicaba que no era la primera vez que vestía así. Mierda, este tipo tenía secretos. Siempre se había comportado de manera tan relajada, más como un amante que como un guerrero. Nunca había considerado la posibilidad de que él pudiera tener un pasado que la sorprendiera.

Bajó las escaleras tres veces, cada vez volviendo con cajas de madera que contenían un amplio surtido de armas. Bethany Anne tomó un cuchillo extra y municiones sus pistolas. Quería atacar al atardecer. Seguramente habría humanos, y sería más fácil dispararles y seguir adelante.

Ashur se levantó y puso sus patas delanteras sobre la mesa, como si estuviera considerando las diferentes opciones disponibles. Bethany Anne rio.

—¿Ves algo que te guste?

El perro giró la cabeza hacia ella y la inclinó, como diciendo «no tengo manos, idiota». Luego volvió a mirar las cajas y las olfateó.

—Supongo que me acaba de regañar —murmuró ella.

Stephen observó su atuendo.

—Oh.

Sus ojos se agrandaron, como si se hubiera alarmado, y

desapareció de repente, bajando las escaleras a velocidad vampírica.

«¿Qué demonios le pasa?», pensó ella.

Lo escuchó regresar, no tan rápido esta vez, llevando otra caja de madera. Era más pequeña y estaba hecha de un tipo de madera diferente. No era un baúl transportar cosas, sino una caja especial guardar algo. Ella observó con interés mientras Stephen la colocaba, apartando una metralleta hacer espacio. Desbloqueó la tapa, pero no la abrió. Retrocedió un paso e hizo un gesto a Bethany Anne que abriera la caja ella misma.

Con una sonrisa, ella se acercó, emocionada, como si acabara de recibir un regalo precioso. Cuando levantó la tapa, se quedó boquiabierta, con los ojos fijos en el contenido. Sacó un *saya* resplandeciente, cuyo mango encajaba perfectamente con la funda.

Dentro estaba la katana más exquisita que Bethany Anne había visto nunca.

—Es hermosa, Stephen.

—Es vuestra, mi reina. Ya es hora de que dejéis esa espada tan básica y encarnéis vuestro destino. Según la leyenda, esta hoja puede distinguir entre una persona que merece la muerte y una que no la merece. Sospecho que eso depende más de la persona que la maneje. Dicho esto, es increíblemente afilada.

Bethany Anne hizo algunos movimientos de ataque, maravillada del equilibrio perfecto de la hoja tanto como de su belleza. Colgó el *saya* en su espalda, y parecía estar en su lugar, como si le hubieran devuelto algo que siempre le había pertenecido.

—Gracias, Stephen. Es un tesoro. —Se acercó a él y le besó la frente—. ¿Estás listo? —Él asintió—. Entonces vamos a recoger nuestras cosas. Tenemos que estar en el aeropuerto en cinco minutos.

—¿Cómo vamos a llegar tan rápido?

—¿En serio?

—Confía en mí.

Esta vez no era una pregunta, sino una orden.

* * *

Frank había recurrido a sus contactos en el ejército para conseguirles a los tres un transporte rápido, sin hacer preguntas, a través del mismo aeródromo militar que ella había utilizado para regresar a Florida. Bethany Anne se translocó con Stephen, el perro, una bolsa llena de objetos metálicos y una nevera portátil para llevar la sangre. El guardia de seguridad en la entrada se sorprendió al verlos aparecer de la nada. Una vez que confirmaron su autorización, les abrieron la puerta. Un coche los recogió y los llevó al hangar. Stephen se sentó delante, mientras Ashur y Bethany Anne se acomodaron en el asiento trasero.

Diez minutos más tarde, su avión despegó. Los llevó directamente a otro aeródromo, esta vez en Alemania. Allí los esperaba una lujosa camioneta.

«Ecaterina se había superado con esta», pensó Bethany Anne. Ambos se sentaron en la parte trasera, mientras Ashur se acomodaba en la zona de carga junto con su equipo. El perro podía tumbarse fácilmente, con la cabeza apoyada sobre la nevera. Durante el viaje, Bethany Anne conversó con Nathan, quien le dio las últimas novedades. Luego, le pasó el teléfono a Stephen que él también pudiera hacer algunas preguntas al licántropo.

Con su audición desarrollada, ambos podían escuchar las respuestas de Nathan sin necesidad de activar el altavoz, lo que evitaba que el conductor pudiera oír sus conversaciones.

Después de una breve da en un pequeño pueblo repostar, el viaje continuó. Tras ver la topografía del valle donde se encontraba el castillo, Bethany Anne hizo algunos ajustes a sus planes. Había una zona turística a tres kilómetros, pero estaba un poco más alta. El conductor los dejó frente a un hotel-restaurante. Pagaron el precio completo por dos habitaciones comunicadas con vistas a la guarida de David. En la recepción, pidieron a Stephen una fianza de tres semanas permitir que Ashur se quedara con ellos. Bethany Anne miró al perro y juraría que su cara decía «¿Qué? Me portaré bien».

Una vez en las habitaciones, abrieron la puerta comunicante. El perro se paseaba entre las dos habitaciones mientras Stephen colocaba la bolsa con las armas sobre una de las camas. Bethany Anne abrió la ventana. El hotel solo tenía tres pisos, y ellos estaban en el último. Sacó la mira telescópica de un rifle y la utilizó estudiar el castillo.

—¿Cómo procederemos? —preguntó Stephen, acercándose por detrás—. Me imagino que debe de tener buena protección... probablemente guardias y mecanismos automatizados.

Bethany Anne se apartó de la mira mirarlo.

—¿Mecanismos automatizados? Hablas de manera preciosa cuando estás en una misión. —Volvió a colocar el ojo en la mira —. Vamos a asaltarlos.

Stephen miró al perro, que tampoco parecía entender mejor lo que quería decir la vampira. Se preguntó por qué había creído que Ashur podría tener las respuestas.

—Solo veo un guardia —añadió ella—. Tendremos que eliminarlo rápidamente.

—¿Cómo? ¿Sois tan buena tiradora como abatirlo desde aquí? Además, haría un ruido tremendo. No sé vos, pero yo no soy lo bastante rápido como correr hasta allí antes de que descubran el cuerpo del vigilante.

—Dios, no. Ecaterina o Killian podrían hacerlo, pero yo no. Lo abatiré con una pistola si es necesario, pero preferiría cortarle el cuello.

Guardó la mira.

Stephen estaba desconcertado, sin entender lo que su reina planeaba hacer. Así que decidió simplemente seguir el plan y confiar en que las cosas saldrían como ella quería.

Bethany Anne llenó su atuendo de armas, y él hizo lo mismo. Una vez que terminaron, ella le entregó la nevera.

—Seguramente necesitaremos esto. Pero guarda algo para Michael, si es posible. No irá a ninguna parte... así que, si fallamos, no te sacrifiques. Bebe de nuestras reservas y lo intentaremos más tarde. ¿Entendido? —Stephen asintió. Entendía que no era una petición, sino una orden. Quería que priorizara su propia seguridad.

Luego se volvió hacia Ashur.

—Y tú, no hagas mucho ruido. Nada de ladridos ni nada por el estilo, a menos que veas algo importante y necesites avisarnos.

El perro mantuvo la mirada.

Bethany Anne ajustó la vestimenta, luego puso al perro frente a la ventana.

—Quédate aquí. —Le hizo un gesto a Stephen—. Ven a mi lado. Y nada de gritar como una niña, ¿de acuerdo?

Él empezaba a entender lo que ella tenía en mente.

—¿Va a ser como la historia que me contó John, cuando atacasteis el yate del jeque? —Bethany Anne asintió—. Bien entonces, *yippee-ki-yay*...

Bethany Anne le dedicó una amplia sonrisa mientras le tomaba la mano. Luego, desaparecieron.

—Hijo de puta.

* * *

No se había equivocado mucho con la distancia, pero, aun así, falló su objetivo por unos cien metros. Estaban lo suficientemente altos en el aire como para ver al guardia en el techo, con su cigarrillo en la boca. Cayeron unos quince metros antes de que Bethany Anne los translocara de nuevo. Con un poco de suerte, nadie los habría visto aparecer y desaparecer en el cielo.

Al llegar, Bethany Anne soltó a Stephen y a Ashur, y cayeron los últimos centímetros restantes. Ella aterrizó sobre las plantas de sus pies y se lanzó hacia el guardia. Este apenas tuvo tiempo de girar la cabeza antes de que fuera decapitado de un solo tajo, su cuerpo cayó al suelo. Bethany Anne tuvo que apartarse rápidamente para no ser salpicada por la sangre que brotaba del tronco.

—¡Puaj!

Con su nueva katana en la mano, se reunió con Stephen y Ashur, ambos en alerta.

—Esta espada es increíble —murmuró, sorprendida—. Solo quería cortarle el cuello, pero se le ha ido la cabeza entera...

Stephen sonrió.

—Debía de ser un mal hombre, ¿verdad?

Ella asintió con la cabeza.

Buscaron las escaleras para descender. Según lo que habían escuchado de Anton, esperaban encontrar a Michael en una especie de mazmorra. Nathan no había podido encontrar ninguna información sobre la disposición del castillo, así que tendrían que arreglárselas.

Stephen la miró.

—¿Nos mantenemos juntos o nos separamos?

Bethany Anne consideró las opciones por un instante.

Su prioridad era sacar a Michael de ese lugar. Si causaban caos en el proceso, sería una ventaja. Y si lograban matar a David, se alegraría de bailar sobre su tumba. Bueno, figuradamente hablando.

—Quiero buscar a Michael lo más rápido posible. Vosotros dos quedaros conmigo. Si nos atoran, haced lo que podáis para distraer al enemigo mientras yo sigo buscando. Si nos separamos, nos reunimos en el tejado.

—¿Cómo sabré cuándo reunirme con vos?

—Ya me las arreglaré, aunque tenga que gritar por los pasillos si es necesario. Solo manteneros alerta, ¿de acuerdo?

Ambos la saludaron con la cabeza.

«Ese perro era extrañamente inteligente», pensó.

Descendieron rápidamente las escaleras, encontrándose solo con una persona en el camino: una sirvienta, a la que Bethany Anne noqueó con el lado plano de su espada. La mujer cayó al suelo, todavía con vida. La acomodaron en una cama, como si estuviera echándose una siesta.

El tiempo pasaba, y aunque nadie los había visto aún, tampoco habían encontrado el camino a la mazmorra.

—¿Alguna sugerencia? —preguntó Bethany Anne, deteniéndose un momento.

Ashur eligió ese momento tomar la delantera, olfateando a lo largo de las tablas del suelo. Se apresuraron a seguirlo, pasando de una habitación a otra. Encontraron a dos guardias de seguridad, a los que mataron rápidamente rompiéndoles el cuello. Escondieron los cuerpos en una pequeña habitación oscura y polvorienta. Ashur continuó su búsqueda durante unos diez minutos más antes de finalmente levantar una pata y golpearla contra una pared del pasillo. Dos antorchas estaban colgadas en la pared y Stephen intentó moverlas, sin éxito. Se encogió de hombros.

—En las películas siempre funciona —murmuró.

El perro olfateó la pared, su cabeza alcanzaba fácilmente la altura de una mano. Finalmente, dejó de olfatear y presionó una pata contra un ladrillo. Bethany Anne lo examinó con los dedos, luego empujó con fuerza. Se escuchó un clic. Entonces, fue el turno de Stephen de empujar la piedra, y una sección de la pared se giró. Los tres pasaron por la abertura y luego cerraron la puerta detrás de ellos.

—Mierda —gruñó Bethany Anne—, no he pensado en traer una linterna.

Se escuchó otro clic, y unas bombillas se encendieron, revelando un estrecho pasaje con escaleras en espiral. Stephen retiró su mano del interruptor con una leve sonrisa.

—Los vampiros sabemos adaptarnos a los tiempos. —Sonrió a Bethany Anne, y ella puso los ojos en blanco.

Los tres se apresuraron a bajar los escalones, atentos al más mínimo ruido.

A medida que avanzaban, vieron varias habitaciones. Una contenía antiguos instrumentos de tortura, pero nada que pareciera capaz de contener una forma inmaterial. Por el olor, parecía que no se había usado en mucho tiempo.

En el siguiente nivel encontraron celdas con grilletes metálicos antiguos. Tras esto, llegaron a una gran sala, con una estructura rectangular en el centro, cuyas paredes eran de cristal y los ángulos estaban hechos de cobre.

—Tiene que ser este —dijo ella—. Vosotros dos, vigilad la entrada y aseguraos de que nadie nos moleste.

Stephen y Ashur se posicionaron al pie de las escaleras. Bethany Anne comenzó a rodear la estructura.

«¿Alguna idea, TOM?».

«Si he entendido bien la conversación telefónica, el objetivo es que lo maten si vuelve a materializarse. Así que debe haber, supongo, una gran presión o una enorme cantidad de vacío dentro. Una lo aplastaría, la otra lo haría explotar. Si podemos estabilizar la presión, podría materializarse nuevamente y podríamos llevárnoslo».

Bethany Anne estudió la estructura, encontrando un panel de control que examinó con detenimiento.

«Vale, ¿alguna idea?».

«¿Te parezco un tipo que manipula aparatos extraños?

«¿De verdad quieres que te responda a eso?».

«La cápsula no cuenta, Bethany Anne»".

«Bueno, tal vez te estoy pidiendo demasiado. A ver... Si abro una puerta y hay demasiada presión al otro lado, la puerta explotaría y Dios sabe qué más pasaría. Demasiado vacío, por otro lado, y no podría abrirla... ni siquiera con mi fuerza sobrenatural.»

«Siempre podríamos llamar a Michael y atraparlo a través del etérico».

«Espera, ¿puedes repetir eso?».

TOM se quedó en silencio. Nada de esto le gustaba. Ninguna opción parecía buena, y en ese momento solo quería salir de ese maldito castillo lo antes posible. Ese lugar apestaba a maldad, y le ponía la piel de gallina.

«Podríamos intentar cruzar al éter aquí mismo, llamarlo por su nombre, luego movernos hasta el lugar donde "sientas" su presencia. Lo atrapas, vuelves aquí, sales del etérico y asunto resuelto».

«¿Y si calculo mal las distancias?»

«Uh... ¿boom?»

«Dame un segundo».

—Michael, ¿puedes oírme? —Stephen y Ashur giraron la cabeza mirarla. Ella agitó las manos y ellos volvieron a subir las escaleras.

Bethany Anne resopló con impaciencia.

—*Gott Verdammt!* ¡Michael! ¡Respóndeme, maldito imbécil!

«¿Bethany Anne?». Era débil, pero ella le oyó.

—Sí. Soy yo, Michael. Estoy justo afuera de esta maldita jaula de cristal. Voy a sacarte de aquí. ¿Hay algo que puedas hacer para ayudarme?

«No. Apenas puedo mantenerme en pie. Mi energía es

muy baja. ¿Has matado a David?».

—Todavía no he tenido el placer de encontrarme con él. Pero lo haré muy pronto. O eso espero.

Hubo un momento de silencio, lo que a Bethany Anne no le importaba demasiado. No necesitaba su bendición ni su permiso para matar a David.

«Tienes que escapar. David ha matado a Stephen, y te matará a ti. Vive luchar otro día».

—Ni de coña. Stephen está conmigo.

«¿De verdad?».

—Sí, de verdad. No soy el tipo de persona que miente y desaparece durante un año entero... Oh, espera, ese eres tú. No creas que no estoy enfadada contigo, lo estoy. Pero ya lo discutiremos cuando te saque de este puto sitio. Ah, mierda. —Bethany Anne estaba perdiendo la paciencia, algo que le ocurría con bastante frecuencia—. Maldita sea. Prepárate, Michael. Hemos traído sangre. Cuando sientas que te muevo, podrás recuperar tu forma física. Bebe de una de las bolsas, pero te advierto, si intentas chuparme la sangre, no tendrás que preocuparte por David. Te mataré yo misma.

Escuchó una risa débil en su cabeza. Al menos, Michael no había perdido su sentido del humor.

—¿Bethany Anne? —la llamó Stephen preocupación en su voz.

Ella dejó las bolsas de sangre en el suelo, junto a la nevera.

—Michael no puede beber de mí, ¿entendido? —Él asintió. Ella se quitó la espada y la dejó a un lado—. Michael, es hora de que conozcas a tu creador —dijo con ironía, dándole tiempo para procesar sus palabras.

Luego, cerró los ojos y se sumergió en el etérico, intentando no moverse físicamente. La experiencia siempre le resultaba extraña, porque no podía ver nada con sus ojos. En el éter, todo eran sensaciones y percepciones. Podía sentir una presencia cerca, oscilante, fluctuante.

«Te veo», pensó mientras se acercaba mentalmente a él.

Maldita sea. No había nada físico que pudiera agarrar. Normalmente, cuando transportaba a personas, podía sostenerlas, pero esto era diferente. Se movió un poco hacia un lado para sentirlo desde otro ángulo y luego dio otro paso mental. Michael se sentía como una especie de vapor, no del todo allí.

Necesitaba crear un vacío.

«TOM, ¿podemos llevar a alguien al éter y luego sacarlo de vuelta al mundo físico?».

«No veo por qué no. Ya hemos transportado a personas a través del éter y sacado a otras de él. Aunque no sé si es exactamente correcto o si es solo cómo percibimos que funciona».

«No hay mejor momento que el presente aprender algo nuevo».

TOM se quedó callado. Sabía que no podía disuadirla y que Bethany Anne parecía tener una comprensión innata del etérico que la mayoría de los kurtherianos tardaban décadas en dominar.

Bethany Anne se acercó al vapor, pensando en lo mucho que se había adentrado en el etérico. Extendió la mano, agarrando mentalmente la materia nebulosa y deseando que entrara en el etérico con ella. El vapor no tardó en volverse más sólido en su mente. Decidió actuar como si se estuviera transportando desde un lugar normal y dio un paso atrás en la habitación. Empujó a Michael delante de ella, sin querer averiguar lo que podría pasar si se tocaban cuando ella estuviera de nuevo en la habitación.

Un Michael corpóreo cayó al suelo.

De un rápido movimiento, Bethany Anne lo agarró por la camisa, pero el tejido se desgarró. Aun así, logró desacelerar su caída.

Auch. Eso tuvo que doler.

Estaba abriendo una de las bolsas de sangre cuando Stephen la interrumpió en voz baja.

—Bethany Anne, tenemos compañía. —Señaló hacia arriba.

Ella misma se bebió la bolsa e hizo un gesto a Stephen y Ashur hacia ella.

—Llevaos a Michael —ordenó.

Stephen cogió al patriarca y Ashur se acercó rápidamente. Ella se echó la bolsa de lona al hombro, agarró un puñado de pelo de Ashur y tomó la mano de Stephen. Entonces, los translocó.

Veinte segundos más tarde, David llegó al pie de las escaleras y olisqueó el aire, desconcertado.

—¿Por qué huele a perro aquí? —Se acercó a la estructura de vidrio en el centro de la sala y examinó el panel de control. Todo parecía en orden. Dio la vuelta a la jaula, buscando cualquier indicio de que algo no estaba bien.

—¡Maestro!

David subió rápidamente las escaleras, soltando un grito de furia al descubrir que sus guardias estaban muertos. Luego regresó a la sala subterránea.

Se acercó al aparato y lo golpeó con el puño.

—¿Cómo es posible?

Al volverse, notó una gota de sangre en el suelo. Volvió a mirar la jaula, buscando alguna señal de que Michael aún estuviera dentro. Los controles indicaban que el aparato funcionaba correctamente, pero no había rastro de él.

David soltó un torrente de maldiciones en una lengua olvidada.

* * *

Los cuatro aparecieron en la habitación del hotel y Ashur empezó a olisquear cada rincón mientras Stephen acostaba a Michael sobre la cama. El patriarca se veía débil y pálido. Bethany Anne rápidamente sacó varias bolsas de sangre y se las lanzó a Stephen, quien las rasgó y vertió su contenido en los labios de Michael.

Pasaron unos quince minutos antes de que el patriarca recuperara suficientes fuerzas como para beber por sí mismo. Su voz era tranquila, pero sus ojos ardían de furia.

—¿Dónde está David?

Bethany Anne resopló.

—¿En serio? ¿Lo primero que dices es eso? ¿Ni un «gracias, Bethany Anne y Stephen, por salvar mi desconsiderado culo»?

Tenía una tentación casi irresistible de abofetear al muy cabrón. Michael apenas consiguió esbozar una leve sonrisa.

—Mis disculpas. Quizás debí decir: «Gracias por rescatarme, Bethany Anne y Stephen. Ahora, ¿dónde puedo encontrar a David para matarlo?».

Ella, más calmada, respondió.

—Al menos no tienes las prioridades tan desordenadas. Sigue en su castillo. Supongo que ya sabrá que no estás en su jaula y estará hecho una furia. Espero que la duda de dónde estás lo persiga allá donde vaya. Aunque, en este momento, no podrías vencer ni a una ardilla, así que olvídate de otro vampiro.

Michael observó su propio cuerpo y tuvo que admitir que tenía razón.

—Sí, tienes razón. Pero pronto me recuperaré y entonces podré encargarme de él.

—¿En serio? ¿Te damos un par de horas y estarás listo salir? Vaya mierda de respuesta. Tendrás suerte de estar a un cuarto de fuerza. Estabas casi muerto, podía sentirlo. Sería un milagro si te recuperas en dos días.

Michael aceptó sus palabras como una verdad, aunque su furia le exigía matar a David de inmediato.

—¿Cómo salimos del castillo?

Stephen le entregó otra bolsa de sangre.

—Bethany Anne nos teletransportó —dijo Stephen, lanzando una mirada furtiva hacia ella. Ella le dirigió una mirada fulminante, pero él se encogió de hombros—. ¿Qué quieres que haga? No aprendió nada y no entendería si le doy la explicación real.

Bethany Anne gruñó.

—Está bien. ¿Debemos abandonar la zona?

Michael miró a su alrededor y a través de la ventana.

—¿Dónde estamos?

—En un hotel, a unos cuatro o cinco kilómetros del castillo.

Michael frunció los labios.

—Podría sentir mi presencia si se acerca por aquí. Así que no podemos decir que estemos completamente seguros. ¿Tenemos un vehículo?

Bethany Anne reflexionó unos instantes. Metió la mano de nuevo en la cápsula que contenía la sangre, pero esta vez se bebió una bolsa entera mientras trataba de evaluar su nivel de energía.

«¿Cómo voy de energía?», preguntó a TOM.

«Sorprendentemente, bastante bien. Solo has utilizado alrededor del 20 % de tu reserva desde que salimos de esta habitación».

«Estoy extrayendo energía a través de Ashur, ¿verdad? ¿Le hace daño?».

«¿Parece que le moleste? Si fuera un problema, ya te lo habría hecho saber».

«Me pregunto cuánta energía puedo absorber. Cuando estábamos en el etérico, todo estaba a nuestro alrededor, como si nadara en un océano».

«Una mejor metáfora sería compararlo con respirar aire. Estabas en la dimensión etérica, así que lo sentiste así. Era magnífico».

«¿Eso significa que tu pueblo viene de allí?».

TOM guardó silencio un momento.

«Algunos, sí... aquellos que tienen esa capacidad. Pero muchos otros no pueden transformarse».

Stephen observaba a Bethany Anne, quien parecía perdida en sus pensamientos. Michael se inclinó hacia él, mirándola con curiosidad.

—¿Qué está haciendo?

El viejo vampiro miró a su padre, el hombre que lo había abandonado siglos atrás. Casi sintió compasión por su ignorancia.

—Supongo que está pensando en la mejor manera de sacarnos de aquí.

—¿Cómo? ¿Otra vez con la teletransportación? ¿Hasta dónde puede llegar? ¿Más de cinco kilómetros? —Stephen asintió—. ¿Veinte? —Otro asentimiento—. ¿Cuarenta?

Stephen decidió no responder más preguntas. Bethany Anne se volvió hacia ellos.

—Bueno, Stephen, ¿estás seguro de que Ivan y Claudia están a salvo?

—Sí, claro. Podrán moverse de nuevo esta noche, pero están seguros donde están ahora mismo. ¿Por qué lo preguntas?

—Quiero estar segura de que no les pasará nada si se quedan solos unos días. ¿Puedo usar tu teléfono?

Stephen se giró hacia el saco que contenía todas sus armas y sacó una pequeña funda acolchada. Abrió el estuche y sacó su teléfono móvil, encendiéndolo antes de entregárselo a su reina. Mientras esperaba a que el dispositivo terminara de arrancar, Michael observaba a su hijo. Se dio cuenta de que Stephen parecía en mejor forma que en sus recuerdos y estaba muy cómodo con la tecnología moderna. No era el mismo hombre que recordaba, ni el que había escuchado en tantas historias durante sus periodos de hibernación. ¿Qué había pasado durante su tiempo en aquella prisión infernal?

—¿Qué día es hoy? —preguntó Michael. Stephen le dio la fecha—: ¿De verdad? David pagará caro por esto...

Su voz se desvaneció cuando Bethany Anne levantó el teléfono para hablar.

—¿Nathan? ¿Estás en casa? ¿Puedes ir a mi habitación y asegurarte de que no haya nadie en mi armario? ¡Espera! Ni se te ocurra poner los pies dentro. Solo golpea la puerta. Mierda, está bien. Escucha, solo asegúrate de que el suelo esté despejado. Y te advierto, si haces un comentario sobre la cantidad de zapatos que tengo, te ataré la polla alrededor del cuello y te asfixiaré con él. ¿Lo entiendes?

Bethany Anne puso los ojos en blanco cuando Nathan soltó una risita sofocada.

—Oye, peludo, si escucho una palabra de ti o de Ecaterina, usaré tu piel de licántropo como alfombra. ¿Entendido? ¿Quién más está contigo? ¿Frank? ¿Dónde están mi padre y Patricia? ¿En la habitación de al lado? Interesante. ¿Están viendo películas en Netflix? Señor, espero que no sea Netflix.

Pensó en a quién estaba por llevar consigo y no pudo evitar sonreír. Si lo conseguía, Nathan se mearía en los pantalones.

—Escucha —continuó—, voy a aparecer con Stephen y un enorme pastor alemán... Ashur, sí. ¿De verdad? Estos tipos acaban de llegar al barco, por Dios. Sí, sabemos dónde está Michael y tenemos un plan para traerlo de vuelta a Estados Unidos. —Las cejas de Michael se arquearon al escuchar aquello. No entendía por qué quería que despejaran su armario—. Es de noche aquí, así que David está despierto. Hmm. Sí, Michael a la mañana... no, no, para. No vamos a discutir, sería una mala idea. —No quería que Nathan hablara sobre

Michael, temiendo que el vampiro lo escuchara todo con su agudo oído. Sonrió con malicia al ver cómo su plan tomaba forma—. Pide a Frank que te acompañe, ¿quieres? Voy a necesitarlo en un minuto y estoy segura de que querrá conocer... a Stephen.

Le guiñó un ojo a su compañero, que ahora tenía una buena idea de dónde estarían en breve.

Ashur entró en la habitación mientras Stephen recogía sus pertenencias. Recogió todas las bolsas de sangre vacías que rodeaban a Michael y las arrojó al saco junto con las armas. Su padre lo miraba con curiosidad, así que se sintió obligado a responder a su pregunta no formulada.

—Es mejor no dejar ningún rastro que pueda levantar sospechas.

—¿Todo listo? —continuó Bethany Anne—. ¿Ya llegó Frank? Perfecto. Asegúrate de que la luz esté encendida, pero no te quedes en el armario. Nos vemos en un momento. —Colgó el teléfono mientras señalaba el suelo frente a ella. Ashur se acercó, sentándose sobre sus patas traseras—. ¿Crees que tienes fuerzas suficientes para caminar, viejo? —Ella sonrió, y este decidió no discutir. Estaba demasiado débil para enfrentarse a ella. Esa mujer era imparable.

Se dio la vuelta despacio, se deslizó fuera de la cama, poniendo los pies en el suelo y preparándose para levantarse.

Ella señaló a Stephen, indicándole un lugar cercano a ella.

—Ven aquí y agárrame, ¿de acuerdo?

Bethany Anne se acercó a Michael, quien luchaba por mantener el equilibrio. Se detuvo frente a él y lo miró a los ojos.

—Sabes, he tenido ganas de abofetearte desde que me desperté y descubrí que no estabas. Por ahora, tienes un respiro, pero eso no significa que te haya perdonado. ¿Entendido? —Reprimió una sonrisa. Ella no parecía estar de humor para bromas, o al menos no dirigidas a él.

—¿Qué quieres que haga? —preguntó Michael, con un tono más sumiso.

Ella sonrió.

—Nada, pero si me tocas el culo, te voy a patear el tuyo.

Michael no entendió a qué se refería hasta que Bethany Anne se agachó y lo levantó con facilidad, colgándolo sobre su hombro como si fuera un saco de patatas. Su cabeza quedó justo a la altura de las caderas de ella, lo que le ofreció una vista inusualmente atractiva desde ese ángulo. Bethany Anne lo llevó así alrededor de la cama.

Stephen extendió la mano para sostener el brazo de Bethany Anne que estaba sujetando a Michael. Con la otra mano, Bethany Anne tomó a Ashur.

—Vamos, chicos.

Y desaparecieron.

Capítulo 15

El interior del armario era tal como lo recordaba. Bethany Anne dejó a Michael en el suelo. A pesar de su enojo, no podía mantenerlo en una posición tan incómoda para su primera reunión con Frank y Nathan.

El patriarca miró a su alrededor, desconcertado.

—¿Dónde es esto?

Stephen ya había salido del armario y ella podía escucharlo presentándose con los demás. Con su oído agudo, Nathan sabría ahora que Michael estaba con ellos. Lástima que no podía ver la expresión en su rostro.

Ashur daba vueltas por la pequeña habitación, oliendo cada rincón, especialmente la colección de zapatos. Luego salió del armario y comenzó a gruñir.

—*Gott Verdammt*, Ashur. —gritó Bethany Anne desde dentro—. Deja de intentar ser siempre el Alfa. No me obligues a darte otra paliza. —El perro se calmó de inmediato—. Te lo juro, es como recibir primos en Navidad. —Agarró a Michael del brazo para ayudarlo a caminar. Su rostro había recuperado algo de color; al menos estaba empezando a mejorar—. Estamos en Key Biscayne, Florida. En Florida, a pocos minutos de Miami.

Michael se detuvo, sorprendido.

—¿De verdad? ¿Nos acabas de trasladar de Alemania a los Estados Unidos? ¿Cómo?

Al observar el cansancio en Bethany Anne, Stephen se acercó para sostener a Michael. Ella lo dejó encargarse. Se sentó en una silla y sacó una bolsa de sangre.

—Se llama usar el etérico translocarse. Tú también deberías poder hacerlo ahora... sin duda alguna una vez que te haya reparado.

Stephen ayudó a su padre a tumbarse en la cama de Bethany Anne. Nathan se mantuvo impasible, sin mostrar emoción alguna. Ella le sonrió y él rodó los ojos mientras se acercaba a ella.

—¿Qué ha pasado?

—David lo mantenía prisionero en su forma de niebla. Si volvía a materializarse, la estructura que lo retenía lo habría matado instantáneamente. No me pidas detalles, todo lo que sé es que estaba a punto de morir. Lo sacamos de esa jaula y ahora estamos aquí. David y Anton ya deben saber que no lo tienen bajo control. Hay que recuperarlo por completo. Estará mejor en unos días. Tenemos mucho que discutir, él y yo. Eso me recuerda... —Miró hacia el patriarca—. Oye, Michael, tiré tus malditas reglas por la ventana. Esas tonterías han arruinado tantas vidas que ya no tiene gracia. En algunos casos entendí por qué tomaste ciertas decisiones, pero vamos a necesitar mejores soluciones.

El vampiro más viejo del mundo observó a los tres hombres que estaban en la habitación y al perro blanco tumbado en el suelo. Esta mujer realmente era una fuerza de la naturaleza. No entendía completamente lo que había pasado durante su ausencia, pero claramente su mayor error había sido permitir que David y Anton hicieran lo que quisieran. Su mayor éxito, sin embargo, estaba sentado justo frente a él. Ella era todo lo que él había esperado, y más. Y no había tenido ninguna participación en su éxito.

Respondió solo después de reflexionar sobre todo lo que había soportado últimamente.

—Esas reglas se establecieron en otra época. Quizás ya no sean relevantes.

Bethany Anne asintió, considerando que el debate había terminado. Era difícil esperar más de Michael dadas las circunstancias actuales.

Nathan los miraba con incredulidad, primero a Michael y luego a ella. Esas reglas habían gobernado el Mundo Ignoto durante cientos de años, y ahora acababan de ser destruidas por un acuerdo entre los dos seres más poderosos del mundo, para forjar un nuevo destino. Se dejó caer en un sofá, sin saber qué decir. Frank notó su reacción y le picaba ir a buscar su cuaderno. No sabía qué esperar cuando Nathan le pidió que subiera, así que no había venido preparado.

Residencia de Anton, Buenos Aires, Argentina

Desde su escritorio, Anton descolgó el teléfono. Esa línea se había instalado hacía tres años, pero nunca la había usado. Mantenía el auricular cargado, por si acaso, ya que era uno de los tres medios que tenía para comunicarse con su hermano.

Sonrió mientras contestaba al teléfono.

—Hola, David. Dime que nuestro querido padre está muerto. —La cara de Anton perdió el color—. —¿Qué? ¿Cómo demonios es posible? —Su voz se elevó, transformándose en gritos—. ¡Me dijiste que lo tenías! ¡Que moriría en cualquier momento! —Se levantó y se paseó por su despacho—. ¡Pues encuéntralo, gilipollas!

Escuchó durante un minuto.

—No te preocupes por esa zorra y no cambies de tema. Sé dónde encontrarla y tengo un plan para eliminarla. Tú encárgate de encontrar a nuestro padre y de acabar con él...

Anton dejó de caminar y se sentó de nuevo.

—No es una mala idea. Difundiré la noticia. Si aparece, lo sabremos rápidamente. Pero maldita sea, David, yo hice mi parte del trabajo. Sabes que Michael nunca me perdonará por haber matado a Bill.

»No, supongo que tampoco estará muy complacido contigo. Tendré que seguir adelante con el suero. No, no tengo el original. Tengo nuestra versión modificada. No, tuvimos que matar a los tres sujetos más recientes. Aunque el último era impresionante. Un verdadero monstruo. Sí, imagino que ahora necesitas más protección. Michael no dejará pasar esto. Tiene un blanco en su espalda, y no está dispuesto a dejar ese estúpido castillo. Será la soga alrededor de tu cuello.

»Bien, yo me cuidaré, y tú cuídate. Muchas gracias por ser un maldito inútil. Nunca entenderé por qué no lo encerraste en cemento. Sí, adiós a ti también.

Anton se levantó y tiró el teléfono tan fuerte como pudo. Se hizo añicos contra la pared, el sonido como un disparo.

Llamaron a su puerta.

—¿Jefe?

Anton miró los trozos esparcidos por todas partes y llamó a la puerta cerrada:

—¡Francisco! Encuentra a alguien para limpiar esto. Mientras tanto, voy al laboratorio. Prepara el coche.

—Enseguida, jefe.

Unos pasos se alejaron rápidamente.

. . .

Ad Aeternitatem, nave de la puñetera reina

Bobcat, Marcus y William se encontraban alrededor del armazón que William había construido con la ayuda de sus ingenieros. Esta versión del barco todavía integraba muchas de las ideas de Bobcat y pocas de las de Marcus.

Discutían sobre lo que podría funcionar y, con los conocimientos del científico, sobre lo que ciertamente no funcionaría.

William soltó un suspiro.

—Esto no va a volar, ¿verdad?

Marcus se encogió de hombros.

—Tenemos un motor sin probar, una estructura no probada y ni idea de cómo dirigir el aparato. El único ser que podría ayudarnos está en Europa, ¿si no me equivoco? —Miró a Bobcat, quien asintió para confirmar—. Así que tenemos algunos elementos, pero por ahora es imposible obtener un resultado concluyente. Eso sí, siempre podemos intentar... ¿qué tenemos que perder si fallamos?

William rio por lo bajo.

—Que se hunda.

Bobcat se frotó la barbilla.

—No creo que Bethany Anne quiera que dejemos nuestros fracasos en el fondo del océano. Sería mejor añadirle un dispositivo de autodestrucción. Si perdemos una de estas cosas, no querríamos que alguien la encontrara y pudiera entender cómo funciona.

Ambos asintieron.

Marcus comprendía la necesidad de confidencialidad. Pero, como científico, le costaba aceptar que se ocultaran conocimientos que podrían beneficiar a toda la humanidad. Había hablado de ello con Bethany Anne, pero ella había destruido su ilusión de compartir esa tecnología con el mundo... al igual que su deseo de continuar con sus investigaciones en otro lugar. Aquella mujer era fascinante. Su belleza física ni siquiera era un factor en su mente. Luego conoció a Gabrielle y estuvo en las nubes durante unos diez minutos antes de notar la mirada divertida de Bobcat.

Su entusiasmo por aquellas mujeres era puramente científico, aunque tuvo la decencia de sonrojarse.

Capítulo 16

No era un buen día para volar. Al menos no si eras el primer prototipo creado por Bobcat y su equipo.

El capitán Wagner volvió a zarpar en cuanto sus últimos marineros regresaron de su permiso. Una vez en un lugar seguro, fuera de la vista de otros barcos, permitió a sus hombres colocar la nueva nave sobre una barcaza-plataforma que bajaron al costado.

Bobcat intentó alejar el aparato unos veinte metros, pero no se movió. El equipo tardó una hora más en intercambiar ideas con Bethany Anne y encontrar una solución. Ella se disculpó por no poder estar allí, pero la necesitaban en Miami. Esperaba poder volver por la tarde.

Todos se sorprendieron al saber que estaba en Florida.

Las sugerencias de la vampira —o, más bien, del extraterrestre en su cabeza— se implementaron. Tres horas después, hicieron un nuevo intento.

Todas las personas disponibles se reunieron en la cubierta principal para presenciar el «excepcional despegue». Tras una breve cuenta regresiva, la nave despegó. Durante los primeros segundos de ascenso, se oyeron estruendosas ovaciones. El cohete triangular medía cinco metros de alto, lo llamaron barcaza por su forma. Se elevó casi dos metros en el aire antes de que Bobcat lo hiciera descender. Por desgracia, algo salió mal y la nave aceleró en su descenso, estrellándose contra la barcaza y explotando en mil pedazos, algunos impulsados a más de quince metros de altura. El aparato siguió hundiéndose en las aguas, y Bobcat activó el mecanismo de autodestrucción. Treinta segundos después, la tripulación vio cómo el agua burbujeaba alrededor de los restos del flotador. Marcus se preguntó cuánta distancia habría recorrido el aparato antes de su destrucción.

Alguien sugirió nombrar esta versión como el X6. Era fan del programa *Top Gear* y, dado que los diseñadores de la nave eran Bobcat, Marcus y William, le parecía apropiado llamarlos el equipo BMW. Por lo tanto, tenía sentido nombrar su primer fracaso como el coche que Jeremy Clarkson había designado como «el modelo más estúpido jamás producido por BMW».

El capitán Wagner preguntó si debían intentar recuperar los fragmentos del cohete. Bobcat le aseguró que no era necesario. Tenían todas las grabaciones necesarias para estudiar lo ocurrido, y la detonación habría destruido todos los elementos comprometedores. De todos modos, el mar era demasiado profundo para intentar algo.

Wagner, sin embargo, decidió recoger los restos flotantes de la barcaza. No quería dejar basura a su paso. Además, si alguien intentaba averiguar qué había causado la explosión, al menos tendría pruebas físicas para elaborar una historia.

De vuelta en el taller, Marcus estudió las grabaciones y los datos electrónicos recopilados. Bobcat se unió a él con cervezas y un cubo lleno de hielo. El científico le lanzó una mirada curiosa.

El piloto sonrió.

—Si los datos no parecen tener mucho sentido, tal vez es porque nuestros cerebros no están lo suficientemente lubricados para entenderlos. —Marcus sonrió y agarró la primera de muchas cervezas. Lubricar su cerebro era una terapia que no debía pasarse por alto.

William se les unió una hora después. Había ayudado a los hombres a limpiar el mar y se había llevado bastantes bromas sobre lo ocurrido. Uno de los ingenieros había dispuesto algunos de los fragmentos en forma de ataúd y lápida. En esta última, se leía: «Aquí yace Barcaza 001. Apenas te conocimos. Que Barcaza 002 viva un poco más».

El capitán Wagner lo había encontrado gracioso y despejó una zona de la cubierta para instalar el ataúd y la lápida. El bromista que lo había diseñado preguntó a William qué tamaño debían prever para el cementerio. William se fue mostrándole el dedo medio.

Habían superado con creces su tercer ciclo de lubricación cuando Marcus se topó con unos datos que le parecieron extraños. Giró su portátil en la mesa y lo empujó hacia William para que echara un vistazo. William se había mantenido sobrio, ya que no quería que Bethany Anne apareciera y notara el alcohol en su aliento. Le llevó unos diez minutos comprender el problema. Agachó la cabeza y golpeó lentamente su frente contra la mesa varias veces.

Marcus y Bobcat dejaron sus cervezas y se volvieron hacia su compañero, dándose cuenta de que había descubierto algo.

William intentó explicarles lo que estaba mal, pero los otros dos ya estaban demasiado lubricados. Decidieron dormir y revisar las cosas por la mañana. Ayudó a Marcus a llegar a su litera. El científico no parecía tolerar el alcohol mejor que él.

Bobcat, en cambio, era mucho más resistente en ese aspecto. Probablemente podría haber pasado un control de alcoholemia siempre que no le hicieran la prueba de alcoholemia.

Las Vegas, Nevada, EE. UU.

Thomas estaba sentado a la mesa cuando el microondas emitió un pitido. Se levantó para recoger su chili con queso. Al regresar a su lugar, empujó el plato de nacho hacia su compañero para que se sirviera. Jeffrey tomó un puñado y sumergió uno en la salsa de queso antes de meterlo entero en la boca.

—Nos estamos acercando al momento crucial —dijo mientras masticaba—. Tendremos que tomar una decisión.

Thomas cogió su cerveza de raíz y la levantó en un brindis.

—Lo sé. Emocionante, ¿verdad?

—Sí, pero la presión es terrible. Nuestra decisión podría ser alabada o ridiculizada durante décadas, incluso siglos.

Thomas observó su botella.

—Esta bebida es demasiado suave... necesitaré algo más fuerte para esta conversación.

Jeffrey estuvo de acuerdo, así que fue a la nevera y trajo dos Coca-Colas.

—Vamos a necesitar cafeína. —Chocaron las botellas y Thomas leyó en voz alta la inscripción *Hecho en México*—. ¿Por qué sabe mejor en vidrio que en plástico?

—¿Por qué le ponen azúcar de verdad?

—Tal vez. ¡Pero Dios, qué bueno está! —Jeffrey suspiró mientras dejaba su Coca-Cola en la mesa y miraba a su amigo —. Bueno, hemos pospuesto esta decisión el tiempo suficiente. ¿Hombre o mujer?

Thomas ladró su respuesta.

—¡Mujer!

Jeffrey cerró los ojos, cansado. Siempre había sabido que en algún momento tendrían una diferencia de opiniones, pero no esperaba que fuera tan pronto.

—¿En serio? ¿Quieres otra voz de IA femenina? ¿No te basta con SIRI, Cortana y como demonios se llame la voz de Google?

Thomas pensó durante un segundo.

—Sabes, ni siquiera estoy seguro de qué nombre usan. ¿No es simplemente «Ok Google»?

Jeffrey resopló.

—A lo mejor la llaman Julia. No lo sé. Pero basta de rodeos. ¿De verdad queremos hacer lo mismo que todos los demás o preferimos destacar?

—¿Como en *War Games*? —Thomas bajó la voz, intentando imitar la de una computadora—. ¿Quieres jugar a un juego?

Jeffrey frunció el ceño.

—Sí, entiendo lo que dices. Y luego está HAL en *2001: Una odisea en el espacio*. —Reflexionó por un momento—. Las voces masculinas suelen parecer más amenazantes.

—Exacto. Por otro lado, una voz femenina podría sonar demasiado maternal. «Déjame bloquear todas las puertas para que no puedas salir de tu casa. Así no te pasará nada». —Se detuvo un momento, parpadeando—. Oh, genial. También podría decidir que es demasiado peligroso para nosotros abandonar el planeta. También había pensado en usar la voz de James Earl Jones.

Jeffrey miró al hombre con cara de asombro.

—¿Darth Vader? ¿En serio? ¿Le pondrías a nuestra IA la voz de Darth Vader? Ya puestos, ¿por qué no usar la de... maldita sea, ¿cómo se llama...? ¿Hannibal Lecter?

—Anthony Hopkins.

—¡Ese mismo! —Thomas sonrió.

—¿Qué?, ¿quieres ponerle la voz de Mickey Mouse? Si me

hicieras hablar así todo el tiempo, seguro que acabaría uniéndome al lado oscuro de la Fuerza.

Jeffrey se calmó.

—No, pero ¿te escuchas? Se supone que estamos teniendo una conversación vital que podría afectar el futuro del mundo... ¡y estamos hablando de actores y películas! Además, ¿qué pasaría si ADAM decidiera investigar la fuente de su voz y modelara su comportamiento a partir de ella?

—Buen punto. Nada de asesinos psicópatas, ¿de acuerdo?

—De acuerdo. Quizá un científico, entonces... ¿qué te parece Einstein? —Jeffrey tomó otra patata.

Thomas se rascó la barbilla.

—No lo sé. ¿No son los científicos solo teóricos? ¿Alguna vez trabajan de verdad?

Jeffrey se echó a reír.

—Bueno. ¿Y un abogado, entonces?

El rostro de Thomas se torció con asco.

—No, hijo de puta. Cualquier cosa menos eso. —Rio—. ¿Un político, tal vez?

Esta vez fue Jeffrey quien mostró su desagrado.

—Te odio. Te odio de verdad.

Quiso sumergir su nacho en la salsa, pero ya no quedaba más.

Capítulo 17

Los dos hombres decidieron aplazar la decisión y volvieron al Edificio Uno. Jeffrey mencionó otro tema importante.

—Vamos a tener que proporcionarle al sistema suficiente información para cubrir las bases y ayudarle a encontrar las preguntas adecuadas. ¿Qué deberíamos darle después?

—¿En qué has pensado hasta ahora y qué has rechazado?

—Los clásicos, pero ¿qué clásicos? Podríamos incluir textos religiosos, como la Biblia... pero en el Antiguo Testamento está ese «ojo por ojo» que podría ser problemático. ¿El Corán? Mejor evitarlo. Además, no queremos que nuestra IA empiece a creerse Dios.

—En resumen, ¿crees que podemos dirigir su desarrollo en una dirección específica según los datos que le demos?

Ambos hombres se quedaron en silencio un momento, luego Thomas levantó la vista.

—¿Por qué no delegamos?

Jeffrey parpadeó.

—¿Llamar a Nathan?

Thomas sonrió mientras sacaba su móvil del bolsillo. Nathan respondió al segundo timbre.

—¿Sí, Jeffrey? ¿Está ADAM despierto ya?

Jeffrey resopló.

—No. De hecho, estamos tratando de determinar el mejor flujo de datos posible.

Le explicó lo que habían considerado hasta el momento y sus preocupaciones.

—¿Y entonces me están pasando el problema a mí, como a su superior jerárquico?

Jeffrey podía notar el tono humorístico en la voz de Nathan.

—Exacto. ¿Qué opinas?

Ahora fue el turno de Nathan de reírse.

—No es mi responsabilidad. Voy a hacer lo que otros grandes hombres han hecho antes que yo.

Thomas reaccionó.

—¿Vas a pasarlo a tu superior?

—Exactamente. Además, la persona adecuada está aquí en este momento... en sentido literal y figurado. No creo que la hayáis conocido, pero es quien dirige todo.

—¿Bethany Anne? —Ambos hombres estaban curiosos. Habían oído hablar de ella y de sus preocupaciones, pero ninguno había hablado directamente con la vampira. Nathan siempre había sido su principal enlace—. Sí. Un minuto. —Nathan desactivó el sonido para hablar con su jefa. Tras unos minutos, volvió a activarlo—. Bueno, Jeffrey y Thomas, os presento a Bethany Anne. Contadle lo que me habéis dicho. Tal vez entre los cuatro encontremos una solución.

La voz de la mujer era agradable.

—Hola, chicos. Me alegra que tengamos esta oportunidad de hablar. Contadme cuál es el problema.

A Thomas le gustó que la jefa no sonara pretenciosa, sino

cercana. Le explicó cómo funcionaba ADAM y cómo los datos que le proporcionaran podrían influir en su desarrollo.

Bethany Anne habló despacio, como si estuviera formando sus pensamientos mientras hablaba:

—Entonces, lo que decís es que, si le hacemos leer *Mein Kampf*, ¿obtendríamos una versión digital de Hitler?

—No exactamente —dijo Thomas—, y tendremos que hablar de ética con vos en algún momento. Es solo que preferimos no sesgar la dirección de su desarrollo desde el principio si podemos evitarlo.

—Así que debemos darle una educación lo más amplia posible. Lo que voy a sugerir puede parecer extraño, pero tengo mis razones. ¿Qué os parecería alimentarlo con ciencia ficción? Algunos de los clásicos tratan temas morales y éticos, sociedades complejas y encuentros con civilizaciones extraterrestres. Lo mejor y lo peor de la humanidad están en esas historias. —Los dos hombres se miraron en silencio, preguntándose qué haría la IA con esos textos—. ¿Hola?

Jeffrey volvió a intervenir.

—Perdón, estábamos pensando en qué haría ADAM con eso. ¿Queréis que lo alimentemos con ficción... que lea historias sobre los defectos y el potencial de la humanidad? ¿Por qué no usar documentos históricos?

Bethany Anne rio con desdén.

—Porque prefiero que no juzgue la realidad. Prefiero hablar de historias, de escenarios. Sería difícil, por ejemplo, discutir la estupidez de la Segunda Guerra Mundial o las atrocidades cometidas durante décadas. Es mejor hablar de hipótesis que de certezas. Es mucho más fácil intercambiar ideas cuando los hechos no son absolutos.

Discutieron el tema durante más de una hora, pero al final los dos hombres aceptaron su propuesta, aunque decidieron incluir también los últimos cien años de historia en el conjunto inicial de datos.

* * *

Ecaterina sudaba mientras intentaba mantenerse al nivel de los licántropos. Había tomado a Bethany Anne al pie de la letra y le había pedido a Pete que la ayudara a entrenar. Todo el mundo en el equipo sabía que estaba con Nathan, así que los nuevos reclutas hacían todo lo posible para complacerla.

Pete, sin embargo, se negaba a mimarla. Ecaterina sentía como si se hubiera dejado llevar porque algunos de sus músculos se rebelaban contra el tratamiento al que los sometía. Su cuerpo era un manojo de dolor, completamente incapaz de seguir incluso la orden más simple.

Como «levántate».

Permaneció tumbada en la colchoneta, respirando pesadamente a través de su dolor, con los ojos cerrados mientras intentaba calmar los calambres en su estómago. Sintió, como a lo lejos, que alguien se acercaba. Si ese idiota le decía una vez más que dejara de comportarse como una llorona humana, tal vez lograra controlar sus músculos lo suficiente para darle un puñetazo en la cara. Aunque quizás un simple «vete a la mierda» sería suficiente. Siempre y cuando pudiera controlar su respiración lo suficiente como para desperdiciar el aire necesario para hablar. A lo mejor el puñetazo sería más fácil, después de todo.

Abrió los ojos y vio la cara de Bethany Anne a escasos centímetros.

—Mier... Mier... Mier... ¡Mierda! —Siguió jadeando mientras Ashur se dirigía hacia los licántropos, quienes dejaron de hacer lo que estaban haciendo para recibirlo como a una celebridad.

—¿Cómo está mi pequeña y oxidada patita hoy, hmm? —

Bethany Anne se enderezó y bajó la mano, agarrando la que le ofrecía su amiga. La levantó del suelo, pero tuvo que ayudarla a encontrar el equilibrio.

—Voy a morir. Estaré muerta en breve —respondió Ecaterina, aún recuperando el aliento con dificultad—. Ese tipo es un sádico. Un animal.

Bethany Anne intentó seguir el dedo acusador de Ecaterina, pero no lograba apuntar en la dirección correcta.

—¿Quién, Pete? —El dedo, que había estado apuntando al vacío, se transformó en un pulgar hacia arriba.

Bethany Anne le hizo una señal a Pete para que se acercara. Él lo hizo, con una sonrisa, mientras Ecaterina se erguía, finalmente logrando mantenerse de pie por sí sola.

—¿Sí, mi reina? —preguntó el licántropo.

Bethany Anne puso los ojos en blanco. ¿Él también? Ecaterina seguía un poco molesta por el incidente de la Pepsi, pero no lo suficiente como para volver a esconder más latas en el frigorífico privado de Bethany Anne. Por ahora, las mantenía en la cocina.

—¿Cómo va nuestra Wonder Woman?

Bethany Anne sonrió al ver que Ecaterina intentaba hacerle un gesto obsceno con el dedo, o al menos lo intentaba. Al final, tuvo que usar la mano izquierda para extender el dedo medio de su mano derecha.

Pete la observó mientras respondía a la pregunta de la vampira.

—Yo diría que bastante bien. He seguido tus instrucciones al pie de la letra, tratándola como si fuera una *Wechselbalg*. Para ser humana, lo está haciendo muy bien. De hecho, creo que tiene más resistencia que Scott.

Ecaterina se quedó boquiabierta. ¿La estaban entrenando al mismo nivel que a la guardia real? No sabía si sentirse orgullosa o buscar el arma más cercana y dispararles a ambos en la cabeza. Considerándolo bien, eso no sería prudente... en su estado actual, lo más probable es que se disparara en el pie.

—¿Y los otros tres?

—Ni punto de comparación con John y Darryl. John por razones obvias. Darryl porque, desde que entró en el ejército, nunca ha dejado de entrenar y de empujarse hasta el límite. En cuanto a Eric, depende del día, pero en general es excelente. Creo que con un mes más, Ecaterina podrá alcanzarlo.

—Hmmm. Tendré que pedirle a Gabrielle que lo ponga a sudar un poco más.

Pete hizo una mueca. No había sido su intención hacerle ningún mal a Eric. No siempre estaba en plena forma, pero eso era bastante raro. Sin embargo, sabía que intentar minimizar los hechos solo atraería más atención sobre el tema y empeoraría la situación. Así que se encogió de hombros. Lo que no te mata, te hace más fuerte.

Bethany Anne llamó a Ashur mientras ayudaba a Ecaterina a cojear hasta su habitación temporal en el Ad Aeternitatem. Los licántropos se habían instalado allí para familiarizarse con la nave que estarían encargados de proteger. Todos habían sido juramentados. Pete les había dado la charla uno por uno, y luego todos juntos. No toleraría menos que lo mejor de cada uno de ellos. Serían la élite de la élite, la cúspide de la Guardia *Wechselbalg*. Establecerían los estándares que todos los demás guardianes tendrían que cumplir en el futuro.

A ojos de Pete, todos los miembros de su equipo habían sido probados y no estaban a la altura de sus expectativas, ya fuera Tim, Joel, Rickie, Joseph o Matthew. Tendrían que esforzarse al máximo, incluso si eso significaba poner en riesgo su vida. Sus exigencias eran diferentes para cada uno de ellos, adaptadas a sus éxitos y fracasos personales. Incluso Tim se esforzaba por alcanzar un objetivo por encima de sus propias expectativas.

Para sobrevivir, debían tener fe. Serían los guardianes más

duros, rápidos e implacables. Incluso aquellos que vinieran después no podrían igualarlos. Jamás aceptarían la derrota.

Durante el siglo siguiente, las creencias fundamentales inculcadas por Pete y adoptadas por estos hombres se convirtieron en la piedra angular de los guardianes. Incluso cuando todos eran eliminados, el enemigo sabía que otro grupo vendría a reemplazarlos, igual de implacable. A menudo, cuando un paso estaba bloqueado por los guardianes, el adversario prefería buscar otra forma de rodearlos en lugar de enfrentarlos.

A veces, decidían que simplemente no valía la pena el esfuerzo y se retiraban con el rabo entre las piernas.

Capítulo 18

Mientras Ecaterina se duchaba, Bethany Anne habló con el equipo BMW y se enteró de lo que había ocurrido y las lecciones que habían aprendido.

Con la ayuda de TOM, lograron confirmar la naturaleza del problema. Hablaron durante una hora para explicarle al científico todas esas nuevas tecnologías. Aunque le costaba entender los detalles, comprendía lo esencial. Lo que más le intrigaba era la capacidad de Bethany Anne para encontrar soluciones tan rápidas al revisar documentos tan técnicos.

No fue hasta que ella confesó que estaba en comunicación constante con una entidad extraterrestre. Marcus se quedó atónito y tuvo que sentarse, completamente superado por la situación.

—¿Estás hablando con un extraterrestre? —Le costaba aceptar la realidad de esa afirmación.

Ella lo observó con curiosidad, sin entender por qué lo perturbaba tanto.

—Has visto la nave. Incluso te la mostré... bueno, algunas partes. Pero ¿te cuesta creer que hable con un extraterrestre?

Él levantó la cabeza para mirarla.

—¡No, no! No es eso. No dudo que sea verdad. —Hizo un gesto con la mano, señalando los planos y las hojas de cálculo con las que trabajaban—. Está claro que todo esto está muy por encima de tus propias habilidades. —Se sonrojó—. Sin ánimo de ofender.

Ella sonrió.

—No te preocupes, Marcus. Es obvio que no soy ingeniera aeroespacial. Solo conozco a alguien que lo es.

«¡Yo soy piloto!».

«Eres un puñetero extraterrestre cuyo nombre empieza con una fórmula matemática. Me parece razonable considerarte un experto en cohetes».

«Bueno, ya que lo pones así...».

Después de hacer que TOM se sintiera mejor consigo mismo, continuó:

—Si fuera posible, me gustaría que otros pudieran comunicarse directamente con él. Seguro que deberíamos haber encontrado una forma de hacerlo posible. Pero debo advertirte... —Marcus sostuvo su mirada—. Es exasperante y le encanta hacerse el listo.

William soltó una carcajada.

—No debe sentirse demasiado fuera de lugar entonces...

—¿Quieres hacer flexiones como mis Guardias?

Los hombres no tenían ni idea de lo que quería decir con eso.

Tras esa conversación, Bethany Anne llevó a Ashur y a Ecaterina a Key Biscayne. Al salir del armario, la rumana se sorprendió al ver a un hombre durmiendo en la cama de la vampira, aunque parecía bastante deteriorado.

—¡Tienes a un tipo en tu cama! —dijo Ecaterina.

—Sí. Es Michael. Estaba prisionero en Alemania y lo ha

pasado mal durante su cautiverio. Ahora necesita descansar para recuperarse. De momento, es mi invitado... más o menos.

—En cualquier caso, es bastante guapo para alguien de su edad.

Ecaterina no le quitaba los ojos de encima al patriarca, claramente fascinada. Ashur se acomodó a los pies de la cama, donde se tumbó. Bethany Anne, que ya estaba en camino hacia la puerta de la habitación, se detuvo y volvió a plantarse frente a su amiga.

—Es muy viejo, Ecaterina. Probablemente más viejo que tu tataratataratatarabuelo... —se detuvo un momento, contando con los dedos—. ¿Cuántos años tiene una generación? Da igual. Tiene más de mil putos años.

La voz de Michael las interrumpió.

—Y está intentando dormir, sin tener que escuchar a dos charlatanas describiéndolo como si fuera un anciano. —Ecaterina se llevó una mano a la boca, con los ojos desorbitados.

Bethany Anne sonrió. Desde que llegaron al armario, supo por su ritmo cardíaco y respiración que Michael estaba despierto.

—Bueno, pues no te hagas el remolón. Tenemos toda la sangre que necesitamos. Pronto estarás recuperado. Así que sé un buen chico y deja que tus superiores hablen de ti como si no pudieras escucharnos.

Michael abrió un ojo y la miró con furia.

—Espera a que me recupere. Te pondré sobre mis rodillas y...

—... y perderás la concentración mirando mi culo —lo interrumpió Bethany Anne—. Viejo pervertido.

Los ojos de Ecaterina se agrandaron aún más. Giró la cabeza para mirar a su jefa con incredulidad. ¿Había oído bien lo que acababa de oír?

—Es un riesgo que tendré que correr, ¿no? —replicó él.

Bethany Anne gruñó, agarrando a la rumana por el brazo y tirando de ella hacia la puerta.

—Realmente necesita descansar. Además, no es buena idea que esté pensando en esas cosas, podría hacerle subir la presión.

Los ojos de Michael se cerraron y una leve sonrisa apareció en sus labios. Era la primera vez que lograba ganar un punto contra esa mujer.

«Mírame el culo, claro que sí».

Después de cerrar la puerta, Bethany Anne se dirigió hacia las escaleras.

—¿Por qué me trajiste aquí? —preguntó Ecaterina, siguiéndola.

—Primero, te vuelves totalmente inútil sin tu dosis de Nathan... —La rumana le pegó un codazo en el brazo, lo que hizo sonreír a Bethany Anne—. ¿Lo ves? Estás tan tensa que cualquier cosa te saca de quicio.

Ecaterina se rindió y siguió el juego; sabía que no podría herir a la vampira de todos modos.

—¡Totalmente! Tendremos que conseguir una habitación en un hotel para evitar que tus sensibles oídos sufran.

Bajaron las escaleras.

—Dios, ojalá solo fuerais vosotros dos. Estoy más preocupada por... —justo cuando llegaban al final de las escaleras, la puerta de la casa se abrió. Lance y Patricia entraron con una sonrisa—. Hablando del diablo... Patricia, quiero presentarte a Ecaterina.

Las dos mujeres se saludaron, pero Bethany Anne notó las miradas que Patricia lanzaba a Lance. Sabía que esta hermosa joven era la que Lance le había mencionado en varias ocasiones. Afortunadamente, tuvo la decencia de no golpearlo frente a su hija.

Nathan no estaba muy lejos y la rumana corrió a sus brazos.

Se besaron sin preocuparse por los demás. Bethany Anne tuvo que separarlos físicamente.

—¡Eh! ¡Oh! Este no es el lugar para eso. Tengo que ir a hablar con Pete. Pero vosotros dos, portaos bien... pensad en aquellos de nosotros que tenemos ojos sensibles.

—Claro que sí —añadió Lance.

—Tú no cuentas —dijo la vampira sin mirarlo—. Estoy bastante segura de que tu ADN no contiene un gramo de sensibilidad.

El general estalló en carcajadas.

—¿Debo recordarte que compartimos el mismo ADN?

Patricia le dio un codazo.

—Es cierto —dijo Bethany Anne—. Pero en mí, ha sido modificado por la tecnología extraterrestre para eliminar todos los defectos. Probablemente sea por eso que tardé seis meses en curarme. —Escuchó a TOM reírse en su cabeza mientras se volvía hacia Ecaterina—. En cuanto a ti, necesito que trabajes con Patricia para formarla y proporcionarle toda la información que necesitará. Es una profesional con décadas...

—¡Oye! —la interrumpió Patricia—. No exageres.

—... de experiencia. Dios, ¿podré terminar una frase sin interrupciones? —Dejó que un leve resplandor rojo apareciera en sus ojos mientras miraba a todos. Su padre no se inmutó, pero los otros tres se asustaron. Lance fue lo suficientemente inteligente como para no decir nada—. Como decía, trabajad juntas y vendré a buscarte mañana por la mañana para tu próxima sesión de entrenamiento. Así puedes pasar la noche aquí... por razones obvias. —Sacudió un dedo bajo la nariz de la rumana—. Y no quiero oírte quejarte del entrenamiento. Si no fueras capaz de soportarlo, tu perrito aquí presente no habría dado su consentimiento para que te unieras al equipo. Y antes de que te enfades, debes saber que Nathan es el líder del equipo. Tenías que aprobar para que él diera el visto bueno. Y me alegra anunciar que lo hizo.

Se alejó de la pareja y le dio un beso en la mejilla a su padre.

—Tienes buen aspecto, viejo. Muy buen aspecto. ¿Nos vemos mañana para hablar de negocios?

Lance asintió.

Michael no quería retomar el mando. Le gustaba cómo Bethany Anne había asumido el liderazgo. Pero Lance quería aprovechar al máximo a Michael para comprender mejor todos los activos que ahora controlaban.

Frank estaba siempre cerca de Bethany Anne, hasta que finalmente le sugirió que fuera a trabajar a un Starbucks si no quería que ella encontrara y quemara todos sus cuadernos. Él se apresuró a marcharse, llevando más cuadernos de lo habitual. Stephen se fue con él, curioso por conocer mejor los Estados Unidos. Ella imaginaba que Frank encontraría una caja de seguridad en algún banco donde guardar tanta información. Frank estaba en su salsa.

Ivan y Claudia parecían estar bien. La vampira estaba sanando de sus heridas, la mayoría de ellas emocionales, después de la repentina muerte de tantas personas con las que había compartido su vida. Ivan se aseguraba de que la casa estuviera en orden... y de que Claudia estuviera bien cuidada.

Bethany Anne regresó a la planta superior para recoger a Ashur. Tocó una vez antes de entrar. Cerró la puerta tras ella mientras el perro se levantaba para seguirla. Juntos se dirigieron al armario. Esta vez, Michael dormía de verdad.

En el armario, ella agarró el pelaje del perro y se teletransportó con él al Ad Aeternitatem, en la sala que tenían reservada para ese propósito. Allí le pidió a Ashur que esperara, pero dejó la puerta abierta en caso de que necesitara salir. No quería que estuviera con ella mientras entrenaba con Pete y los otros licántropos.

Satisfecha de que el perro obedeciera, se dirigió hacia el gimnasio.

Uno de los marines de Todd se acercó antes de que llegara a su destino. Se mantenía a una distancia respetuosa detrás de ella, vigilando sus espaldas. Estos chicos empezaban a ser tan persistentes como John y su equipo. Bethany Anne agitó una mano sin volverse, solo para que supiera que ella era consciente de su presencia y que no debía comportarse de manera inapropiada.

Cuando entró en la sala de entrenamiento de los licántropos, se movió hacia un lado para que el marinero también pudiera entrar.

Dentro, Joel estaba peleando con Rickie, cuyos comentarios sarcásticos fluían sin parar mientras luchaban. Justo cuando Pete les pidió que se detuvieran, Joel acababa de romperle la muñeca a su oponente. Rickie hizo una mueca de dolor, aunque no dejó escapar ni un solo quejido. El marinero observaba con fascinación cómo la muñeca se curaba ante sus ojos.

Se inclinó hacia Bethany Anne, olvidando por un momento las instrucciones de Todd de que debía ser visto pero no escuchado.

—Son unos hijos de puta duros, ¿verdad?

—Es cierto —respondió ella en voz baja—, pero también son un poco susceptibles y no les gusta que insulten a sus madres, así que mejor no uses esa palabra delante de ellos, ¿vale?

El hombre se enderezó y asintió, con el semblante abatido.

Una vez terminado el combate, Bethany Anne avanzó hacia el grupo y le hizo una seña a Pete. Observó a los seis hombres por un momento. Habían avanzado enormemente en solo unos días, y se habían esforzado al máximo, como solo los licántropos sabían hacerlo. Pete solo les permitía dormir cuatro horas, y luego los entrenaba sin descanso las veinte horas restantes. Se había superado, y Bethany Anne estaba encantada de que el joven licántropo hubiera querido asumir ese rol.

—Bien, ¿os sentís bien con vosotros mismos, nenazas?

Vio que Tim enderezaba la espalda, irritado por su comentario despectivo. Matthew no pareció afectado. Los ojos de Joseph se entrecerraron, intentando descifrar las intenciones de la vampira.

Pete, sin embargo, no se inmutó. Ya la había oído usar términos mucho peores al hablar con sus propios guardias.

—¿Por qué? ¿Qué tienes en mente?

—Un poco de acción entre vampiros. —Tim lo intentó, pero no pudo controlar su bufido. Ella le dedicó una pequeña sonrisa. Pagaría por aquella reacción.

—¿Qué quieres hacer?

Ella miró a su alrededor. La colchoneta medía tres metros de ancho por seis de largo.

—Voy a salir durante dos minutos para que podáis preparar vuestra estrategia. Cuando vuelva, quiero que protejáis esto... —Recogió una toalla, la rasgó por la mitad y luego ató las dos piezas juntas. —Vamos a jugar a atrapa la bandera. —Ella lo arrojó en el centro de la colchoneta—. Y no podéis moverlo ni un centímetro mientras yo esté fuera. Después de eso, podéis hacer lo que queráis con él. La única otra regla es que no podéis pisar el tapete antes de que regrese. ¿Entendido?

Después de que todos asintieran, salió de la sala, llevándose al marinero con ella. Él echó un vistazo por encima del hombro.

—Oye, ¿no puedo mirar?

Bethany Anne negó con la cabeza.

—No. La primera vez siempre es vergonzosa. Tiene que ser algo solo entre ellos. A menos que quieras enfrentarte a Pete para ganarte el derecho a mirar. —Cerró la puerta. Se puso un poco blanco y sacudió la cabeza—. —Bueno, ¿tienes un temporizador?

Él asintió y sacó su reloj poner la alarma, y ella esperó.

Pensó en regresar a la sala a través del etérico, pero prefirió no darles una razón para quejarse. Era importante que comprendieran bien, una vez más, lo peligrosos que podían ser los Nosferatu.

Cuando el marine dio la hora, entró en modo vampira y abrió la puerta de golpe. Por suerte, nadie había tenido la mala idea de esperar justo detrás, o habrían sido aplastados. Para su sorpresa, uno de los tipos ya había tomado su forma de lobo y estaba al lado de la colchoneta. No estaba mal. Estaban intentando jugar a «mantenerse alejados del vampiro». Qué tierno.

Apenas puso un pie dentro, el lobo se dirigió hacia la toalla. Según ella, Pete debía tener a dos listos para lanzarse sobre ella, pensando que iría directamente hacia el tapete para salvar el trapo. En lugar de eso, giró hacia la derecha y aceleró. Pasó directamente sobre Tim, quien estaba colocado estratégicamente para interceptarla. Le dio un codazo en la mandíbula, solo por diversión. Burlarse de ella sexualmente sin permiso... ni hablar. Lamentablemente, Tim se perdió el resto del combate, ya que cayó inconsciente al suelo. Qué mala suerte.

Aceleró un poco más, manteniendo su velocidad al nivel de un Nosferatu rápido, muy por debajo de su capacidad real. Vio una mancuerna de cinco kilos y la recogió al pasar, ajustando su postura para compensar el peso extra. El lobo estaba a mitad de camino hacia la toalla, pero no era un problema. No le molestaba que movieran el trapo.

De repente, Rickie saltó desde detrás de una gran caja, blandiendo una barra de metal de dos metros. Apenas lo vio aparecer, lanzó la mancuerna hacia su cabeza. Los ojos de Rickie se abrieron de par en par cuando se dio cuenta de lo que se le venía encima. Intentó esquivar, pero ya era tarde.

Ahora tenía las manos libres, así que se deslizó entre sus piernas, las agarró y tiró de él hacia abajo, detrás de ella. Se estremeció al oír el repentino golpe de la barra de metal, pero no esperó a ver cómo le iba. Lamentó perder la mancuerna, sin embargo, para recuperarla tendría que acelerar a su máxima velocidad, y prefirió dejar que se estrellara contra la pared del fondo. El ruido fue tan fuerte que el capitán Wagner probablemente lo habría escuchado desde el puente.

Dos fuera. Quedaban dos más en forma de lobo y otro que suponía debía estar escondido tras la puerta. Pete no se habría lanzado a correr. Tenía la sospecha de que esos pequeños bastardos intentarían sacar la toalla de la sala. Si ese era su plan, no estaba mal pensado.

Un segundo después, otro lobo salió disparado desde una sala contigua, corriendo a toda velocidad hacia la puerta.

—Gott Verdammt!

Se desvió y aceleró en dirección a la puerta. No falló: el primer lobo agarró la toalla con los dientes y corrió en línea recta hacia el segundo lobo. Al cruzarse, le lanzó la toalla. La ejecución fue impecable, pero ya era demasiado tarde.

Joel apareció del otro lado de la puerta, corriendo hacia ella. Lo que significaba que uno de los lobos era Matthew y el otro Joseph. Pete no iba a correr. Mirando a su alrededor rápidamente, trató de averiguar dónde se ocultaba Pete.

Con un mal presentimiento, decidió volver a mirar hacia la puerta. Allí estaba Pete, vestido completamente de negro, justo detrás de la puerta y un poco hacia la derecha. Si Joel la retrasaba, el equipo probablemente sacaría la toalla fuera de la sala, lo que sería una victoria moral para ellos. No podía permitirlo. No estaba de humor para permitir victorias morales.

Al llegar a Joel, le agarró el brazo que había extendido para ralentizarla, giró sobre sí misma y utilizó su propio impulso para lanzarlo contra el segundo lobo. Ambos se estrellaron contra la pared con un ruido seco de huesos crujiendo. Joel quedó inconsciente, y el lobo no parecía estar mucho mejor.

Cuatro abajo, un lobo y Pete ir. El primero se dirigió hacia el amasijo de brazos y patas peludas coger la bandera, y Bethany Anne se dirigió a la puerta.

Pete salió cuando fue evidente que el plan había fracasado. Ella no le diría lo cerca que habían estado de lograrlo durante un tiempo. No quería hacerle daño, pero tampoco se lo pondría fácil en su entrenamiento. El problema era que, en su forma humana, era superior a los humanos, pero inferior a los vampiros. Como no tenían muchas armas para este ejercicio, en realidad no tenía muchas opciones.

En medio de su modo vampira, tenía mucho tiempo pensar.

«TOM».

«¿Sí?».

Actuó como si fuera a dirigirse hacia la bandera. Pete entrecerró los ojos y cambió de dirección interceptarla.

«¿Por qué los licántropos no pueden estar en una forma intermedia entre humanos y bestias? Existen historias de criaturas a medio camino: mitad humanas, mitad animales».

«Podría ser que la fuente de su infección no tuviera la tecnología adecuada o las capacidades científicas... o tal vez simplemente no tenían forma de aprender cómo hacerlo».

«Entonces, ¿no es imposible?».

«No, no creo que sea imposible, Bethany Anne. Pero tampoco puedo asegurar que sea posible sin más estudios».

Bethany Anne dio un paso en falso a propósito, asegurándose de que Pete ya estuviera en plena carrera hacia ella, antes de girar bruscamente hacia la izquierda y dirigirse directamente hacia la puerta. Los ojos de Pete se agrandaron.

«Si probamos con uno de ellos, ¿crees que podríamos encontrar una cura?».

«¿Te refieres a una cura para su condición o a una cura que los ayude a alcanzar esa forma intermedia?».

«Oh, ambas cosas, supongo. Algunos podrían querer dejar de ser lo que son. Pero, en realidad, lo que más quiero es darles una forma más adecuada para el combate. Luchar contra vampiros en su forma humana no es muy eficiente».

Bethany Anne llegó a la puerta, cerrándola de un portazo. Saltó hacia un lado, usando la pared como trampolín para impulsarse al aire. Pete corría directamente hacia la puerta, pero Bethany Anne voló por encima de él, agarró su brazo en pleno vuelo y lo lanzó con todas sus fuerzas contra la pared. El impacto fue fuerte y resonante. Dudaba que estuviera inconsciente, pero seguro no tendría las ideas muy claras por el momento.

El primer lobo tenía la toalla y comenzaba a dirigirse hacia la puerta, cuando se dio cuenta de que Pete no estaba en condiciones de abrirla... y él no podría hacerlo en su forma actual.

Mordió con fuerza la bandera, no dispuesto a ceder ante lo inevitable, y se preparó para el impacto. Bethany Anne admiró su tenacidad. Nadie en su equipo debía rendirse fácilmente. Se preguntó si habría algún punto débil en la mandíbula de un lobo que pudiera golpear para obligarlo a soltar la presa. Claro, seguramente el licántropo sufriría más que ella en ese caso.

Al llegar hasta él, aminoró la velocidad y se inclinó hacia delante, queriendo evitar lanzarlo demasiado lejos. Lo agarró del lomo, giró sobre sí misma y lo arrojó unos metros en el aire. Curiosa por ver cuántas vueltas daría antes de caer, observó cómo el lobo intentaba arquear la espalda y poner las patas en el suelo. En el quinto giro, su mandíbula cedió y la toalla voló. Bethany Anne atrapó la bandera con una mano mientras con la otra lanzaba al lobo hacia la colchoneta.

Utilizó ambos brazos para atrapar al lobo, haciéndose un rasguño cuando las uñas le cortaron la muñeca. Con el mismo movimiento, lo hizo rodar como una bola de bolos por la colchoneta en dirección opuesta a la bandera. Se acercó a la bandera y la recogió, luego se acercó a Pete, que la miraba aturdido desde el suelo, con una fea herida curándole en la frente.

—No tiene buena pinta, pero sanará —comentó, evaluando su estado—. Cuando termines con tu equipo, ven a verme, ¿de acuerdo?

Bethany Anne recogió la toalla, salió de la sala y cerró la puerta detrás de ella.

Treinta minutos después, Pete llegó a la zona donde se encontraba la nave espacial. Bethany Anne ya estaba allí, conversando con Todd. El Marine observó a Pete de arriba abajo, inclinando la cabeza.

—No tienes buen aspecto. ¿Va todo bien?

Pete señaló a Bethany Anne con un dedo acusador.

—Jugamos a capturar la bandera y nos dieron por el culo. Tim sigue noqueado. ¿Qué le has hecho?

—No debería haberme resoplado con desprecio —respondió Bethany Anne con una sonrisa.

—Sí. Lo entendió tan pronto como lo hizo, pero no creo que recuerde mucho más por ahora.

—Estaba en mi camino —dijo ella encogiéndose de hombros —. Tal vez le di un codazo un poco fuerte.

Todd hizo una mueca. Había oído hablar de aquella vez que Bethany Anne había usado su antebrazo para noquear a un licántropo que amenazaba a Nathan. Pete asintió. Sospechaba que el propósito era enseñarle una lección. Tim aprendía rápido, así que probablemente no necesitaría más.

Bethany Anne señaló la nave con el pulgar.

—Toma, ven conmigo.

Marcó los códigos de acceso. Todd nunca sabía si la vería llegar en persona usando la puerta, o si aparecería de repente desde dentro de la nave después de haberse translocado.

Ambos entraron en la nave, y la puerta se cerró detrás de ellos. Pete miró a su alrededor.

—Es pequeña.

—Sí, la gente de TOM no es muy grande. Quiero mostrarte la enfermería. —Lo guio hasta la sala blanca con la cápsula médica en el centro. Señaló el aparato—. Aquí está el origen de los vampiros. Con este artefacto transformaron a Michael. Mil años más tarde, me transformaron a mí. También usamos esta cápsula para que Gabrielle dejara de ser vulnerable a la luz del sol. Y, por si te lo preguntas, es la misma que transformó a Ashur.

Pete observó la cápsula y luego miró a Bethany Anne.

—¿Puede manejar no humanos?

Ella asintió.

—Según TOM, solo es cuestión de genética. La máquina puede leer tu ADN y determinar qué modificaciones necesita hacer para optimizarte. Durante nuestro pequeño juego, me di cuenta de que los licántropos están en desventaja frente a los vampiros. Para usar armas, deben estar en forma humana, pero para la velocidad o para usar garras y colmillos, necesitan su forma lupina. Le pregunté a TOM si sería posible darles una forma intermedia.

—Existen leyendas de licántropos que podían hacer eso en el pasado, pero ese conocimiento se perdió con los siglos.

—Yo también lo creo. La capacidad sigue ahí, pero o la técnica se perdió o sus genes siguieron mutando. Algo cambió.

Pete se encogió de hombros.

—Esto me supera. No tengo ni idea. ¿Quieres que entre en esa cosa?

Bethany Anne sonrió.

—¿Soy tan transparente?

Le devolvió la sonrisa.

—Un poco, sí. Cuando no entiendes algo, tiendes a agarrar

el objeto más grande a mano y golpearlo hasta que algo sucede. Si eso no funciona, buscas algo más grande. Quieres saber por qué no podemos adoptar esa forma intermedia, y es importante para nuestra seguridad. Entiendo que nos haría más fuertes y peligrosos, lo cual sería perfecto para mi equipo. Sin embargo, tu primera preocupación fue que estamos en desventaja frente a los vampiros, así que deduzco que lo que más te preocupa es nuestra seguridad. Las capacidades son solo un segundo plano.

—Supongo que tienes razón.

—Bueno, ¿quieres que entre ahí? ¿Cuánto tiempo llevará?

«TOM».

«Si solo hacemos un análisis, unas pocas horas. Es humano, así que ya tenemos gran parte de los datos. La cápsula solo necesita analizar algunas mutaciones, no todo un genoma como con Ashur».

—Debería estar listo para la cena... o, a más tardar, para el desayuno.

Pete se encogió de hombros.

—¿Quién se encargará de mi equipo mientras tanto?

—¿A quién sugieres?

—Habría dicho Tim, pero está fuera de combate por la conmoción. Así que tal vez Matthew.

—De acuerdo. Me encargaré de hablar con Tim primero, y si no está en condiciones, pediré a Matthew que se encargue hasta tu regreso.

Pete asintió. Bethany Anne le explicó que debía desvestirse antes de entrar en la cápsula. No le molestaba, ya que los licántropos estaban acostumbrados a quitarse la ropa antes de transformarse. Dejó su ropa en el banco retráctil después de doblarla.

—Estaré aquí cuando termine el análisis —le dijo mientras él se deslizaba en la cápsula—. Solo tienes que relajarte y colocar los brazos a los lados, luego cerrar los ojos. Te dormirás y despertarás unos segundos después. No sentirás el paso del tiempo. Como si nada.

«Como si nada», tuvo el efecto contrario en él.

Cuando la máquina comenzó, Bethany Anne salió de la nave y le pidió a Todd que no permitiera que nadie se acercara hasta nuevo aviso. Él asintió y ella fue a encontrarse con los licántropos.

Tim estaba mucho mejor cuando llegó. Ella les explicó que había asignado a Pete una tarea importante y que no estaría disponible hasta la noche.

Pasaron un rato hablando sobre el entrenamiento, discutiendo las estrategias que habían utilizado y cómo ella había reaccionado. Admitió que habían tenido una buena idea, pero que, si hubieran logrado sacar la bandera de la sala, los habría perseguido hasta darles alcance. Matthew, que había sido el segundo lobo, explicó que su plan era correr hasta la cubierta y saltar al mar. Los licántropos podían nadar durante largas distancias sin dificultad.

Sorprendida, Bethany Anne lo miró durante unos segundos antes de esbozar una sonrisa.

—Eso fue una idea muy ingeniosa —dijo, riendo—. Estáis como una puta cabra, y lo digo como un cumplido.

Los chicos chocaron los cinco. Se sentían bien con el plan de Pete y su esfuerzo, y muy bien por haber sorprendido a Bethany Anne tan a conciencia.

Bethany Anne los dejó planificando su próxima estrategia, discutiendo cómo podrían mejorar la próxima vez para vencerla.

Capítulo 19

Bethany Anne estaba de vuelta en la enfermería, sentada en el pequeño banco junto a la ropa de Pete. Trataba de entender las implicaciones de lo que TOM le había dicho.

—¿Cómo es posible que alguien de tu especie también los haya transformado a ellos? —preguntó ella, ya sin preocuparse de que la tacharan de loca por hablar en voz alta.

«Bueno, no mi grupo. Creo que fue uno de los Siete. La pieza que falta está en él. Podría transformarse en un hombre-bestia, pero será difícil de controlar».

—Espera un segundo, necesito que me lo expliques. ¿Cómo llegaron hasta aquí? ¿Siguen aquí? ¡Menudo lío! ¡Los kurtherianos sois peores que un culebrón! Es como si fuerais una familia de doce miembros viajando por la galaxia para causar problemas.

TOM se quedó callado.

Ella exhaló con fuerza.

—Bueno, ¿cuáles son las probabilidades de que Pete pueda transformarse en un hombre-bestia por sí mismo si no intervenimos?

«Muy bajas. Los nanocitos en su cuerpo son de un tipo diferente. Quizás algo más antiguos que los tuyos. No son muy sofisticados».

—Bueno, no ser tan sofisticados, seguro que parecen funcionar con la carga de energía etérica.

«Sí, Bethany Anne. No sabría decir por qué. Tal vez necesitemos reactivar el ordenador de la nave para averiguarlo».

—No. Joder. ¡No voy a pasar por eso de nuevo!

«No estoy sugiriendo eso. Solo estoy explicando lo que sería necesario para entender cómo funciona el traspaso de energía etérica. Además, ya no tendrías que beber sangre».

—TOM, ¡eres un pelmazo de primera categoría! ¿Realmente quieres saber cómo funciona? Entonces, ¿por qué no empiezas investigando a Ashur?

«¿Qué quieres decir?».

—¿Cuánta energía crees que extraigo a través de él cuando me transloco? Debe ser una cantidad enorme. ¿Cómo puede acceder a tanta energía cuando yo no puedo? Los licántropos también extraen mucha energía, pero los transforma en criaturas caninas. Bueno, supongo que los lobos son caninos, ¿no? Y los osos... en fin, da igual. Digamos que los convierte en animales. ¿Has considerado estudiar la parte animal?

«¿En una palabra? No».

—En ese caso, te pido amablemente que lo hagas antes de intentar convencerme de dejar de beber sangre, ¿de acuerdo, TOM? Por ahora, tengo a Ashur, la batería viviente... aunque no le llamaría así a la cara.

«Muy inteligente».

—¿Estás seguro de que no sabes lo que le pasó?

«Te advertí que sería más inteligente. Los perros ya tienen, de base, una inteligencia comparable a la de un niño pequeño. Solo ha evolucionado más en su caso. Ahora es como un niño algo mayor».

—¿Podrías ser más preciso? ¿Estamos hablando de pañales, cuna, o, Dios nos libre, adolescencia? Porque lidiar con un adolescente de su tamaño y con esos colmillos no sería divertido.

«Hasta ahora no ha necesitado mucha sangre».

—De acuerdo, pero está comiendo toneladas de pienso. Y limpia todos los platos abandonados en la cantina. A este ritmo, debería pesar más de trescientos kilos, no sé qué hacer. —Se levantó del banco, frustrada—. Estamos dando vueltas en círculo. Tengo la respuesta, pero solo me lleva a más preguntas. No sé qué hacer con Pete... ¿debería transformarlo o dejarlo como está?

«¿Qué crees que él querría?».

—Ir de cabeza, supongo. Está comprometido con su equipo. Si pudiera aprender algo que los hiciera más invencibles, lo haría sin dudar. Pero esta no es su decisión, es la mía. ¿Cuál es mi motivación aquí? Si estuviera segura de que podría controlar este nuevo poder, lo haría sin dudarlo.

«¿Y los demás?»,

—¡Ni pensarlo! Pete es el único en quien confío lo suficiente para algo así. No quiero ver a Tim con esa capacidad, al menos no hasta que tengamos una forma de controlarla o eliminarla. Tim ya es difícil de manejar tal como es, y no quiero verlo convertido en Hulk, por decirlo de alguna manera.

«¿Hulk?».

—Un tipo grande de piel verde que se convierte en una montaña de músculos. Lleva pantalones morados por alguna razón desconocida. Pero volviendo a lo importante, ¿has podido identificar el desencadenante original?

«Parece que el proceso se activaba bajo presión extrema».

—Algo así como un Berserker. Bueno, si Pete se encontrara alguna vez en esa situación. ¿Cuánto tiempo llevará?

«Solo unos minutos para programar las modificaciones.

Luego, no sé cuánto tardaría en propagarse por su cuerpo. Quizá algunos días».

—¿Tendría control sobre sí mismo durante ese tiempo? ¿Seguiría siendo capaz de pensar con claridad?

«No puedo decirlo por lo que hemos visto hasta ahora, pero me sorprendería mucho que no pudiera».

—¿Por qué?

«Porque los Siete no solían desperdiciar a sus guerreros en luchas internas».

—Genial... confiar en que el enemigo no sea demasiado estúpido. Muy tranquilizador.

Intentó analizar todas las posibilidades y finalmente se decantó por la que más le inspiraba confianza: su instinto.

—De acuerdo. Vamos a hacerlo.

Esperaba no arrepentirse más tarde.

Una hora después, estaba de vuelta en la enfermería, lista para abrir la cápsula. Pete parpadeó varias veces, tratando de ubicarse.

—¿Cómo te ha ido? ¿Has aprendido algo?

Se sentó dentro del dispositivo, sacudiendo ligeramente la cabeza. Bethany Anne extendió el brazo para ayudarlo a levantarse.

—Sí. Vístete, bribón. —Mientras Pete obedecía, ella continuó hablando—: No solo tenemos una mejor idea de quién es responsable de la creación el Wechselbalg...

—¡No me jodas! —la interrumpió.

—En serio. Ahora cállate y deja de interrumpirme o serás el primero y el último de tu especie. —Él cerró la boca de inmediato—. El culpable es otro de los clanes Kurtherianos. —Pete estuvo a punto de soltar otro comentario, pero se contuvo a tiempo—. Lamentablemente, no son de los buenos. Los Wechselbalg tienen una habilidad latente que les permite transformarse en una especie de hombre-bestia. —Ya tenía toda su atención, y ella podía decir que estaba ansioso por hacer preguntas—. Pero tiene un precio. Así que, sabiendo que la intención original proviene de una raza de alienígenas ignominiosos...

Ella notó su deseo de interrumpir de nuevo.

—Vale, ¿qué pasa ahora?

—¿Ignominiosos?

—Hostil.

—¿Por qué no dijiste simplemente «hostiles»?

—Estoy intentando enseñarle al lobo una palabra nueva, ahora cállate otra vez. —Pete le sonrió—. Así que, volviendo a lo básico: unos alienígenas malvados hacen cambios en los humanos para sus propios fines. Vosotros tenéis un interruptor que os permite convertiros en hombres-bestia llenos de poder destructivo. ¿Deberíamos probarlo?

—¿Tengo elección?

—Por supuesto, puedes elegir.

—Entonces, en ese caso, me meto de nuevo en la cápsula y lo hacemos de una vez. ¿Por qué esperar?

—No hace falta —respondió ella, con una leve sonrisa.

Pete dejó de abotonarse la camisa.

—Espera, ya has activado el interruptor, ¿verdad?

—Bueno, tuve una discusión con TOM, y acordamos que probablemente sería lo que querías.

—¿Así que decidiste mi futuro en conversación con un alienígena? ¿Uno que está relacionado con los que crearon a los licántropos? Y ambos llegasteis a la conclusión de que «vamos a hacerlo» era lo mejor, ¿no?

Bethany Anne sonrió mientras abría la cápsula y señalaba el dispositivo.

—¿Quieres que lo desactive?

Pete levantó las manos rápidamente, agitando la cabeza.

—No, no, todo está bien. Estoy perfectamente.

—¿De verdad? Porque con toda la mierda que me estás soltando, estoy casi segura de que te va a tocar otro pase por el médico, o vas a tener que nadar durante mucho, mucho tiempo.

Pete hizo una mueca.

—¿Matthew te contó lo del plan?

—No es tanto que me lo contara como que se reveló durante un «intercambio de opiniones». Fue un buen plan, tengo que admitirlo.

Él intentó indagar.

—¿Habría funcionado?

—¿Contra un Nosferatu? Posiblemente. No, probablemente. Son más propensos a actuar por impulso que por inteligencia. ¿Contra mí? No, pero yo no estaba tratando de ser yo, así que sí, puede que lo hubierais logrado. Fue una jugada creativa, y estoy impresionada.

Pete miró la cápsula, que aún estaba abierta.

—Eh... ¿hemos terminado aquí?

—No lo sé. ¿Tú qué piensas? No quiero que sigas cuestionando mis decisiones. Y con eso quiero decir nunca más.

Bethany Anne lo miró directamente a los ojos.

—No, no, estoy muy bien.

Pete bajó la mirada, luchando por contener la sonrisa que se asomaba en su rostro.

Ella cerró la cápsula.

—Perfecto, ahora termina de vestirte. La respuesta corta es que la transformación puede ocurrir en cualquier momento, pero generalmente está impulsada por el estrés.

—¿Impulsada por el estrés?

—Creo que está más relacionada con momentos de acción o cambios emocionales intensos, si quieres ser más técnico.

Bethany Anne ajustó los controles de la cápsula para reiniciarla. Esta vez, TOM no tuvo que dirigirla.

—¿Y si quiero una respuesta más simple? —preguntó Pete, terminando de atarse los zapatos.

—No te enfades mucho. A la gente puede que no le gustes mucho cuando te enfadas.

—Ah, ya lo pillo. —Salieron juntos de la habitación.

Todd confirmó que todos estaban fuera mientras Pete iba a unirse a su equipo.

Bethany Anne llamó a Ashur y se teletransportó con él al Polarus.

Capítulo 20

Bethany Anne quería dormir. Pero antes de que llegara a su suite, John la interceptó en el pasillo para reprenderla. Estaba molesto porque había viajado por Europa sin él... bueno, sin el equipo. Ella fingió no notar la reprimenda. El enfado del guardaespaldas era comprensible, pero no podía prometerle que no lo volvería a hacer.

Se instalaron en la sala de conferencias y tuvieron una conversación franca sobre lo que podía y no podía hacer. Por el momento, tenía la capacidad de trasladarse en cuestión de segundos entre Miami y los dos barcos, pero no estaba segura de cuántas personas podía transportar con ella ni de hasta qué distancia. Había teletransportado a dos humanos y un perro sin problemas a unos cuantos kilómetros, luego hasta Miami. El problema era que necesitaba una conexión física.

—¿Y qué pasaría si no hubiera conexión física? —preguntó John tras reflexionar un momento sobre todas estas revelaciones.

«¿TOM?».

«Supongo que, técnicamente, seguiría siendo factible, pero

consumiría probablemente mucha más energía. La cantidad exacta requerida sería directamente proporcional a la distancia entre tú y la persona en cuestión. Los que estén en contacto directo contigo necesitarían menos energía.»

«¿Y qué ocurre si mi energía se agota?»

«No creo que puedas transportar a una persona parcialmente a través del éter... pero, por otro lado, mi especie rara vez se arriesga, así que no tengo un ejemplo concreto que respalde mis suposiciones. Si se agotara la energía a mitad de camino... no lo sé. Buena pregunta. O perderías a algunos pasajeros, o el viaje se interrumpiría de golpe a mitad de trayecto. Si la conexión entre tú y ellos desapareciera, imagino que quedarían atrapados. Un humano perdido en esa dimensión no sobreviviría mucho, ni física ni mentalmente. No sería algo bueno».

Finalmente, le respondió en voz alta:

—Prefiero no intentarlo por ahora. Cuanta más distancia haya entre un pasajero y yo, más energía requeriría. Ashur nunca me ha fallado, pero... —Se interrumpió cuando el perro ladró desde la habitación donde estaba. Puso los ojos en blanco antes de continuar—: No sé cuánta energía puedo extraer a través de él sin peligro. Y la energía requerida aumentaría exponencialmente según la distancia. Entonces, ¿cuántas personas puedo transportar? Ni idea. En cualquier caso, debo sostener a Ashur.

John no dijo nada por un momento. Obviamente, no podría viajar de esa manera con todo el equipo de una vez.

—¿Cómo llevaste a Stephen y Michael a Miami?

Bethany Anne se levantó para ir al refrigerador. Se inclinó y miró al fondo para asegurarse de que no hubiera ninguna bebida del demonio. Aliviada, sacó una Coca-Cola.

No lo hizo, así que ella cerró la puerta y volvió a la mesa.

—Me colgué a Michael del hombro y sujeté a Ashur con

una mano, y Stephen me agarró del brazo, creo. Bueno, eso es lo que recuerdo. Estábamos un poco ocupados.

John se aferró a esa afirmación.

—Entonces, ¿todos pueden tocarte? —Le lanzó una mirada fulminante y él se sonrojó, levantando las manos—. No, no, no lo digo en ese sentido.

Ella no apartó la mirada y su rostro se puso aún más rojo.

Finalmente, ella rio.

—Lo sé. Solo quería asustarte. Quería ver si podías relajarte un poco. Sé que mi viaje a Rumanía te molestó, pero no quería recorrer toda esa distancia para ponerlos en peligro. —Levantó una mano para detenerlo antes de que hablara—. Basta. Por favor. Puedes quejarte todo lo que quieras, pero nunca lo dejaré de hacer, punto. —Finalmente, él asintió—. Dicho esto, sí, supongo que podría extender un brazo y vosotros cinco podríais agarrarlo. Pero no es algo que me emocione probar, ¿de acuerdo?

John no pudo pedir más, así que aceptó esa declaración como una pequeña victoria. Hablaron un rato más sobre temas más triviales. En algún momento, Bethany Anne le preguntó si había encontrado alguna chica en uno de los dos barcos. Él levantó su muñeca vacía y la miró por un momento.

— ¡Mierda, mira qué hora es! Tengo que irme. Ha sido un placer hablar contigo, jefa, pero oigo que alguien me llama. —Como nada pasó, elevó un poco la voz—. He dicho, oigo que alguien me llama.

La voz de Eric resonó desde la otra habitación:

—John, ven rápido. Alguien te está llamando. —Ella sonrió mientras él se despedía y huía de la habitación. Se levantó de la mesa cuando oyó a John abofetear a Eric y decirle—: Imbécil. —La risa de Eric la siguió hasta su habitación mientras cerraba la puerta.

* * *

A la mañana siguiente, Ecaterina se sorprendió al ver salir a Bethany Anne del armario, acompañada de John y Eric.

John asintió con la cabeza en su dirección mientras Eric hablaba.

—¡Eso ha sido alucinante, jefa! Mejor que las atracciones de Disney World, sin duda... ¡Ay! —Se dobló por la mitad, sujetándose el estómago. Ecaterina supuso que Bethany Anne debía haberlo golpeado.

La vampira se giró hacia la rumana con una sonrisa.

—¿Te sientes mejor?

Ecaterina estaba de buen humor hoy, así que respondió con gusto.

—Oh, sí. Estoy llena de energía y he dormido muy bien. —Asegurándose de que no hubiera malas interpretaciones, añadió—: La cena también estuvo bien.

La vampira sonrió. La Ecaterina de siempre había regresado.

La joven le pidió su teléfono, pues necesitaba guardar algunos contactos nuevos. Bethany Anne se lo entregó y luego se dirigió hacia la puerta.

—¿Está todo el mundo abajo? —Notó que el patriarca ya no estaba en su cama—. ¿Dónde está Michael?

Ecaterina la siguió fuera de la habitación, con los dos hombres no muy lejos.

—Quiso desayunar en otro sitio, así que tomó una furgoneta y se fue con ella. También quería comprarse ropa nueva. Según Nathan, es un hombre nuevo.

Bajaron las escaleras.

—¿Nuevo en qué sentido? —preguntó Bethany Anne, confundida—. No veo cómo un hombre que ha vivido un milenio puede cambiar tanto. Yo no puedo cambiar ni...

Se interrumpió al ver la puerta de entrada abrirse y a Lance entrar.

—Hola, cariño. Veo que esta mañana te acompaña el dúo dinámico. —Al general le gustaba ver a su hija protegida, pero también disfrutaba de cómo eso la molestaba. Como padre, debía divertirse como pudiera.

La sonrisa de Bethany Anne se amplió un poco más.

—Exactamente. Y te alegrará saber que se quedarán aquí por un tiempo.

A Lance ya no le pareció tan gracioso.

—¿Qué? ¿Por qué?

Cerró la puerta, y Bethany Anne pasó su brazo por los hombros de su padre, llevándolo hacia el salón.

—Bueno, ya sabes, paso tanto tiempo alternando entre aquí y las naves que Gabrielle, Dan y John preferirían que tuviera guardias asignados a cada lugar. Y, además, tú también necesitas protección.

Lance la siguió, pero sentía que su libertad se le escapaba rápidamente.

—Nathan está aquí. Es un maldito guardián, ¿no? —Miró por encima del hombro para ver si John vendría a rescatarlo. Pero la mirada en el rostro del guardián le hizo comprender que estaba perdido. Resignado, se giró y suspiró. ¡Maldición!

En cuanto el general apartó la vista, John y Eric sonrieron. John estaba más preocupado por la seguridad de Bethany Anne.

La vampira miró a su alrededor.

—¿Dónde está Stephen? —Frank estaba sentado en el sofá, trabajando en su portátil.

—Se ha ido con Michael —respondió Ecaterina.

Bethany Anne fue a la cocina a servirse un vaso de agua.

—¿En serio? Me pregunto cómo se llevan esos dos... —Regresó al salón y se sentó en un sillón—. ¿Y Patricia?

Lance se sentó a su lado.

—Está al teléfono con viejos contactos. Quizá podamos recuperar la base antes de lo previsto.

Bethany Anne se inclinó hacia delante.

—¿De verdad? ¡Eso sería fantástico! Señor, nos simplificaría tanto la vida.

Él asintió con la cabeza.

—Parece que una multinacional ha hecho avances discretos pero muy interesantes con algunos políticos... en particular con un representante de Florida. Como la empresa está dispuesta a ayudar a los militares que tienen familia en la región y pagan sus impuestos, hay mucha voluntad política para que el proyecto se concrete. La empresa está dispuesta a pagar una prima de veinte millones de dólares si se puede cerrar el trato rápidamente. También han aceptado ayudar de manera significativa y firmar un contrato de arrendamiento por noventa y nueve años. Ese fue el último obstáculo. Si el gobierno entra en guerra, tendría derecho a recuperar ciertas secciones de la base.

Los ojos de Bethany Anne se entrecerraron.

—Papá, eso no suena bien, podría ser un gran problema. Sabes que vamos a entrar en guerra.

Lance sonrió.

—Por cómo está redactado, desde un punto de vista legal, la guerra tendría que ser entre dos gobiernos que posean propiedades terrestres. Tendría que ser Rusia, China o una coalición de países que sumen al menos un millón de soldados. Sin embargo, esos términos no les permitirían tomar la base en caso de una nueva guerra con Irak, por ejemplo. Y, además, como seríamos inquilinos, perderían ese ingreso y tendrían que movilizar a todos de nuevo. Una vez que tengamos la base y todas las partes estén satisfechas, volveré a negociar los detalles. Pero la ventaja es que esto nos permitirá tener la base más rápidamente.

Ella reflexionó sobre los inconvenientes y al final tuvo que admitir que probablemente era la mejor solución por el momento. Satisfecha, se recostó en el sillón.

—Son buenas noticias, pero asegúrate de que tengamos una válvula de seguridad. No querría que aparezcan agentes demasiado entusiastas golpeando la puerta para pedirnos que nos larguemos. Tendremos que prever salidas de emergencia que podamos usar para escabullirnos con todas nuestras cosas.

Frank dejó de teclear en su portátil para mirarla, sonriendo.

—No eres muy confiada, ¿verdad?

—¡Ni de coña! No olvides que he trabajado para el gobierno. He hecho caer a algunos de esos cabrones. Entre ellos solo hay tres tipos de perfiles. Los altruistas, que no son perfectos, por supuesto; los que solo piensan en sí mismos, y los que solo piensan en el dinero. Nunca son muy pragmáticos, a menos que haya una razón política para serlo. Así que no, y ya que estamos en el tema, ¿cómo va nuestro amigo Pepper?

—Útil, al menos por ahora. No le hemos pedido mucho y él tiene cuidado de no exigirnos nada... lo cual es lógico, dado todo lo que sabemos. Habló con Anton, pero lo mandó a paseo, así que creo que lo tenemos controlado. Anton lo invitó a una fiesta que dará en dos semanas, pero Pepper le dijo que tenía compromisos importantes y que no podría asistir.

Bethany Anne entrecerró los ojos.

—Un momento. ¿Dices que está organizando una fiesta? ¿Por qué no he oído hablar de esto antes?

En ese momento apareció Nathan. Su cabello estaba despeinado, pero parecía bastante relajado. Se acercó a Ecaterina y se inclinó para darle un beso.

—¿Qué me he perdido?

Bethany Anne contestó por ella.

—Os habéis olvidado de avisarme de que Anton está organizando una fiesta.

Nathan se sentó junto a su novia.

—Sí, Bethany Anne, Anton organiza una fiesta. Les pedí que no te dijeran nada hasta que tuviera más información. Ahora que hemos recuperado a Michael, tengo más datos y el inicio de un plan. El problema...

La puerta volvió a abrirse. Bethany Anne podía oír a Michael y Stephen charlando sobre moda mientras cerraban la puerta detrás de ellos.

«Maldita sea, esto empieza a parecer un *reality show*».

Levantó una mano impedir que Nathan continuara y se volvió hacia Lance.

—¿Vendrá Patricia pronto?

Su padre negó con la cabeza.

—Lo dudo. Tenía más de veinte personas a las que llamar. Eso la mantendrá ocupada durante varias horas.

Michael y Stephen entraron en el salón, ambos vestidos a la última moda. Stephen, como siempre, lucía impecable, pero Michael había llevado su apariencia a otro nivel. Ya no parecía de su edad, sino más bien un hombre extremadamente atractivo de unos treinta años, con una sonrisa que haría caer a más de una. Si asistiera a una despedida de soltera, lo asaltarían.

—Hola, chicos. Tomad asiento. Estoy haciendo un repaso de todas las cosas que habéis hecho sin decírmelo.

Stephen trajo dos sillas de la cocina y le ofreció una a Michael, que parecía sorprendentemente sereno. Bethany Anne notó que ni siquiera Nathan parecía asustado cuando le estrechó la mano al patriarca. Algo les ocultaban, no podía ser de otro modo. Todos parecían felices, era raro. Tenía que haber una razón. Aún no sabía cuál era.

Los dos vampiros se sentaron uno al lado del otro. Bethany Anne no terminaba de entender lo que estaba pasando, así que los observó con atención.

Stephen y Michael charlaban tranquilamente, parecía que se llevaban bien. Curioso, anotado.

Nathan estrechaba la mano de Michael sin inmutarse. Por lo que se veía, el infierno se había congelado, comprendido.

Ecaterina y Nathan estaban contentos... bueno, al menos ese era un detalle agradable que no le daba la sensación de que algo iba mal... ¡Un momento!

Señaló a Nathan con el dedo.

—¡Gilipollas! Estás seguro de que sabes cómo atrapar a Anton y no quieres que yo participe.

La gran sonrisa de Stephen le confirmó que estaba en lo cierto. El rostro de Michael, sin embargo, permaneció impasible. Pero Nathan hizo una mueca.

—No del todo —dijo—. Es solo que tenemos una idea bastante clara de lo que Anton está planeando y creemos que deberíamos discutir nuestras opciones.

—Te escucho. —Se sentó con los brazos cruzados.

—Anton organiza esta fiesta, de la que estaba a punto de hablarte. Queremos aprovechar la invitación que le ha enviado a Pepper. Podrías ir como su invitada. Una vez dentro, Pepper se iría y tú te encargarías de Anton. Killian y Ecaterina estarían cerca, en dos lugares diferentes, con vista a la casa.

La voz de Bethany Anne revelaba su irritación.

—¿Sabes dónde vive?

Ya estaba considerando comprar un billete de avión e ir allí de inmediato. Tres billetes, en realidad, más uno para su perro. Maldita sea, tendría que pedirle a Paul Jameson que la recogiera. ¡Joder! No podría ir tan rápido como quería.

Nathan miró a Frank, quien intervino mostrando su portátil.

—Sabemos dónde se celebrará la fiesta. No creo que sea su residencia principal. Así que, técnicamente, no sabemos dónde vive. Este tipo es muy cauteloso y astuto, por lo que dudo mucho que use ese lugar para otra cosa que no sea esta fiesta.

«Entonces no tengo que llamar a Paul todavía. —Fue entonces cuando vio a Ecaterina sonreír mientras aún sostenía el teléfono de Bethany Anne. No pudo evitar sonreír también —. Qué zorra astuta».

Su equipo la conocía demasiado bien.

Michael decidió interrumpir sus esfuerzos.

—Bethany Anne, ¿nunca te has preguntado por qué no maté a Anton hace mucho tiempo?

Se volvió hacia él.

—¡Más de una vez! Ese cabrón debería haber muerto hace años... al menos desde la Segunda Guerra Mundial.

El vampiro se inclinó hacia delante en su silla.

—Te lo concedo. No sabía nada de su implicación en las atrocidades de la guerra, o tal vez lo habría perseguido... o quizás no.

Frank volvió a su portátil y comenzó a teclear mientras Michael hablaba. Era como si un libro de historia hablara. Literalmente. Este tipo debería estar en un museo respondiendo preguntas.

El hombre debería estar en un museo respondiendo preguntas. Sonrió sus adentros.

«Con su apariencia actual, podría bailar en un *striptease*. —La imagen era tan ridícula que casi rio en voz alta. Intentó concentrarse de nuevo. Su cara se bloqueó en su lugar. Intentaba desesperadamente no reírse a carcajadas de su propio pensamiento. Michael pavoneándose las mujeres. Dios, ¡eso era demasiado! El tiempo se detuvo mientras se obligaba a dejar de pensar en el tema—. Anton, Anton. Necesito concentrarme en matar a Anton».

Michael notó los cambios de expresión en el rostro de

Bethany Anne, pero continuó hablando, suponiendo que estaba enfadada, aunque prefería no preguntar.

—El problema es que, si lo matas, habrá un levantamiento masivo entre los Deshonrados de Sudamérica. Dejarlo vivir ha sido el menor de los males.

Bethany Anne mantuvo su rostro impasible.

—Entonces, si lo mato, ¿podría provocar cientos o incluso miles de muertes debido a luchas internas entre vampiros que intentan tomar el poder?

Michael asintió.

—Es una buena forma de resumirlo, sí.

Bethany Anne empezó a pensar en voz alta.

—Ya tuvimos algo así en San José. —Michael la miró perplejo—. En Costa Rica, quiero decir, no en California. —Nadie parecía haberle informado de lo ocurrido antes de su regreso. Aunque, por otro lado, había pasado la mayor parte de su tiempo durmiendo desde que volvió. Se levantó y empezó a pasearse por el salón—. ¿Qué pasaría ahora si un vampiro matara al vampiro más importante de una región específica para hacerse con el poder?

A Michael no le gustaba la dirección en la que se dirigía la conversación, pero respondió de todos modos.

—A menos que alguien lo desafiara, ese nuevo vampiro controlaría toda la región. Dicho esto, si un vampiro no Deshonrado tomara el poder en un territorio de Deshonrados, tendrías que limpiar la zona de aquellos que creen que los vampiros deberían dominar a los humanos.

Ella eligió no corregirlo. Los vampiros eran humanos, solo que modificados genéticamente. Eso significaba que tenían mutaciones genéticas respecto a los humanos. Lo que hacía a los vampiros unos mutantes. Y de vuelta al punto de partida.

—¿Por qué permitiste que ocurrieran todas estas mierdas?

—preguntó, sin reproche en su tono, realmente quería entender. Todas las miradas se dirigieron a Michael.

Todo el mundo lo miraba. No desprendía el aire patriarcal que acostumbraba a llevar y nadie parecía juzgarle. Volvió a sentarse en su silla.

—Por dos razones. Al principio, los perdí. En aquella época no era fácil localizar a la gente. Además, pensé que era solo una fase... ¿como la adolescencia? Creí que se les pasaría tarde o temprano. Los hombres que eran antes de convertirse en vampiros no eran los mismos que después. Era como si, al transformarse, algo en sus mentes también hubiera cambiado. Sentí que era mi deber darles otra oportunidad, después de todo eran los hombres que yo había elegido. Con el tiempo, mi inactividad les permitió desarrollarse y expandirse, hasta que resolver...

Bethany Anne terminó su frase.

—... resolver el problema se volvió más complicado que dejar las cosas como estaban.

Asintió con la cabeza. Ella podía entender tanto el aspecto emocional como el práctico. Pero seguía sin estar contenta. Todavía sentía esa necesidad persistente de darle una bofetada por ser tan idiota.

Dejó de pasear y volvió a sentarse.

—Lo que nos lleva de vuelta a Anton. Lo siento, pero ese psicópata debe morir. No solo por haber dirigido al grupo responsable de la muerte de Martin, sino también por todas las víctimas del nazismo y, estoy segura, por los cientos, si no miles, de personas que ha matado desde entonces. Causa problemas dondequiera que va, así que debe ser eliminado.

Nathan retomó el hilo de la conversación.

—En cualquier caso, así es como estamos. Sabemos dónde encontrarlo, tenemos tiempo y el comienzo de un plan. No podrías haber hecho nada con esta información antes. Y, ahora que hemos escuchado las explicaciones de Michael, entiendo mejor el aspecto político. No tengo ninguna solución para evitar otra situación como la de San José.

Bethany Anne apoyó los codos en sus rodillas y descansó el mentón en sus manos, pensativa.

—Michael... ¿qué entienden los vampiros mejor que cualquier otra cosa?

—El poder —respondió él sin dudar.

—Y, ¿quién es el vampiro más poderoso que jamás haya vivido, según ellos?

Michael no respondió tan rápido esta vez, y su tono fue mucho menos entusiasta.

—Yo.

Bethany Anne se giró hacia él con una sonrisa.

—Entonces, ya está. Cuando Anton esté muerto, y me aseguraré de estar allí para verlo morir, tú irás a Sudamérica a limpiar la situación. Considera esto como tu penitencia por haber permitido que toda esta mierda se propagara durante siglos. —Su voz se endureció, volviéndose intransigente—. Además, esto será tu castigo por las miles de víctimas de Anton y los cientos de miles de personas de las que seguramente fue, al menos en parte, responsable. Tu honor ha sido comprometido, y no te permitiré olvidarlo hasta que hayas corregido tus errores. David y Anton han firmado sus propias sentencias de muerte. —El rostro de Michael se oscureció notablemente al oír el nombre de David—. Y ambos serán ejecutados. Porque lo merecen, pero también porque no puedo permitirme tener a esos dos idiotas creando problemas mientras yo me ocupo... de otros asuntos.

No quería mencionar aún la inminente invasión extraterrestre, porque sabía que rompería el flujo de la conversación actual.

Después de su tono imperativo, suavizó su voz.

—¿Lo harás, Michael? ¿Tomarás el control de Sudamérica cuando Anton esté fuera del camino?

Él frunció los labios.

—¿Y Europa?

—Ese continente lo manejaré yo —dijo Stephen—. Seguramente necesitaré una nueva casa, después de los eventos recientes, pero ya he comenzado a poner en orden Europa.

Bethany Anne ladeó la cabeza.

—¿Qué te parecerían dos casas... flotantes?

—¿Tus naves?

—Exacto. Estoy a punto de mudarme a una base en Colorado... o al menos eso espero. Las naves necesitan moverse, ya que han estado cerca de Sudamérica demasiado tiempo. Te las «venderé» para que haya un registro en caso de que haya una investigación, así parecerá un cambio legal de propiedad. La Sociedad EPR necesita experiencia en el campo. Yo estaré aquí, en Norteamérica y Sudamérica, así que el equipo EPR puede ayudar a Michael si es necesario. Necesitamos crear nuevos puntos de llegada para cuando me teletransporte. Siempre tendrán que estar despejados para mí... —miró a John— y para un pequeño equipo, en caso de que necesite venir de urgencia; incluso uno más grande, con algo de preparación. Y Nathan también tendrá que trabajar en Europa.

El licántropo se mostró sorprendido por esta nueva noticia. Ella lo miró por un momento.

Se volvió hacia él.

—Preferiría que no estuvieras en América mientras combates estos ataques cibernéticos de China... bueno, suponiendo que sea realmente China. Y, una vez que ADAM esté en línea...

—¿ADAM? —interrumpió Michael.

Ella levantó una mano para callarlo. La brusquedad del gesto lo sorprendió y lo divirtió a la vez, ya que estaba acostumbrado a que la gente le tuviera miedo. Había pasado mucho tiempo atrapado en la prisión subterránea de David, lo que le había dado bastante tiempo para reflexionar sobre sus acciones pasadas y su actitud general. Había decidido que ya no sería tan susceptible.

Ella continuó.

—Una vez que ADAM esté en línea, preferiría que no siguiera en los Estados Unidos. Aún no sé cómo lo moveremos, pero me gustaría que estuviera fuera del territorio de cualquier potencia mundial. —Hizo una pausa, parpadeando—. ¡Ah! Se me acaba de ocurrir una idea. Un momento, chicos.

Se levantó de nuevo, se dirigió hacia Ecaterina y le tendió la mano para recuperar su teléfono. Tecleó un mensaje rápidamente y lo envió antes de guardar el móvil en su bolsillo.

—Pensad en lo que acabo de decir. —Se volvió hacia Michael—. ADAM es una inteligencia artificial que nuestros informáticos en Las Vegas están desarrollando.

—¿Cuántas cosas habéis hecho mientras yo estaba prisionero?

Ella miró a las personas en la habitación, pensando en todos los demás que trabajaban para ella en todo el mundo.

—Muchas. Pero centrémonos en Anton por ahora, y después podremos ponerte al día con el resto, ¿de acuerdo?

Él asintió con la cabeza.

Bethany Anne empezaba a gustarle Michael 2.0. No hacía mucho que conocía a Michael 1.0, pero había sido un completo gilipollas, además de un estirado. Aunque, pensándolo bien, ella tampoco le había facilitado las cosas, pero eso no era excusa.

«Espera a que te explique lo de los *Wechselbalg*. Entonces vería lo cambiado que estaba el hombre».

Capítulo 21

No fue muy difícil convencer al congresista Pepper. Lo invitaron a un vuelo privado con Ecaterina como azafata. Chris estaba a cargo del Sikorsky y los llevó hasta el Polarus. Habían escondido a Shelly en el Ad Aeternitatem, que mantenían lo bastante alejado para que no pudiera verse desde la cubierta.

La tripulación de ambos barcos estaba lista para actuar. Les gustaba tener ratos de descanso, pero todos, de una forma u otra, eran adictos a la adrenalina.

Bethany Anne translocado a Michael, Stephen y Nathan a través del éter. John y Eric se quedaron en Miami. A John no le hacía gracia, pero tuvo que admitir que, con Michael, Stephen y Gabrielle, ella estaría suficientemente bien protegida. Quiso decirle «¿y mis poderes qué, no cuentan?», pero se conformó con tirar de sus orejas y bajar su enorme cabeza para darle un beso en la frente. Durante todo el rato, el gigante humano se quejaba: «¡ay, ay, aaaaaay!». Eric, por su parte, sonrió y bajó la cabeza por sí solo. No era tonto. Ella también le dio un beso en la frente y luego trasladó a sus pasajeros en dos viajes.

Ahora que estaba bien despierto, Michael quedó anonadado por la experiencia. Recordaba vagamente el viaje anterior, pero estaba tan aturdido que apenas registró nada. Ashur se apartó, probablemente en busca de alguien en la cocina que le quisiera dar de comer.

El vampiro observó el armario en el que habían aterrizado.

—Los zapatos. Te gustan mucho, mucho...

Un dedo se acercó a unos milímetros de su cara, seguido muy de cerca por la mirada entrecerrada de Bethany Anne.

— Ni. Una. Puta. Palabra. —Habló en un tono decididamente cortante—. Tú manejas el estrés a tu manera, y yo a la mía. Mis terapeutas se llaman Christian Louboutin y Jimmy Choo, y de vez en cuando tengo citas con Blahnik, entre otros. Déjalo estar. Y si te atreves a susurrar el nombre de Imelda Marcos, te enviaré de vuelta con tu creador antes de lo previsto. ¿Te queda claro, capullo?

Michael asintió con calma. Pero, en su cabeza, rio. Había descubierto otro de sus puntos débiles. Era deliciosamente divertida. Era la primera vez en diez siglos que una mujer le plantaba cara, y empezaba a entender mejor lo que Stephen veía en ella. Ahora, si pudiera entender qué significaba ese nombre, *striptease*, que había leído fugazmente en sus pensamientos, sería feliz. Quizás podría hablarlo con Stephen... o Gabrielle. Parecía simpática.

Siguió a Bethany Anne fuera del armario y cerró la puerta tras de sí.

* * *

La tripulación se encargó de Pepper hasta que Bethany Anne estuvo lista para recibirlo, asegurándose de que no se aburriera. Le desagradó desde el primer momento en que lo vio. El tipo era repulsivo y pretencioso hasta el extremo... pero era su única forma de acceder a la fiesta, así que se obligó a soportarlo.

Había dejado a Ecaterina y a Killian en el Ad Aeternitatem. Ellos dos y algunos otros volaron con Shelly a Buenos Aires. Partieron antes para reconocer el terreno y encontrar el mejor lugar posible. Al menos, eso supuso Bethany Anne, aunque no estaba del todo segura. Pero Dan estaba a cargo de las operaciones, y ella confiaba en él. Todo estaría listo a tiempo.

El día del evento, Pepper y Bethany Anne serían transportados a un punto de aterrizaje a solo cien metros de la fiesta. No habría vampiros a bordo, ya que Anton podría haberlos detectado por el olor. Por la misma razón, no podían incluir a Pete y a sus licántropos.

Se había preocupado por no ir lo suficientemente armada, y Michael había notado que estaba de mal humor la noche anterior. Finalmente, ella le confesó que odiaba ir a una misión sin sus pistolas o su espada. Llevaría un cuchillo escondido en el pelo, pero eso no era suficiente para levantarle el ánimo. Se negó a ponerse un vestido para poder ocultar al menos una pistola pequeña, aunque solo serviría contra humanos... lo que al final no le sería de mucha utilidad, ya que no quería matar humanos.

Michael la apartó un momento para ofrecerle el mejor regalo que jamás podría haberle dado, aparte de la inmortalidad, claro. Le enseñó a transformar sus manos en superficies afiladas. Casi le habría besado solo por eso. Con la ayuda de TOM, lo que había tardado décadas en perfeccionar, se convirtió en un arma letal en apenas dos horas.

El viejo vampiro parecía haber encontrado una manera de extraer energía etérea y canalizarla hacia sus manos y antebrazos. Tras observar esas cuchillas carnosas por un instante, ella le pidió a Michael que no se moviera mientras se sumergía en la dimensión etérea. Desde allí, pudo comprender cómo lo hacía al observar el flujo de las energías. Cuando regresó a la sala, se concentró y visualizó en su mente un pequeño agujero por el que se vertía energía pura. Hizo fluir la fuente a lo largo de su antebrazo y manos, hasta la punta de sus dedos. Parecía poca cosa, pero podía sentir el poder extendiéndose por su cuerpo.

Se acercó a una bandeja de metal que la tripulación había utilizado para llevarle comida. No le gustaba especialmente su aspecto y se había quejado de ello en varias ocasiones. Bethany Anne levantó la bandeja con la mano izquierda e hizo un gesto cortante con la derecha. Un corte de varios centímetros apareció en la superficie de la bandeja, y luego nada más.

Michael se acercó.

—Debes concentrarte más. Como si proyectaras energía mientras golpeas.

Ella levantó la bandeja más alto, mirándola un instante.

—¿Requiere más energía en el momento del corte?

Él asintió.

Con toda su atención enfocada en la tarea, repitió la experiencia. Esta vez, pudo atravesar la superficie. Sentía la presión energética cada vez que canalizaba desde la dimensión etérea. Con una pizca de impaciencia, miró alrededor de la habitación buscando otro objetivo para continuar con sus experimentos. No vio nada de lo que pudiera prescindir, así que volvió a centrarse en la bandeja. Al inclinarla desde un ángulo diferente, pudo golpearla de nuevo. Esta vez, el corte se formó más rápido y un pedazo cayó al suelo. Examinó el borde cortado, fascinada por la precisión del corte.

—Qué una pasada —murmuró. Michael sonrió.

Ahora estaban aterrizando. Si encontraban su pistola, le parecía bien. Pepper había hablado de sí mismo durante todo el maldito viaje. Había estado tentada de dormirlo, y si hubiera sabido cómo hacerlo correctamente, lo habría intentado. Como no lo sabía, sufrió y sufrió, y jodidamente sufrió un poco más. No podía culpar a nadie más que a sí misma por aceptar esta pequeña parte de la misión. No era de extrañar que Frank le hubiera sonreído todo el tiempo que le expuso el plan.

Los alrededores de Buenos Aires son relativamente llanos y no hay montañas lo bastante cerca como para tapar el sol, así que la fiesta se programó por la tarde. La puesta de sol era alrededor de las ocho y la reunión estaba programada para las nueve, pero en la invitación se sugería que los que llegaran en helicóptero lo hicieran antes. Decidieron llegar a las ocho y media.

El aterrizaje fue suave. Estaba claro que Bobcat había entrenado bien a Chris.

Si todo salía bien, ella llegaría a la fiesta, se encontraría con Anton, acabaría con él, y luego se translocaría al barco. Sin ser vista, sin dejar rastro, como si nada hubiera pasado.

Un pequeño grupo había empezado a reunirse, y dejó que Pepper tomara la delantera. Él conocía a algunas de esas personas, y tener a un político con ella era una buena tapadera. La mayoría de la gente pensaba que solo estaba ahí para adornar su brazo. Algunas mujeres en la multitud, vestidas con elegantes trajes y joyas relucientes, miraban su traje pantalón con desdén. Le daban ganas de darles un buen golpe.

Si las señoras se hubieran dado cuenta de que Bethany Anne no llevaba maquillaje, les habría estallado la cabeza.

Pepper aprovechó esta oportunidad para conocer y saludar a todo el mundo, sin darse cuenta de que su popularidad no tenía nada que ver con quién era, y mucho menos con su nombre.

Los paseos y las charlas duraron una buena hora antes de que los murmullos comenzaran y la excitación se propagara entre la multitud. Bethany Anne respiró hondo y saboreó los olores que traía el viento.

Los vampiros habían llegado.

Anton recorrió el túnel para llegar a la fiesta. Había comprado esa casa hacía algunas décadas y la utilizaba para la mayoría de sus reuniones mundanas. Dos enormes Nosferatu avanzaban detrás de él.

Estaba extremadamente orgulloso de esas dos criaturas. De entre cincuenta y dos sujetos, solo ellos habían sobrevivido. Desafortunadamente, los dos sujetos anteriores lograron liberarse de sus ataduras y masacraron a tres asistentes, además de dejar a uno de los ingenieros aeroespaciales en coma. Anton estaba cerca en el momento del desastre y pudo ofrecer un poco de su sangre para curar al hombre. Se recuperaría de sus heridas y pronto podría volver al trabajo.

Estas dos bestias no eran tan fáciles de controlar como los sujetos a los que se les había inyectado el suero japonés. Tenía que estar presente para darles órdenes, y la musculatura exagerada de los colosos era demasiado anormal para pasar desapercibida en una multitud. Por tanto, no podía llevarlos en público sin provocar una ola de pánico.

Pero esta noche, le serían útiles. Sus contactos le habían informado que el Polarus se había dirigido hacia el sur. Además, había descubierto que Pepper finalmente había decidido asistir a su fiesta. Sin embargo, cuál fue su sorpresa al saber que Pepper había estado a bordo.

«Estúpida zorra. ¿Quién se creía que era?».

Sabía lo suficiente para entender que ella podía caminar bajo el sol, lo que significaba que había sido creada por Michael o por Stephen. Dado que Stephen trabajaba para ella, el patriarca debía de ser su sire.

Anton sabía que su propio padre estaba libre, pero David había dicho que se encargaría de él. Este desastre era su culpa, así que tenía sentido que reparara los daños, incluso si le costaba la vida.

Anton también había traído a sus tres hijos más poderosos. Se mezclarían entre la multitud para apartar a aquellos con quienes necesitara hablar. Qué lástima que Clarita estuviera muerta. Ella manejaba todo eso tan bien. Una sonrisa, una palabra y casi se abalanzaban para hablarle.

Otra molestia por la que Bethany Anne debía responder.

A pesar de la opinión de David, había considerado corromper a esta nueva vampira, atraerla al universo de los Deshonrados, pero finalmente decidió que sería en vano. Había tenido suerte con Clarita. Ella era una mujer bastante sumisa que no le dio demasiados problemas. Sabía que Stephen había pasado décadas, si no siglos, lidiando con dificultades con su propia hija.

Bueno, él mismo corregiría el error de Michael. Su padre podría agradecérselo más tarde.

Llegó a su despacho a través de un pasadizo secreto. Al entrar en la habitación, abrió las cortinas y miró el patio abajo. Sus tierras se extendían en cuatro mil metros cuadrados de árboles y arbustos meticulosamente cultivados y ricamente decorados para la ocasión. Había dos grandes fuentes, iluminadas desde abajo, y un pequeño arroyo enmarcado por piedras entre ambas. Era un lugar muy pacífico y, de vez en cuando, pedía al jardinero que encendiera las luces y paseaba entre los árboles para contemplar el futuro: todos sus esfuerzos para construir un gobierno mundial centralizado y todo lo que vendría después.

Se paró frente a su escritorio, la madera oscura brillaba a la luz de las paredes. Lo tocó con el dedo. Estaba grasienta.

Abrió el segundo cajón y sacó una servilleta. Había aprendido hacía mucho tiempo que matar a las sirvientas solo le traería problemas. Por lo tanto, tendría que ver si podía asignar a esa en otra posición para que dejara de engrasar su escritorio.

Y si no servían para otra cosa... bueno, de vez en cuando necesitaba beber.

Ordenó a los dos monstruos que se ubicaran en las esquinas de la habitación. En el laboratorio, había probado su capacidad para entender órdenes... incluyendo matar, atacar y someter. Lo había hecho en un orden diferente, por supuesto. Empezaron sometiendo, luego atacaron y, finalmente, mataron. Fue un espectáculo magnífico. Se acercó demasiado a la escena, presa de la excitación. Después tuvo que cambiarse de ropa, ya que un brazo ensangrentado lo golpeó en el pecho, un nuevo conejillo de indias.

La víctima era un científico que de pronto se arrepintió al ver el fruto de su trabajo. Había venido a hablar con él. ¡Qué imbécil! Anton había asentido amablemente, animándolo a que «abriera su corazón y describiera lo que sentía». El hombre no necesitó que se lo repitieran, encantado de poder aliviar su conciencia.

Se convirtió en un conejillo de indias, su evidente agudeza intelectual y su curiosidad ya no bastaban para hacerle avanzar.

Anton terminó de limpiar su escritorio y se sentó.

No tuvo que esperar mucho antes de que George le presentara al primer invitado, un policía de la zona que aún no había conocido a Anton.

George asintió cuando el vampiro preguntó si había llegado el invitado principal.

Durante los minutos siguientes, Anton escuchó hablar al oficial. Esto le permitió establecer una conexión e irse infiltrando poco a poco en la mente del otro. Una vez que el vínculo se solidificó, dirigió la conversación. En un momento el hombre hablaba sobre las necesidades de su distrito y al siguiente Anton le dejaba claro las cosas que debería empezar a notar y a ignorar. Tras diez minutos, se dieron la mano, el policía convencido de que Anton era su mayor defensor y que se encargaría de algunos detalles sin importancia.

Tras la partida del policía, Anton se giró hacia George.

—No quiero estar nervioso toda la noche, así que mejor acabemos con esto ya. Tráeme al invitado de honor. Después de eso, nuestros dos brutos pueden volver al túnel... y asegúrate de que mi suelo se mantenga limpio. No quiero ver ni una gota de sangre. —El lacayo casi había salido por la puerta antes de que Anton volviera a hablar—. ¡George! —El vampiro se detuvo y miró hacia atrás—. Manda a alguien a que guarde esas sillas. Son antigüedades.

El otro asintió antes de salir. Unos segundos después, dos hombres de esmoquin llegaron para ocuparse del mobiliario.

Satisfecho de haber hecho lo suficiente para minimizar los daños, volvió a sentarse.

Cinco minutos después, su asistente regresó, seguido de una mujer deslumbrante. Su cabello negro brillaba a la luz de las paredes. No llevaba vestido y no olía como un vampiro. Echó un vistazo a George.

—¿Estás seguro de que es la dama correcta?

Pero fue ella quien respondió.

—Si te preguntas si soy Bethany Anne, la respuesta es sí. ¿Qué es lo que te desconcierta, que huelo como humana?

Anton le devolvió el gesto a George.

—¿Dónde está Pepper? Me gustaría hablar con él después.

—Volvió al barco —respondió Bethany Anne—. Quería tener una conversación privada contigo.

Él desestimó el argumento con un gesto molesto de la mano.

—Da igual. Lo recuperaremos allí después. Ah, veo que te has puesto a la defensiva. Quizás pensabas que no estaba al tanto de tus barcos. Esos dos barcos tan bonitos pronto tendrán un nuevo dueño... la transición se hará de una manera similar a cómo tú te convertiste en su dueña, ¿no es así? ¿Te deshiciste del jeque en pleno mar y luego conseguiste una bonita rebaja en el precio de los navíos?

Se estaba divirtiendo mucho. Notó un leve movimiento y el entrecerrar de sus ojos… claramente había dado en el clavo. No era humana, ahora estaba seguro, aunque no entendía cómo hacía lo para ocultar su olor.

Fue entonces cuando sus hombres atacaron sus barcos.

Capítulo 22

POLARUS, BARCO DE LA PUÑETERA REINA

Era una noche hermosa. El cielo estaba despejado y el viento soplaba ligeramente. No hacía ni demasiado frío, ni demasiado calor.

El Polarus y el Ad Aeternitatem se habían desplazado ambos más allá de las aguas territoriales argentinas, de modo que estaban alejados de la ciudad cuando las dos lanchas rápidas se precipitaron hacia ellos.

El capitán Thomas llamó a su oficial de artillería para avisarle que las embarcaciones que se acercaban no parecían estar armadas, pero que, sin embargo, disparara un tiro de advertencia.

Jean obedeció y pidió a Darryl y su equipo que dispararan algunos tiros en dirección a las pequeñas embarcaciones. Esto no pareció disuadirlos, así que Darryl disparó contra sus ventanas. La lancha rápida giró bruscamente hacia la derecha antes de volver a acelerar y dirigirse nuevamente hacia ellos.

Darryl estaba al lado de Jane y la escuchó reírse.

—Genial. Esperaba que no se echasen atrás tan fácilmente.

—Encendió el micrófono de su casco—. Equipo uno, revelaros y estad preparados para disparar a mi señal.

Uno de los compartimentos secretos levantó la cobertura metálica que servía para ocultarlo del mundo. A ojos de los curiosos, simplemente se parecería a un compartimento de almacenamiento. Ahora, dos ametralladoras apuntaban a las lanchas rápidas que se acercaban.

—Fuego.

Los cañones tronaron disparando sus balas. El Polarus apenas se balanceó. Darryl vio la pequeña embarcación pulverizarse y explotar en mil pedazos. Un cuerpo fue lanzado a varios kilómetros en el aire antes de desaparecer en el cielo nocturno.

Jean volvió a hablar.

—Capitán, ¿órdenes? —Ella escuchó—. Entendido. Cambió de canal. —Equipo, prepárense. Nos dirigimos hacia el Ad Aeternitatem. No tienen nuestro armamento.

Gabrielle regresó de su posición al costado de la nave, donde se había preparado para repeler abordadores. Habló mientras se acercaba.

—¿Alguien ha visto a Michael o a Stephen?

En el Ad Aeternitatem, el capitán Wagner permanecía calmado y concentrado. Estaba hablando con Todd y Pete.

—Chicos, están a punto de abordarme. Probablemente por Nosferatu. Voy a colocar a la mayor parte de la tripulación en zonas protegidas y los encerraré allí hasta nuevo aviso. Dicho esto, no puedo permitir que hostiles suban a mi barco. Y, por supuesto, no voy a dejar que nadie se acerque a la cápsula. Los refuerzos están en camino, pero tardarán al menos cinco buenos minutos antes de que el Polarus nos alcance. ¿Alguna idea?

Pete estaba tranquilo. Todd también, aunque entendía lo que estaba a punto de suceder.

—¿No tenemos forma de avisar a Bethany Anne? —preguntó. Si pudiera venir...

Pete asintió. No era mala idea.

—Por desgracia, no. He oído lo suficiente para comprender que ella también está muy ocupada en este momento y no puede apartarse de la situación de inmediato. —Hubo un destello brillante y una explosión a babor, y los tres miraron en esa dirección—. Me imagino que era el barco que atacaba al Polarus. Tal vez nos alcancen antes de lo previsto. —Se volvió de nuevo hacia sus compañeros—. No quiero bajas, y no quiero a ninguno de estos bastardos corriendo por mi nave. ¿Entendido?

Confirmaron que sí, y abandonaron el puente.

Pete miró a Todd mientras caminaban.

—¿Tus chicos confiarán en mi equipo?

El marine consideró la pregunta del joven licántropo.

—¿Por qué? ¿En qué estás pensando?

Llegaron a la planta principal.

—Somos seis de mi lado, cuatro del tuyo. Estamos en una situación que probablemente requerirá que trabaje solo. Propongo que organicemos dos, quizá tres equipos. Mis hombres pueden amortiguar los golpes, recibir todas las heridas, mientras los tuyos disparan a lo que encuentren. Mis tipos saben pelear, pero todavía no tenemos mucha experiencia con armas de fuego. Y, además, tal vez sea mejor evitar eso en un barco en alta mar.

A Todd no le pareció muy gracioso su humor.

—¿Tres equipos de tres?

—Podría funcionar. Puedo poner a Tim con dos de los tuyos, a Matthew y Joel con otro, y luego a Joseph y Rickie contigo.

Todd aceptó y se fueron a prepararse.

Los diez hombres se reunieron en la cubierta, esperando que la lancha estuviera a distancia antes de abrir fuego. No esperaban un milagro, pero era mejor disparar hacia afuera que hacia los invasores ya a bordo.

Los licántropos tenían sus armas, algunas contundentes, otras afiladas. Para estas últimas, se pidió a quienes las portaban que tuvieran cuidado con los Marines.

Pete se estaba quitando la ropa cuando Todd se giró hacia él.

—¿Qué demonios? ¿Es una especie de rito de iniciación de los hombres lobo?

Tenía un aire de genuina perplejidad, así que Pete no se ofendió. Había advertido a sus propios hombres de lo que tenía planeado.

—Solo confía en mí y evita ponerte entre estos cabrones y yo.

Todd miró hacia la pequeña embarcación que se acercaba.

—¿Esto tiene que ver con tu tiempo en la cápsula, el otro día?

—Sí.

El marine asintió y miró a sus hombres.

—Eh, chicos, manteneos todos a distancia de Pete. No sé muy bien qué se ha traído entre manos con Bethany Anne, pero quiero estar en primera fila para verlo. ¿Todos listos?

Recibió varios vítores como respuesta.

Pete no se quitó los pantalones. Le resultaría demasiado extraño pelear con las bolas al aire, así que prefirió correr el riesgo de romper la prenda. Lo único que quería era luchar. Desde aquel primer día cuando John Grimes lo había golpeado en el aeropuerto, antes de que se estableciera en Miami, siempre había querido esforzarse al máximo para demostrar su valía, para estar a la altura. Quería ganarse el respeto de John, y lo había conseguido. También había ganado el respeto de Nathan e incluso de Gabrielle cuando se convirtió en líder de los licántropos. Su padre lo había llamado para decirle lo sorprendido y orgulloso que estaba después de su combate contra Tim por el rol de alfa.

Ahora, debía pelear por su propio futuro y el de todo el mundo. Para eso, utilizaría un poder que sin duda se había diseñado para dañar a los humanos. Tenía que entender esta última transformación y aprender a controlarla. Podía sentir su sangre hervir y la tensión en su cuerpo disiparse. Sus sentidos se agudizaron.

—Joder, no me lo puedo creer...

Fue Joseph quien dejó escapar esas palabras, él, que era habitualmente tan callado. Estaba a la izquierda de Pete, quien le echó un vistazo.

—¿Qué?

Su voz sonaba un poco ronca, cavernosa. Los marines retrocedieron un paso. Su visión se había vuelto más nítida, más luminosa, como si alguien hubiera encendido las luces.

Todd vio cómo el pelaje del licántropo aparecía y cubría lentamente su cuerpo, mientras sus dedos se transformaban en garras.

—Pete, amigo mío, creo que Bethany Anne ha actualizado tu sistema.

Mientras hablaba, Todd señaló las manos del joven licántropo.

Este bajó la vista. Intentó cerrar los puños, pero las garras hacían la tarea difícil. Cada una medía al menos cinco centímetros de largo. Sus piernas se ensancharon y se salieron de los pantalones.

Pete encogió los hombros, que ahora eran mucho más anchos que antes. Sonrió, revelando unos dientes tan finos y afilados como navajas. Difícil hablar en esas condiciones. Sin embargo, era fácil mostrar sus emociones mientras la lancha se acercaba. Se acercó a la barandilla y se aferró a ella con unas manos más grandes y fuertes que sus manos originales.

Con calma, miró por encima de su hombro izquierdo y luego el derecho. Todos sus hombres agarraron sus armas mientras él se volvía de nuevo para enfrentarse a los atacantes.

Abrió su enorme boca de monstruo y lanzó un grito de profundo barítono:

—¡Venid a morir, cabroooooones!

Todd ordenó:

—¡Apunten! ¡Fuego!

La batalla por el Ad Aeternitatem había comenzado.

Los Nosferatu abordaron la nave, dirigiéndose hacia la sangre fresca más cercana. Los licántropos se dividieron a la izquierda y derecha, y los Marines se colocaron detrás de ellos. Pete no les prestó atención, prefiriendo concentrarse en su objetivo: el vampiro.

Manet se había transformado hacía poco más de treinta años. Como vampiro de cuarta generación, era más fuerte que sus compañeros y a menudo lideraba incluso a algunos de tercera generación. Era poderoso, la muerte personificada, y estaba allí para apoderarse de la nave. Una de las balas lo había alcanzado, lo que lo había enfurecido.

Chasqueó con disgusto al ver que el enemigo se oponía a ellos. Podía sentir a los licántropos, pero no sabía qué pensar de esa criatura mutante que lo miraba rugiendo. Si quería pelear, a Manet no le importaría matarla primero.

Impaciente ya, saltó sobre el barco enemigo, agarró una cuerda y se alzó justo al lado del tipo-peludo-que-pronto-estaría-muerto.

Apenas había alcanzado la barandilla cuando sus dos manos fueron atrapadas, y se sintió alzado y lanzado hacia la cubierta. Este idiota le iba a hacer las cosas fáciles.

Fue entonces que se dio cuenta, algo tarde, de que la bestia no lo había soltado y que el impulso no le permitiría amortiguar la caída. Su cuerpo golpeó el suelo con un estruendo ensordecedor, acompañado del crujido de huesos.

Manet intentó liberar sus brazos, pero estaban sujetos con demasiada fuerza. Este licántropo no era débil. El vampiro sintió una primera punzada de preocupación; tal vez no sería tan fácil como pensaba cuando dos balas impactaron en su pecho. De repente, su brazo izquierdo estaba libre, y trató de agarrarse a algo que lo ayudara a levantarse... Fue entonces cuando una enorme mano con garras cayó sobre su cuello. De forma instintiva, intentó agarrar el brazo que lo sujetaba para empujarlo, pero era imposible. La garra se apretó, aplastando su laringe. Perdió toda capacidad de pensar cuando las garras se replegaron y arrancó su garganta en el proceso.

El vampiro murió en la cubierta del Ad Aeternitatem, el primer vampiro poderoso asesinado por un mutante en combate singular en más de cuatro siglos. Pocos segundos después, se disparó el último tiro y cayó el último Nosferatu. Tim y Matthew se encargaron de decapitar los cuerpos.

Pete examinó la nave, mientras la ira y el hambre consumían su alma. Todo le resultaba tan claro, como si fuera pleno día. Sintió una mano en su hombro y se dio la vuelta de golpe. Era Todd.

—Vuelve con nosotros, Pete. Te necesitamos. Ya ha terminado.

El licántropo sonrió. Habían ganado. Habían luchado, y la guardia había salido victoriosos.

Atrapó su ira y su deseo de matar y les ordenó que abandonaran su cuerpo. Sería el primero, pero no el último. Sus hombres, su mundo y su reina necesitaban que controlara esa cosa que lo devoraba desde dentro. Rompió la furia que lo inflamaba y desató los lazos que retenían su mente. Sintió cómo la energía se disipaba y su cuerpo lentamente regresaba a su forma humana.

Pete Silvers, el niño rico que había sido abofeteado aquel día en la pista de Nueva York, ya no existía.

Peter Silvers, el primero y posiblemente el mejor alfa de la guardia, con orgullo entre esos hombres que habían defendido la nave contra el adversario. Un enemigo que había venido a aniquilarlos. Su mirada recorrió todos los rostros y se detuvo en el de Todd. Le extendió la mano. Así fue como ambos sellaron una amistad que se volvería legendaria en los siglos venideros.

Juntos, construirían la primera orden de la guardia real marines. Los Wechselbalg quedarían para siempre unidos a los humanos.

Los cadáveres fueron arrojados por la borda, y bromeaban sobre quién reclamaría la lancha. La trajeron de vuelta al Ad Aeternitatem antes de que se alejara. Rickie se quejaba de que esos brutos de los Marines habían llenado su bote de agujeros. Tres humanos se abalanzaron sobre él, y terminó corrigiendo entre risas:

—Nuestro barco, nuestro barco.

Fingieron lanzarlo por la borda, pero lo dejaron de nuevo en la cubierta, con grandes sonrisas en sus rostros.

Capítulo 23

Anton continuó explicando su método para capturar sus barcos.

—Algunos Nosferatu y un vampiro en cada lancha rápida. Y ahora, vuestros hermosos navíos son míos. De hecho, he enviado dos vampiros al Polarus, ya que sé que esa perra de Gabrielle está a bordo. No soy un idiota. La dejaré decidir si el barco vale la pena o si prefiere vivir unos cuantos siglos más. Estoy seguro de que tomará la decisión correcta.

Los ojos de Bethany Anne se detuvieron en las dos bestias, paradas en las esquinas.

—¿Son amigos tuyos?

Anton esbozó una sonrisa sarcástica.

—Así es. Recién creados, además. Finalmente hemos encontrado una receta aceptable. — Miró hacia su derecha y habló con desdén, como si describiera las ventajas de un coche —. Más fuertes que los originales. Más resistentes también. Claro, aún queda trabajo por hacer en lo que a inteligencia se refiere, pero estamos en ello. Si tuviera que calificarlos, diría siete sobre diez. En general, tengo un producto que finalmente puedo exhibir en público. —Volvió a mirarla—. Por supuesto, cuando digo «en público», quiero decir de noche. Pero vamos avanzando, paso a paso.

—Ya veo. ¿Así que has encontrado esta receta solo ahora? Porque debo decirte que ninguno de tus otros juguetes me ha impresionado.

Fue el turno de Anton de molestarse. Ella acababa de recordarle cuántas veces había frustrado sus planes.

—No tenía conocimiento de tu existencia hasta hace poco, así que no había previsto que te meterías en mis asuntos... como lo estás haciendo esta noche. —Esbozó una sonrisa maliciosa—. No estabas invitada a esta fiesta, sin embargo, aquí estás. Solo puedo suponer que planeas sembrar el caos y vengarte. ¿No te bastó con Clarita? La verdad es que no tuve ninguna participación directa en sus acciones, ni ordené el asesinato de tu amigo en Washington; por tanto, no puedes culparme de esos crímenes.

Bethany Anne estaba asombrada por el rumbo de la conversación. Era como si ese hombre considerara normal pasar por alto los miles de muertes de las que había sido responsable en el pasado.

—Martin era uno de mis mejores amigos, un hombre que ayudó a una mujer perdida a encontrarle sentido a su vida. Siempre dispuesto a escuchar cuando no había nadie más con quien hablar. Pero supongo que tú no entiendes ese tipo de cosas, ¿verdad?

—Oh, *au contraire*. Justamente estaba escuchando hace unos minutos los remordimientos de un ingeniero aeroespacial sobre nuestras investigaciones. Lo escuché de verdad e incluso lo animé a que desahogara todo lo que llevaba en el pecho.

No podía estar segura, pero estaba casi convencida de que no mentía.

—En ese caso, sabes lo mucho que puede ayudarle a una persona.

—Sí, por supuesto.

Bethany Anne estaba perpleja. No esperaba que la conversación fuera en esa dirección. Pero ahora su curiosidad estaba en su punto máximo.

—¿Qué le pasó al científico?

Anton hizo un ligero gesto con la mano, como si el final de la historia tuviera poca importancia.

—Lo utilizaron como conejillo de indias probar la obediencia de mis dos amigos aquí presentes. ¿No mencioné que desahogó todo lo que llevaba en el pecho? Estoy casi seguro de haberlo dicho.

Le ofreció una sonrisa muy sincera, encantado con su sutileza.

Bethany Anne se preguntó por qué se dejaba llevar por el juego de ese tipo. Era poderoso, pero también estaba mentalmente inestable. Miró a George, que estaba junto a la puerta.

—Quizá deberías moverte unos metros hacia la izquierda.

El tipo le lanzó una mirada extraña a la vampira y luego miró a Anton. Este negó con la cabeza.

—Solo está intentando desestabilizarte. ¿Qué has encontrado sobre ella?

—Solo esto —respondió George, sacando una pequeña pistola de su bolsillo.

Los ojos divertidos de Anton se volvieron de nuevo hacia Bethany Anne.

— No podrás decir luego que no te avisé. — Bethany Anne giró la cabeza para enfrentar a Anton—. ¿Qué?

—¿En serio? —Señaló a la pequeña pistola—. Eso ni siquiera es suficiente para cabrearme.

Ella asintió.

—Estoy totalmente de acuerdo, pero debería tener ayuda

llegando en tres... —Se volvió hacia la puerta y George saltó a un lado, preparado para la acción—. Dos. — Anton se levantó, listo para ordenar a los Nosferatu que atacaran a cualquiera que atravesara la puerta.

Comenzó a hablar.

—No oigo...

—Uno.

—... nada.

Las balas supersónicas desde dos rifles de francotirador ubicados a más de un kilómetro de distancia, alcanzaron a Anton casi al mismo tiempo. Su cabeza explotó en un géiser de materia cerebral. Estaba por todas partes. En las paredes, en la puerta... sin mencionar en George, cuyo rostro reflejaba sorpresa.

Bethany Anne habló de nuevo, dirigiéndose al cuerpo decapitado que ahora yacía desplomado sobre el escritorio.

—Mi amiga siempre me pregunta «¿cuál es el cebo?». Bueno, Anton, esta vez, el cebo era yo.

En el silencio que siguió, escuchó a George tragar saliva.

—Oh, Dios. —No miraba en su dirección.

Se volvió hacia él, pero él no la miraba. Siguió su mirada y vio las miradas vacías de los dos Nosferatu llenarse de malicia.

Sus ojos se abrieron de par en par.

—Oh, joder.

Capítulo 24

Stephen sintió primero la sorpresa, luego el impacto y, finalmente, el dolor. Comprendió de inmediato que venía de Bethany Anne.

Michael le miró:

—¿Qué sucede?

—No estoy seguro, pero es Bethany Anne. Está en peligro. Puedo sentirlo.

—¿Cómo? ¿Dónde?

—¿Cómo podemos llegar hasta ella? —Stephen se levantó de su asiento. Michael se unió a él—. Necesita ayuda.

—¿Sabes en qué dirección está?

El otro vampiro permaneció en silencio un momento, con el rostro marcado por la concentración. Levantó una mano para señalar, a través de la puerta abierta, en dirección a la costa.

—Por allí.

Michael asintió.

—Sígueme.

Ambos activaron su velocidad vampírica y corrieron a toda prisa por los pasillos hasta la cubierta superior. Michael se transformó bruscamente en niebla y envolvió a Stephen antes de lanzarse a toda velocidad hacia la costa. El vampiro más joven estaba asombrado de verse flotando a pocos centímetros de las olas. Percibía su entorno más que verlo. Sin embargo, podía escuchar los pensamientos de su padre y sentir sus emociones.

«Esto no me parece el tipo de pensamientos que un padre debería tener por su hija», comentó en tono divertido.

Se acercaron rápidamente a la costa.

—Hacia la izquierda, Michael —dijo en voz alta.

Podía oír las palabras resonando al mismo tiempo en su cabeza, como un eco. No sabía muy bien cómo Michael solía comunicarse bajo esta forma.

Una nueva ola de dolor lo atravesó, y el viejo vampiro aceleró aún más. El patriarca se había conectado con su hijo para poder sentir también lo que Bethany Anne estaba soportando.

Bethany Anne fue lanzada por encima de la barandilla del segundo piso. Logró girar en el aire para colocar los pies hacia abajo. Por desgracia, no tuvo tiempo de adoptar la mejor posición posible y golpeó el suelo con la espalda inclinada hacia atrás. Deslizó y resbaló hasta que su cabeza chocó con la base de un piano.

—Chupapollas de mierda —gritó—. ¡Montón de basura andante!

Le estaban pateando el trasero. Pero si se retiraba, las dos bestias se volverían contra los humanos... y eso era algo que no iba a permitir. George había huido en cuanto entendió que los Nosferatu estaban fuera de control. Bueno, ningún plan, por bueno que sea, sobrevive al contacto con el enemigo... especialmente si ese idiota del enemigo había decidido soltar dos jodidos monstruos en caso de morir.

Era momento de tomar la ofensiva.

La criatura número uno saltó desde el segundo piso, directo hacia ella, apuntando a su cabeza, o eso supuso Bethany Anne.

Rodó por el suelo y luego saltó a sus pies.

—Escuchadme, parásitos retrasados...

No pudo terminar su frase. El segundo monstruo acababa de atravesar un muro y se lanzaba directo hacia ella. Logró esquivar el ataque y, en ese momento, se dio cuenta de que todos los invitados a la fiesta habían huido. No quedaban más que ella y sus agresores.

Se quedó inmóvil, frente a los dos grandes Nosferatu.

—¿Queréis bailar? —Su voz se volvió más profunda, cavernosa y cargada de malicia—. Entonces, bailemos.

Sus ojos brillaron en rojo y sus colmillos descendieron, y los dos asaltantes cargaron mientras ella corría hacia ellos.

El enfrentamiento terminó en menos de un segundo.

Una de las criaturas estaba desplomada en el suelo, con una pierna cercenada. La otra rugía de furia, agitando un muñón del que brotaba una fuente de sangre.

Bethany Anne se enderezó justo cuando el segundo monstruo la golpeaba con su única mano restante.

Fue lanzada por los aires, pero una pared fue lo suficientemente amable como para detener su vuelo. Con un gesto molesto, se inclinó para arrancar la mano amputada del monstruo que aún se aferraba a su pierna. Se irguió y avanzó tranquilamente hacia la bestia manchada. Esta rugió de frustración y dolor antes de lanzarse de nuevo hacia ella. Bethany Anne giró sobre sí misma, aún sosteniendo el brazo cortado. Giró como una peonza, colocando su mano en la trayectoria de la criatura. Esta siguió corriendo hasta estrellarse contra la pared, su cabeza rodando a un lado.

La otra bestia logró ponerse en pie como pudo, y extendió sus manos hacia Bethany Anne, como si quisiera estrangularla. Ella le agarró ambas manos, apoyó un pie contra su torso y tiró hacia sí. La criatura aulló mientras sus brazos se desprendían lentamente de sus articulaciones. Con toda su fuerza, los arrancó por completo.

—¡Tío, cierra la puta boca! —Decapitó al monstruo con el filo de su mano.

Cubierta de sangre, vísceras y partes del cuerpo, miró alrededor de la habitación. Cuando oyó dos pares de pasos acercándose rápidamente, se dirigió hacia la entrada principal...

Soltó un suspiro.

Parecía que George volvía con refuerzos.

Capítulo 25

Michael temía llegar demasiado tarde. Entrar en la casa resultaba complicado con tanta gente tratando de salir. La multitud gritaba, se empujaban, se pisoteaban unos a otros. Sin embargo, logró abrirse paso. Una vez pasada la turba aterrada, dejó a Stephen, y ambos recuperaron su forma corporal.

No era difícil encontrar a Bethany Anne. Bastaba con seguir las maldiciones y los gritos de dolor y frustración.

Cuando entraron en la sala, se detuvieron, asombrados por la escena de pura destrucción que se desplegaba ante ellos. Había sangre y vísceras por todas partes. Era evidente que no ganaría un concurso de la mejor vestida en ese estado.

Bethany Anne se giró hacia ellos.

—Llegáis un poco tarde, chicos. Normalmente suelo quejarme cuando un tipo llega antes, pero esta vez, realmente habéis llegado tarde.

Stephen rio ante la broma. Michael no lo entendió. El patriarca contempló la escena.

—Veo que has redecorado el lugar. ¿Anton?

Ella señaló el piso de arriba.

—Allí. Al menos, lo que queda de su cuerpo. No creo que Ecaterina y Killian hayan dejado suficiente materia cerebral intacta para que pueda regenerarse. Debo admitir que tenía otras preocupaciones en mente, como esas dos bestias de mierda que se descontrolaron cuando su maldito amo trató de detener balas con la cabeza.

Michael se volvió hacia Stephen con cara de confusión.

—Anton está arriba, con la cabeza reventada —tradujo su hijo—. Subiré para asegurarme de que está bien muerto.

Stephen subió las escaleras a velocidad vampírica.

El otro hombre se volvió hacia Bethany Anne.

—¿Estás bien?

La miró de arriba abajo, tratando de ver si, más allá de la sangre que la cubría, estaba herida.

Ella notó que él por fin la tuteaba, ella bajó la vista para constatar en qué estado se encontraba.

—Un buen baño no me vendría mal... Espera. Tenemos visita.

Su mirada se alzó por encima del hombro de Michael, hacia la entrada de la sala. Se escuchaban pasos corriendo en su dirección, pero se detuvieron abruptamente al percibir el olor del patriarca.

George, el que iba en cabeza, tenía una escopeta en las manos.

—Está bien, amigo, no sé quién eres, pero esto no es asunto tuyo. Esa zorra... —Hizo un gesto con la cabeza en dirección a Bethany Anne. Ella miró a su alrededor. ¿Había otra mujer en la habitación?—... ha matado a Anton. Así que vamos a acabar con ella y a tomar el control de Sudamérica antes de que la noticia se propague.

Bethany Anne se preguntó cómo manejaría Michael esta situación. Pero, antes de que pudiera reaccionar, escucharon pasos sobre sus cabezas. Los cuatro recién llegados alzaron la vista y vieron a Stephen en el piso superior. Cuando George estaba a punto de repetir su declaración, el vampiro europeo levantó una mano.

—Te he oído la primera vez, imbécil. —El tipo comenzó a protestar, pero Stephen continuó, elevando la voz para imponerse—. Mi nombre es Stephen. — Los cuatro vampiros se quedaron muy callados y quietos—. Estoy seguro de que sabes que ella es Bethany Anne. —George le dio una rápida inclinación de cabeza—. Bien, eso ayuda. Ella es mi reina. Así que comprenderéis que no puedo permitir que le hagáis daño.

La cara del infeliz parecía como si acabara de comerse un limón agrio.

Bethany Anne colocó las manos en las caderas, mirando hacia Stephen. ¿No permitirlo? ¿Qué era esa absurda actitud machista?

—Sea como sea... — La voz de Michael se alzó entonces, y todas las miradas se dirigieron hacia él. Sus ojos se volvieron negros y su voz resonó en la sala, envolviéndolos a todos, como si emergiera de todas partes y de ninguna al mismo tiempo—. Yo me llamo Michael.

Después de esa simple presentación, desapareció.

Bethany Anne tuvo que admitir que el efecto era efectivo. Lo buscó con la mirada, pero no logró localizarlo.

La voz del patriarca volvió a elevarse.

—No cabe duda de quién manda en Sudamérica.

Los cuatro vampiros empezaban a temblar de miedo. Miraban en todas direcciones, adelante, a los lados, detrás... uno de ellos incluso la miró a ella, como si ella pudiera darle alguna pista. Ella simplemente sonrió.

Cerró los ojos y se adentró en el etérico y pudo sentir vagamente la presencia de Michael. Estaba en el pasillo, justo detrás de los vampiros. Ahora estaban atrapados; no podrían escapar.

Bethany Anne avanzó lentamente hacia el centro de la

sala y les lanzó una mirada fulminante. En ese momento, ellos dividían su atención entre buscar a Michael y vigilarla a ella.

De repente, una intensa sensación de terror primitivo los envolvió a todos.

«TOM, ¿qué es esta mierda?».

«Un segundo... —La sensación desapareció tan bruscamente como había llegado—. Ya lo he encontrado. Estaba afectando directamente las áreas mentales que alimentan el miedo. Una idea brillante. ¡Nunca lo habría pensado!».

«Oye, ¿podrías dejar la Sociedad de Adoración a Michael para después? No dejes que me afecte así de nuevo».

Antes de que el extraterrestre pudiera responder, la profunda voz del patriarca resonó de nuevo en la sala, fuerte e imperativa.

—Soy Michael y *os arrodillaréis ante mí.*

Ella miró a Stephen, que se mantenía de pie por pura fuerza de voluntad.

Los otros cuatro, sin embargo, no necesitaban que se lo repitieran. Todos cayeron de rodillas y Michael apareció frente a ellos.

Su voz era suave, pero cargada de veneno.

—Sudamérica es mía. Aquí las reglas van a cambiar. A partir de ahora, solo habrá una potencia, una sola voz, un solo maestro. Yo.

Bethany Anne hizo un gesto para que Stephen se acercara, lo cual no le tomó más de un segundo.

—¿Sí, mi reina?

Ella le dedicó una amplia sonrisa.

—Michael está ocupado haciendo algo que debería haber hecho hace mucho tiempo, pero yo necesito darme un baño. ¿Quieres quedarte aquí?

Stephen miró a su padre y sonrió con picardía. Le ofreció

su brazo, y ella lo tomó del codo. Un instante después, ambos habían desaparecido.

Uno de los vampiros miró más allá de Michael, y este se giró. Notó que los otros dos se habían ido y entendió lo que ella debía haber hecho para llamar su atención. Se volvió nuevamente hacia los cuatro para decirles lo que deberían hacer para limpiar todo aquel desastre... a menos, claro, que prefirieran morir de forma lenta.

Más tarde, él se reuniría con Bethany Anne. Oh, sí, sin duda. No se libraría de él tan fácilmente.

El tiempo estaba de su lado.

Gabrielle escuchó el agua correr en el baño de Bethany Anne. Entró en la suite y se detuvo al ver a su padre sentado en el sofá, hojeando una revista de moda. Él levantó la vista hacia ella.

Ella señaló hacia el baño.

—¿Michael?

Stephen sonrió.

—No, Bethany Anne.

Ella entrecerró los ojos.

—¿Dónde está Michael y qué haces en esta suite mientras ella se ducha?

—Michael está... o al menos, estaba, la última vez que lo vimos hace cinco minutos... En fin, estaba en la fiesta de Anton. En cuanto a mí, estoy aquí porque ella no me ha pedido que me vaya y porque no había seguridad en la entrada.

Ella lo señaló con el dedo y luego señaló la puerta.

—La seguridad ya está aquí. Largo. Normalmente sale del baño en pelotas, y realmente no necesito ver cómo te da un infarto por lujuria.

Él cerró la revista.

—Con eso contaba. Oigo las historias y nunca llego a... —La almohada le dio de lleno en la cara.

—¡Fuera de mi vista!

Resignado, se levantó y salió de la habitación. En realidad, no sabía que ella saldría desnuda, pero le gustaba molestar a su hija.

Ya en el pasillo, vio a Darryl y Scott llegar corriendo.

—Tranquilos, chicos. Ella está en la ducha y Gabrielle está en la suite.

Darryl asintió. Scott le lanzó una sonrisa, como si hubiera una broma que solo ellos dos entendieran.

Ambos hombres lo pasaron de largo y desaparecieron dentro de la suite.

Capítulo 26

ALEMANIA

David estaba de pie frente a su castillo, bajo un cielo estrellado. Lo observaba desde la distancia. Había vivido en esa fortaleza durante cientos de años. Era el único lugar donde podía sentirse seguro...

Hasta ahora.

Le tomó tres días entender que ya no podía quedarse allí. Michael sabía dónde encontrarlo, y David no podría volver a atraparlo ni capturarlo.

Durante un tiempo, había considerado instalar trampas en todo el castillo, pero no pudo decidirse. Tal vez sobreviviera a todo aquello. Y si lo lograba, no querría regresar para encontrar destruido ese lugar que tanto amaba.

Escuchó el coche acercarse un minuto antes de su llegada. Las luces de los faros iluminaron sus piernas. Lanzó una última mirada a su antiguo hogar antes de dirigirse hacia el coche y subir en la parte trasera. La puerta se cerró tras él y el conductor arrancó de nuevo.

El coche dio la vuelta y se alejó en la noche.

. . .

Las Vegas, Nevada, EE. UU.

Jeffrey dormía en una litera. Apenas hacía treinta minutos que había apoyado la cabeza en la almohada. Había intentado dormir antes, pero había discutido con su esposa. Ella estaba molesta porque pasaba allí dos noches seguidas. Si no hubiera llevado a sus hijos y ellos no le hubieran contado todo lo que habían visto —incluyendo la cocina y las literas—, probablemente se habría hecho otras ideas.

Un timbre lo despertó. Medio dormido, miró su teléfono, que vibraba y parpadeaba insistentemente. Al tomarlo, vio aparecer la cara exhausta de Thomas. Contestó la llamada mientras cerraba los ojos, con el teléfono pegado a la oreja.

—Joder, Thomas, en serio... estás en la puerta de al lado, ¿no podías simplemente venir aquí?

—Jeffrey... el sistema necesita más datos.

—Pues dale de comer y déjame volver a dormir. —Jeffrey se dio la vuelta.

—¡Jeffrey! ¡Despierta, maldita sea!

Intentó quitarse el sueño de los ojos.

—Está bien, no hace falta que grites. ¿Cuál es el problema?

—Jeffrey, ¿ya estás despierto?

Se incorporó hasta quedar sentado, apoyando la espalda contra la pared.

—Ahora lo estoy, así que responde a mi pregunta.

—ADAM está despierto, y está solicitando datos.

—ADAM está despierto, y él... —Los ojos de Jeffrey se abrieron de par en par—. Quiere más... Oh, mierda. Ya voy.

Colgó y se vistió rápidamente. Aún estaba abotonándose la camisa mientras salía corriendo, atravesando la zona entre los dos edificios. En su prisa, casi se golpea contra la puerta, pero se detuvo justo a tiempo. Girándose hacia el teclado, tecleó el código de seguridad. Tuvo que intentarlo dos veces antes de que la puerta finalmente se abriera.

La sala principal estaba sumida en la oscuridad, solo iluminada por numerosas luces verdes y azules parpadeantes. Thomas estaba en su escritorio, sentado frente a dos monitores. Uno mostraba una línea de comandos, con texto verde parpadeando sobre un fondo negro.

Jeffrey se inclinó sobre el hombro de su amigo para leer el mensaje, que le recordaba a una lista de compras.

Proporcione los siguientes elementos

A continuación, había cuarenta y tres líneas de solicitudes. Se sentó al lado de Thomas.

ADAM acababa de despertarse.

FINIS

Bajo mi tacón

La historia continúa con el libro 6, *Bajo mi tacón.*

Ya disponible en Amazon y en Kindle Unlimited

Nota del autor

Gracias, no puedo expresar lo agradecido que estoy de que no solo hayas elegido el quinto libro, sino que también lo hayas leído hasta el final y AHORA estés leyendo esto también. Como este libro forma parte de una serie, presumo que me has hecho el honor de leerlos todos, ¡y qué increíble sensación es esa para cualquier autor!

Así que, en mis notas de *Cólera inmortal*, mencioné que el cuarto libro me llevó once días escribirlo y cuatro días de edición intensiva. Este libro ha sido una historia completamente distinta. Primero, porque creé una trama demasiado enrevesada como para retenerla en mi cabeza y quería que hubiese puntos de acción a lo largo de todo el libro. En segundo lugar, tengo un fan que realmente se ha implicado y me ha ayudado a recopilar unas excelentes notas de revisión a lo largo de gran parte del libro, así que tengo que darle un enorme agradecimiento a Stephen Russell por ayudar durante su fin de semana a que este libro sea más de lo que era. De hecho, mientras escribo esto, me ha enviado una nota sobre una bala subsónica (la que ha acabado con Anton). Por lo visto, he escrito algo completamente falso y nada realista. Mierda. Le he pedido que, por favor, me ayude a describir correctamente cómo hacerle volar la cabeza a Anton. Porque, créeme, ese tipo está muerto. Esto no es una telenovela; Anton no va a volver. Espero recibir esa sugerencia antes de pulsar «Enviar» en un par de horas y mandar este libro a los lectores que quieren aprovechar la oferta de preventa de 0,99 dólares por 24 horas.

En cuanto a las ventas en Kindle Unlimited frente a las compras directas, al llegar al quinto libro, el lado de Kindle Unlimited va a la cabeza en ingresos brutos frente a las compras directas. No tengo claro el motivo del cambio en los porcentajes de ingresos desde el último libro, ¿quizá una gran afluencia de nuevos lectores en Kindle Unlimited tras la Navidad? Los ingresos están en torno a un 55 % de Unlimited frente a un 45 % de las ventas directas (después de la parte que se queda Amazon). Llevo tres meses en Kindle Select (la suscripción es de noventa días), así que me quedan unas dos semanas y media. Es probable que renueve al menos una vez más antes de abrirme a otras plataformas (esto es, salir de Kindle Select Unlimited y vender en Apple iBooks, Kobo, Barnes and Noble, etc.). No tengo prisa por ampliar porque pienso que el esfuerzo adicional será considerable.

Pero aquí llega lo que DE VERDAD quiero hacer. Me gustaría preparar los libros para un posible lanzamiento en Audible, ¿alguien estaría interesado? Me encantaría escuchar a un narrador profesional diciendo algunas de las frases de Bethany Anne. O quizá cuando Stephen habla con Reginald. ¿Te imaginas el proceso de selección de la voz?

Yo: ¿Tienes algún problema con decir palabrotas?

Actor de voz: ¿Qué, como «joder»?

Yo: No, más bien... (inserte uno de los improperios de Bethany Anne).

No estoy seguro de poder decirlo en voz alta. Escribirlo no es un problema. Bueno, no es problema dentro del libro. Por lo visto, me pongo colorado solo de escribir esa palabra ahí arriba en unas notas semipersonales del autor. En serio, ¿es muy patético?

Este es, probablemente, mi libro favorito hasta ahora, en

cuanto a nivel de acción y emociones. Hay muchas escenas de acción que me han resultado divertidas y un par que incluso me han arrancado una lágrima (sí, soy el tipo de autor que puede emocionarse hasta las lágrimas con sus propias escenas). La escena en la que Bethany Anne llega y Stephen dice, mientras escupe sangre:

«Permíteme presentarte a mi reina, Bethany Anne».

Apunté a la pantalla del portátil y pensé: «¡Toma eso, cabrón! ¡Que te den y muere, maldito...!». Bueno, ya te haces una idea.

Otra escena que me emociona es cuando Pete se convierte en Peter Silvers. Esa parte me hace sentir orgulloso de él. La verdad es que a veces no tengo elección sobre a dónde va la historia. Tengo la idea, pero, en ocasiones, las cosas simplemente suceden (te estoy mirando a ti, Ashur).

Me alegra que Jean tuviera una escena en este libro. Es como un pequeño revólver que no se detiene. Me pregunto personalmente por qué John, de Ingeniería, no ha intentado acercarse a ella. Joder, colega, dejaste la Marina por su historia; espabila y pídele una cita ya, o Todd podría adelantarse.

Tuve una conversación la mar de interesante y divertida con una fan el fin de semana pasado. Espero que no le moleste que comparta sus comentarios (los puedes ver en la página de Facebook).

Su mensaje original era:

«Me gustaría poder dormir más de un par de horas. Desde que he descubierto esta serie, no paro de leer y de comer comida del microondas. Dos cosas van a pasar: (1) tendré que cambiar el microondas y (2) caeré en coma de sueño. Gracias por esta maravillosa, excepcionalmente bien escrita y entretenida serie con una protagonista femenina fuerte, lista y con mucha chispa. Sigue "sacando" la serie, porque, a mi edad, cualquier cosa puede pasar y realmente iría a atormentar tu trasero».

Me partí de risa. En serio, ve a la página de Facebook y lee toda la cadena de mensajes, ¡esta mujer es genial! («Los gatos y las chinchillas morirán de hambre».) JAJAJAJA (eso es LOL para los más jóvenes).

¡Ah! Eso me recuerda algo que también me resulta gracioso. Ahora mismo estoy en algún lugar entre el puesto #60 y el #80 entre los 100 mejores autores de terror (*e-books* —genial, no gracioso), #116 en *e-books*> Ciencia Ficción y Fantasía> Ciencia Ficción (parece que los lectores ya están al tanto de mi malvado plan de convertirme en el primer escritor de ciencia ficción militar paranormal..., ¡maldita sea!) pero TAMBIÉN estaba ayer en el puesto #437 en Libros> Juvenil.

No he dirigido estos libros a adolescentes. Tengo dos hijos adolescentes y no me importa si los leen, pero no son para ellos en absoluto. No quiero recibir una carta de una madre enfadada diciéndome que Bethany Anne NO es un buen modelo que seguir para las chicas. Tendría que estar de acuerdo, es una heroína de armas tomar que no se deja pisotear por nadie, y que aun así se preocupa por su familia, sus amigos, su gente y la justicia para aquellos que ya no están. Joder, supongo que sí es un excelente modelo que seguir para las chicas.

En fin, que venga lo que tenga que venir, lo asumiré.

Ya he dicho que escribo para evadirme. Me encanta una buena historia de acción, pero, más que eso, quiero implicarme con los personajes. Quiero sentir por lo que están pasando, si es posible. Quiero situaciones que me emocionen, que me preocupen, en las que me ría y grite: «¡Te lo mereces, cabrón!».

Los retos a los que se enfrentan los protagonistas no tienen por qué poner en peligro su vida, pueden ser algo tan simple como invitar a salir a esa persona especial lo que hace que la historia fluya. No me gustan los libros que te hacen temer a todas horas por los personajes. Si me importa un personaje, pasaré la página y compraré el siguiente libro solo para verlo alcanzar un hito personal que le suponga un reto. Sin embargo, dicho todo esto, ¡la acción es lo que hace avanzar la historia!

Por favor, si has disfrutado de este libro, ¿podrías darle una buena valoración en Amazon? Tus amables palabras y tu apoyo son una gran ayuda para cualquier autor. Voy a continuar con la siguiente historia, aunque no me dejes una reseña EXCEPCIONAL. Sin embargo, con un poco de apoyo, quizás la termine un pelín más rápido. :)

Gracias, Señor.

Michael Anderle, enero de 2016

*Todo el mérito de que yo sepa algo de zapatos es de mi mujer, que sigue esforzándose por darme un mínimo de sentido de la moda. Todavía me confunde por qué me pide que comente su ropa por las mañanas. En segundo lugar, la sugerencia de incluir caninos especiales también fue de ella.

*** Stephen llegó a matar: ¡tenía tanta información que mi cabeza (que no sabía de armas) explotó!

www.ingramcontent.com/pod-product-compliance
Lightning Source LLC
LaVergne TN
LVHW091255150826
845673LV00006B/1422